Zu diesem Buch

«Wie entsteht eine Zelle? Was steuert den Stoffwechsel? Wie wird eine Hand gemacht? Auf welchen Mechanismen beruht die Evolution? Um Fragen dieser Art zu beantworten, genügt es nicht mehr, lebende Systeme in immer einfachere Komponenten zu zerlegen, wie es die Biologen bisher getan haben. Wir müssen Methoden finden, das *gesamte* System zu beschreiben, die Organisation der Zelle oder des Organismus. Die komplexe Struktur eines Körpers, die Dynamik in Zeit und Raum, die plötzliche Herausbildung neuer Eigenschaften auf höheren Ebenen als denen der Teile: Solche Phänomene sind die vorrangigen Themen der neueren Biologie.

Wenn Leben sich dadurch auszeichnet, daß es die im Erbmaterial eingebettete biologische Information verarbeitet, dann hat es als eine Art *natürlicher Informationsprozeß* begonnen. Am Anfang war die Information...

Nur: Was ist eigentlich Information? – Es gibt verschiedene Definitionen, zum Beispiel: Information ist all das, was als Antwort auf eine Frage gelten kann. Am Anfang war die Antwort...

Aber kann die Antwort der Anfang sein? Wie lautete dann die Frage? Setzt Information nicht eine Zelle voraus, die sie deuten und zum eigenen Nutzen verwenden kann? Das Gute an der Wissenschaft vom Künstlichen Leben, der KL-Forschung, ist, daß sie es erlaubt, diese Probleme auf eine radikal neue Art zu behandeln.»

Claus Emmeche, geboren 1956 in Kopenhagen, promovierte 1989 mit einer Arbeit über theoretische Biologie. Er ist Gastdozent am Niels-Bohr-Institut der Universität Kopenhagen und Research Fellow am Zentrum für Kognitive Informatik der Universität Roskilde. *Das lebende Spiel* ist sein drittes Buch.

Claus Emmeche

Das lebende Spiel

Wie die Natur Formen erzeugt

Aus dem Dänischen
von Regine Elsässer

rororo
Rowohlt

rororo science
Lektorat Jens Petersen

Deutsche Erstausgabe
Redaktion Andreas Projahn
Veröffentlicht im Rowohlt Taschenbuch Verlag GmbH,
Reinbek bei Hamburg, Dezember 1994

Die Originalausgabe erschien 1991 unter dem Titel
«Det levende Spil: Biologisk form og kunstigt liv»
im Verlag Munksgaard, Kopenhagen

Umschlaggestaltung Barbara Hanke
Illustrationen Claus Emmeche und
Jesper Tom-Petersen
Die Abbildungen 3, 5, 10, 13, 15, 20, 23, 25, 26, 27
zeichnete Hans Baumer
Satz Sabon (Linotronic 500)
Gesamtherstellung Clausen & Bosse, Leck
Printed in Germany
1690-ISBN 3 499 19618 2

Inhalt

Vorwort

Und die Nachtigall sang so herrlich,
daß dem Kaiser Tränen in die Augen traten...

Unter den Physikern war vielleicht Niels Bohr der letzte Vitalist. Er meinte nämlich, das eigentlich *Vitale* an Organismen – daß sie lebendige Wesen und nicht nur Klumpen toter Materie sind – könne allein von der Naturwissenschaft im strengen Sinn nicht verstanden werden. Bohr sprach vom Komplementaritätsverhältnis der physikalischen Beschreibung des Lebens und seiner Betrachtung als etwas Zweckmäßigem, Teleologischem und Ganzheitlichem. Beide ließen sich nicht voneinander trennen, ohne daß die eigentliche Qualität dessen verschwinde, was das Leben ausmache.

Dieses Buch handelt davon, wie Computer uns einen neuen Zugang zur Frage nach der «Vitalität» des Lebens verschaffen können. Eine der beiden Antworten heißt *Künstliches Leben*: Das Leben hat zwar vitale Prinzipien, sie sind aber nicht so geheimnisvoll, daß sie sich nicht künstlich nachahmen ließen, zum Beispiel in einem Computer. Um diese Antwort zu verstehen, müssen wir jedoch zunächst die folgende Frage untersuchen: Was ist Leben?

Wir wissen heute unendlich viel mehr über das Geschehen in einer lebenden Zelle, über ihre Physiologie, über Genetik und Evolution als Niels Bohr im Jahre 1932, als er in seinem Vortrag «Licht und Leben» den Gedanken von der Komplementarität auf die Biologie anwandte. Unser biologisches Wissen ist aber immer noch bruchstückhaft. Die Wissenschaft sucht zusammenhängende Erkenntnisse. Abgesehen jedoch von den Prinzipien der Evolutionstheorie, die Darwin und seine Nachfolger formulierten, gibt es in der Biologie kein Naturgesetz und keine umfassenden mathematischen Theorien wie die Quantenmechanik oder die Relativitätslehre.

Die moderne Biochemie und die Molekularbiologie werden oft als endgültiger Triumph über den Vitalismus betrachtet. Der wiederum gilt als ein halbreligiöser Glaube an eine mystische Lebenskraft, die sich im Rahmen des naturwissenschaftlichen Horizonts nicht erklären läßt. Ein solcher Vitalismus, verstanden als Glaube an metaphysische Prinzipien oder übernatürliche Kräfte im Lebendigen, entspricht allerdings nicht der Auffassung von Niels Bohr. Ihm lag daran, zu betonen, daß physikalische Beschreibungen nur von begrenzter Gültigkeit sind, wenn es darum geht, Leben oder Bewußtsein zu verstehen.

Diese Einsicht kann auch die Molekularbiologie nicht fundamental erschüttern. Die traditionelle Biologie war analytisch in ihrer Methode und untersuchte die materiellen Grundlagen des Lebens. Man hatte ein lebendiges Ding und nahm es auseinander, um zu sehen, aus welchen Teilen es bestand und wie diese Teile zusammenpaßten. Dann versuchte man die Prinzipien ihrer Organisation zu erkennen. Schließlich zerlegte man die Teile, um zu sehen, woraus diese bestehen, und dann wieder deren Teile und so weiter. Diese Methode ist nur bis zu einem bestimmten Punkt brauchbar, denn plötzlich ist das, was man beschreibt, nichts Lebendiges mehr – das Leben zerrinnt einem zwischen den Fingern. Deshalb muß die analytische Beschreibung durch eine synthetische ergänzt («komplementiert») werden, die Platz läßt für die ganzheitlichen Züge eines lebendigen Wesens.

Insofern Forscher heute mit Hilfe der Molekularbiologie Gene von einer Art auf eine andere übertragen, ist *künstlich geschaffenes Leben* eine Realität. Genetisch verändertes Zuckerrohr, die Supermaus oder Mikroorganismen, die für bestimmte Produktionszwecke «maßgeschneidert» werden: die öffentliche Diskussion über diese Künstlichkeiten schlägt hohe Wellen, und fast könnte man meinen, die heutige Biotechnik gestatte es, einen Organismus von Grund auf neu zu formen. Das ist jedoch eine phantastisch irreführende Vereinfachung der Situation: Es kann überhaupt keine Rede davon sein, Leben «von Anfang an» zu erschaffen (Leben *de novo*), Atom für Atom, Molekül für Molekül. Ausgangspunkt sind immer lebende Organismen, die man dann genetisch verändert. Deshalb ist *künstlich modifiziertes Leben* eine viel genauere Bezeichnung für die genetisch veränderten Organismen. Könnte man wirklich ganz von vorn beginnen, am Anfang, dann wäre das Experiment vermutlich eine Wiederholung des gesamten langen und zähen Evolutionsprozesses, der auf der Erde stattgefunden hat: als die Weltmeere noch kein komplexes ökologisches System darstellten, sondern eine große «Suppe», die organische Moleküle enthielt. In diesem evolutionären Spiel Abkürzungen einzuschlagen setzte ein Wissen über die Organisation von Lebewesen voraus, das wir einfach noch nicht haben.

Im Prinzip ist es vielleicht möglich, Leben künstlich auf chemischem Weg, im Reagenzglas (Leben *in vitro*), zu erzeugen. In der Realität aber sind wir unglaublich weit davon entfernt, etwas erschaffen zu können, das der Komplexität einer lebenden Zelle auch nur ähnelt.

Das bedeutet nicht, daß der Vitalismus Auferstehung feiert. Aber es mahnt zur Vorsicht in der Frage nach natürlichem und künstlichem Leben. Der Vitalismus ist sicherlich tot, aber die Molekularbiologie hat sich beinahe kaputtgesiegt: Trotz Unmengen von Detailwissen und spezifischen Daten ist die Zahl der wirklichen Durchbrüche doch sehr gering, wenn man an die theoretisch wesentlichen Punkte der Biologie denkt – die generellen Fragen nach Form, Entwicklung, Selbstorganisation und nach anderen Medien als möglichen Trägern von Leben.

Es gibt *einen radikal anderen Weg zu künstlichem Leben*. Ich meine damit Bestrebungen zu einer mathematischen Naturbeschreibung in völlig neuer Form. Ein alter Gedanke besagt, daß sich die Natur mathematisch verstehen läßt – die Newtonsche Physik war der großartige Versuch einer mathematischen Wiedererschaffung der Gesetzmäßigkeiten, die das Universum lenken. Ist das biologische Universum auf entsprechende Weise begreifbar?

Heute wird in der Biologie der Computer dazu verwendet, mathematische *Modelle* von biologischen Phänomenen zu erzeugen: Zum Beispiel erstellen die Fischereibiologen Modelle vom Ökosystem Nordsee, die das Wachstum der verschiedenen Fischbestände beschreiben sollen. Verfahren dieser Art bilden jedoch nur die Spitze des Eisbergs, wenn man sich die Möglichkeiten vergegenwärtigt, die der kreative Einsatz von Computern bietet, um die fundamentalen Prozesse in unserem Universum zu verstehen. Hier geht es nicht nur um mathematische Modelle biologischer Systeme. In den letzten Jahren ist eine Forschungsrichtung entstanden, die in Disziplinen wie Biologie, Physik, Computerwissenschaft und Mathematik wurzelt und Wissenschaftler in dem Versuch vereinigt, *Leben zu synthetisieren*, also Lebensprozesse im Medium Computer ablaufen zu lassen.

Leben ist nach Meinung dieser Leute keine Frage der verschiedenen Stoffe, aus denen wir bestehen, sondern der *Organisation* dieser Elemente in Zeit und Raum, der *Spiele* von Verhältnissen und Prozessen, in denen die Elemente aufgehen. Es könnten auch andere Elemente sein, zum Beispiel die kleinen Chips aus Silizium im Computer (das sogenannte Leben *in silicio*).

Dieses Buch handelt von dem radikalen Gedanken, daß sich das Leben berechnen läßt, weil es selbst allgemeine Prozeßformen berechnender, «computationaler» Art realisiert. Wenn das Leben eine Maschine ist, kann die Maschine jetzt selbst lebendig werden. Der Computer als Weg zum Leben!

Lassen Sie sich während der Lektüre nicht abschrecken, wenn Sie hier und da auf Details stoßen, die Ihnen vielleicht schwer verständlich erscheinen. Da im Prinzip alles erklärt werden kann, darf dieser Umstand nur dem Autor angelastet werden. Ich habe angestrebt, was man auf Neudeutsch eine anwendungsfreundliche Benutzeroberfläche nennt. Wer sich eingehender mit dem Thema beschäftigen will, dem können die Anmerkungen behilflich sein.[1]

Wesentlich sind die Gesamtsicht und die eigentliche Grundidee, die leicht zu verstehen ist. Dabei geht es mehr um ein wissenschaftliches Forschungsprogramm als um ein fertiges Resultat. Ob es gelingen wird, künstliches Leben zu erschaffen, läßt sich noch nicht sagen, denn es hängt nicht zuletzt auch davon ab, was wir als «echtes» Leben gelten lassen wollen.

Wenn das Forschungsprogramm für Künstliches Leben (KL) erfolgreich verläuft, kann das bedeutende Konsequenzen für unsere gesamte Auffassung vom Leben nach sich ziehen. Ich habe versucht, den neuen Paradigmen gegenüber so fair wie möglich zu sein. Aber ich will auch die Verwunderung und Skepsis beschreiben, die das Bestreben, Künstliches Leben zu schaffen, bei vielen Nichtwissenschaftlern und bei den Biologen selbst hervorruft. Wir besitzen eine unmittelbare und urwüchsige intuitive Auffassung vom Lebendigen, nämlich daß Leben irdisch ist, gebunden an den allgemeinen Kreislauf von Wasser und Kohlenstoff.

Die Bohrsche Vorsicht ist es wert, bei allem Enthusiasmus in Erinnerung behalten zu werden. Die Idee vom Künstlichen Leben weckt kritische Fragen und erzeugt allgemeine Verwunderung: Gibt es keinen fundamentalen Unterschied zwischen einer Waldschnecke und einem Computer? Ist das Leben nicht eine schleimige Angelegenheit? Und kann die künstliche Nachtigall je die wirkliche ersetzen?

Die Leichtigkeit des Lebens

«Es ist ziemlich leicht, Leben zu schaffen.»

Der kleine Mann mit den dunklen Augen lächelt – mit einem Satz hat er gerade seinen Vortrag zusammengefaßt. Das schwache Summen seines mitgebrachten Computers bekräftigt die Schlußfolgerung. Der Mensch kann Leben schaffen. Nicht nur, indem er sein eigen Fleisch und Blut reproduziert, sondern ganz neues Leben. Thomas Ray von der University of Delaware in den USA hat keineswegs ein übernatürliches oder religiöses Anliegen. Als ausgebildeter Ökologe beherrscht er seine Biologie und hat ein ganz besonders nüchternes Verhältnis zu lebenden Wesen. Das Leben, von dem er spricht und das er schaffen will, ist biologisches Leben, wenn auch eine ganz besondere Art.

Wir befinden uns in der Technischen Hochschule von Dänemark, wo er eine Forschungsgruppe besucht, die über Chaos und Künstliches Leben arbeitet. Vor ein paar Jahren hat Thomas Ray das Studium der tropischen Ökosysteme, damals sein Spezialgebiet, aufgegeben. Nicht weil es ihn langweilte oder weil er zu dem zynischen Schluß gekommen wäre, daß es sein Studienobjekt schon bald nicht mehr gäbe, so daß es an der Zeit sei, umzusatteln. Vielmehr war etwas anderes in seine Gedanken getreten, das seine Aufmerksamkeit, so wichtig ihm der Regenwald war, vollständig absorbierte. Er hatte eine interessante Idee: ob man nicht mit Hilfe eines Computers Programmfetzen zu künstlichen Organismen zusammenflicken könnte. Organismen, die nicht nur lebensartig, sondern, theoretisch gesehen, genauso lebendig sind wie richtige Tiere und Pflanzen.

Die Idee klingt wahnwitzig und grandios, aber heute kann Ray resümieren, daß die Erschaffung von Leben in Wirklichkeit ziemlich leicht ist. Man denke nur an die Computerviren, die von Zeit zu Zeit in großen EDV-Systemen wüten. Sie stammen von Hackern, häufig von Teenagern mit einem sehr intimen Verhältnis zu ihrem eigenen und anderer Leute Computer. Sie klinken sich in die Netze großer Firmen oder Verwaltungen ein und lassen selbstgestrickte Programmfragmente, Computerviren, auf sie los. Die Fragmente kopieren sich selbst und verteilen sich so auf alle Rechner im System. Dort richten sie oft großen Schaden an und löschen wichtige Daten.[2]

Thomas Ray war nicht der erste, dem die Idee des Computerlebens in den Sinn kam. Als er 1989 mit der Arbeit begann, Organismen zu erschaffen, spielten bereits zahlreiche Wissenschaftler aus den unterschiedlichsten Disziplinen mit dem Gedanken, Leben in künstlichen Universen zu erzeugen. Ein gemeinsamer roter Faden bildete sich heraus. Es sollte liebenswerteres Leben sein, schöpferischer als die destruktiven Computerviren, die schon mehrere wissenschaftliche Zentren lahmgelegt hatten. Das ganze Projekt war von vornherein fachübergreifend angelegt und wissenschaftlich anspruchsvoll, genau wie damals in den fünfziger Jahren, als Logiker, Datenfachleute und Psychologen sich zusammenschlossen, um «Künstliche Intelligenz» zu erschaffen.

Ray ist ein bescheidener Mensch und nennt sein Projekt «einen Weg zu künstlichem Leben» – was heißen soll, daß es noch viele andere gibt. Das Leben ist ein Prozeß, ein kompliziertes rhythmisches Muster aus Stoff und Energie. Entscheidend ist nicht, welcher Stoff und welche Energie; entscheidend ist das Muster, der Prozeß, die *Form*. Und die kann die Rechenkapazität des Computers so gut nachahmen, daß das Ergebnis nicht nur ein Imitat, ein theoretisches Abbild des Lebens ist. Die pulsierenden Muster auf dem Schirm selbst sind neue Beispiele dafür, wie der Lebensprozeß sich «formen» kann – sagt Ray. Solche sich selbst entwickelnden Prozeßmuster, behauptet er, *sind* Leben.

Es gibt in der Natur und in der Gesellschaft massenhaft Prozesse, bei denen eine kleine Veränderung spontan eine große Wirkung hervorruft. Entfernt man – aus Versehen natürlich – eine der untersten Dosen aus dem höchsten Stapel in einem Supermarkt, kann in sehr schneller Folge sehr viel passieren; nicht nur mit den Dosen, die darüber stehen, sondern auch mit den Konfigurationen um den Stapel herum. Physikalisch ist es leicht zu verstehen, daß ein Dosenturm, der ein organisiertes System in einem instabilen Gleichgewicht darstellt, schnell in einen stabileren Zustand übergeht: den Haufen. Das geschieht, wenn die kleine Veränderung unten das empfindliche Gleichgewicht zerstört und damit eine Umwandlung der potentiellen Energie der Dosen in Bewegungs- und Wärmeenergie auslöst – und noch eine ganze Menge Unordnung dazu. All das geschieht (fast) von allein. Aber diese natürliche Entwicklung der Dosen am späten Freitagnachmittag hat nicht viel mit

Leben in biologischem Sinne zu tun: Wenn wir sagen, das Leben sei *selbstorganisierend*, dann meinen wir, daß es für lebende Organismen (und übrigens auch für die Entstehung der Arten) gerade typisch ist, daß ihre Organisation aufgebaut und bewahrt, nicht aber zerstört wird. Die Ordnung verschwindet nicht; was zerfällt, wird ständig neu erzeugt.

Ray hatte entdeckt, daß er selbst nicht sehr viel tun mußte, weil im Computer eine ganze Menge von allein passierte. Und das erinnert mehr an Selbstorganisation als an das spontane Zusammenbrechen einer konstruierten Architektur. Wenn er einen einzigen und ziemlich einfachen Stammorganismus in Form eines Programms entwarf, den er dann in seinem Computer «aussetzte», entwickelte sich das Ganze zu einem mittelgroßen Zoo verschiedenartigster Nachkommen. Es gab Parasiten (Programme, die für ihre Aktivitäten die Berechnungsressourcen anderer Programme benutzen) und sogar Hyperparasiten (die ihrerseits die Parasiten benutzen), es entstanden aber auch eher «soziale» Organismen. Sie alle entwickelten sich auf Kosten des Speicherplatzes in der Maschine, aber ohne daß Thomas Ray die Entwicklungsrichtung oder den Verbrauch der Ressource Speicher kontrollieren mußte. Er war verblüfft, als er all die verschiedenen neuen Lebensformen sah, die auf dem Bildschirm von selbst entstanden. Ich werde später noch genauer auf ähnliche Varianten des Computerlebens eingehen.

Daß der Computer nur tut, wozu er programmiert wurde, hat sich als Wahrheit mit beschränkter Gültigkeit erwiesen. Alles, was Ray getan hatte, war, ein kleines «Universum» in seiner Maschine zu erschaffen und ihm ein paar einfache Arbeitsregeln zu geben; dann überließ er die weitere Entwicklung dem System selbst. Fast wie Newton, der sich vorstellte, Gott habe das Universum einmal in Gang gesetzt, indem er die Elemente und die ewigen Bewegungsgesetze schuf und sich dann aber in den weiteren Ablauf nicht mehr eingemischt. Allerdings betrachtete Newton sein Universum nicht als stabil, so daß Gott hin und wieder eben doch eingreifen und das Gleichgewicht wiederherstellen mußte. Das hat Ray nicht nötig. Sein Mikrouniversum organisiert sich bis zu einem gewissen Grad selbst. Hier zählt nicht Stabilität, sondern die Entwicklung.

Ein quicklebendiges Beispiel

Um eine erste handgreifliche Vorstellung davon zu bekommen, wie sich ein Stück Künstliches Leben im Computer verhält, ist es am einfachsten, sich das «Game of Life», das «Spiel des Lebens», anzuschauen, das der Mathematiker John Horton Conway im Jahre 1970 erfunden hat. Es ist so simpel, daß man es auf einem Schachbrett mit einigen wenigen Steinen, zum Beispiel Bauern, spielen kann. Es ist einfacher als Schach, und mit welchen Steinen man spielt, ist gleichgültig.

Wie beim Schach spielen die Farben auf dem Brett keine Rolle. Jedes Feld, egal ob schwarz oder weiß, ist eine «Zelle», die zwei Zustände haben kann: «an» (dann ist ein Stein auf dem Feld) oder «aus» (dann ist kein Stein auf dem Feld). Jede Zelle hat insgesamt acht Nachbarn (die angrenzenden Felder). Das «Game of Life» ist ein Solitär: Es wird von einer einzigen Person gespielt, ohne Gegner. Und so geht es los:

Der Spieler wählt einen Anfangszustand; zum Beispiel, daß drei Zellen nebeneinander «an» und die anderen «aus» sind. Nun berechnet sich der Zustand, den jede einzelne Zelle im folgenden Schritt (in der nächsten Generation) annimmt, nach zwei einfachen Regeln:

- Eine Zelle wird angeschaltet, wenn drei ihrer Nachbarn «an» sind.
- Eine Zelle bleibt «an», wenn zwei oder drei ihrer Nachbarn «an» sind, sonst geht sie «aus».

Conway[3] formulierte die Regeln etwas organischer und wortreicher: 1. Überlebende: Jeder Stein mit zwei oder drei Nachbarn überlebt in der nächsten Generation. 2. Tote: Ein Stein mit vier oder mehr Nachbarn stirbt an Überbevölkerung, und ein Stein mit einem oder keinem Nachbarn stirbt an Isolation. 3. Geburten: Jede Zelle mit genau drei bewohnten Nachbarzellen ist eine Geburtszelle, auf der in der nächsten Generation ein Stein geboren wird. Aber die Wortwahl ist zweitrangig, es kommt allein auf die Logik des Spiels an.

Der Spieler zählt nun die Nachbarn jeder Zelle und wendet die Regeln an, um ihren Zustand in der nächsten Generation zu bestimmen. Hat er das für alle Zellen getan und die richtigen Steine gesetzt, hat er in Wirklichkeit ein «Update des zellulären Automaten» angelegt, auf deutsch: Er hat den Zustand der Zellen auf dem Brett für den neuen Zeitpunkt berechnet; nun kann er weitermachen und die nächste Generation berechnen und dann die darauf folgende usw., bis er keine Lust mehr hat.

Alle Zellen einer Generation verändern ihren Zustand (werden geboren, überleben oder sterben) gleichzeitig. Mit anderen Worten, man darf keine Steine von einem Feld entfernen, das Nachbar einer Zelle ist, ehe man nicht seinen Zustand für die nächste Generation berechnet hat. Conway schlug folgende Technik vor: 1. Der Spieler beginnt mit einem Muster aus schwarzen Steinen; 2. er identifiziert diejenigen, die sterben werden, und legt einen schwarzen Stein obendrauf; 3. er bestimmt die Geburtszellen und legt auf diese einen weißen Stein; 4. nach einer ersten und nach einer zweiten Überprüfung entfernt er die Steine auf den toten Zellen und ersetzt die neugeborenen durch schwarze Steine.

Man wird schnell feststellen, daß sich entsprechend dem gewählten Anfangszustand jedesmal ein völlig anderer Ablauf ergibt. Manchmal ist das Spiel ziemlich schnell zu Ende, und alle Zellen sterben. Zellgruppen können als stationäres Kristall einfrieren und ein starres Muster bilden, das sich nicht verändert (es sei denn, neue Muster «schubsen» es an). Aber es können auch wellenartige Verläufe entstehen, die sich nicht im Rahmen des Schachbretts halten lassen, weil die Muster wachsen und immer neue Nachbarzellen geboren werden; es dauert immer länger, den Zustand der gesamten nächsten Generation zu berechnen, die Steine gehen aus usw.

Conway bekam sehr bald Probleme, weil er das Spiel auf den Fliesen seiner großen Eingangshalle implementiert[4] hatte und Teller dazu verwendete, den Zustand einer Zelle zu markieren. Er war es schnell leid, weil seine Spielsteine ständig zerbrachen. Glücklicherweise läßt sich das Ganze viel bequemer mit einem Computer erledigen; der kann auch den Generationswechsel viel schneller berechnen. Und plötzlich wird das Spiel lebendig: Kleine vibrierende Muster wogen rhythmisch hin und her, und aus ganz einfachen Keimen entstehen neue Strukturen. Eine dieser Strukturen ist der «Gleiter», der diagonal über das Schachbrett – oder über den Fliesenboden – kriecht, bis er auf andere Strukturen trifft und sich verschlucken läßt. Bild 1 zeigt einen solchen Gleiter.

Mit der Zeit kreierten Conway und seine Freunde einen kompletten Minizoo von Formen, die entweder beständig waren, teilweise Signale aussendeten (wie eine «Gleiterkanone»), die «blinkten» oder die umherkrochen (mehr darüber auf Seite 65 ff). Sehr bald schon zirkulierten Kopien des einfachen Spielprogramms unter Computerfreaks, die

Bild 1: Mikroskopischer Ausschnitt aus John Conways «Game of Life» in fünf aufeinanderfolgenden Generationen: ein «Gleiter», der sich diagonal über das Netz von Zellen bewegt. Seine Form verändert sich periodisch. Weiß bedeutet «aus» oder «tot» (leeres Feld), Schwarz «an» oder «lebend» (ein Stein auf dem Feld). Für jede Generation wird der Zustand jeder Zelle nach den genannten Regeln berechnet. Man sieht zwar nur sechzehn Zellen, aber auch die Randzellen haben jeweils acht Nachbarn, die als «tot» (Weiß) gezählt werden. Die oberste Zelle der ersten Generation, die «an» ist (links), hat nur einen lebenden Nachbarn; sie stirbt deshalb in der zweiten Generation.

dann selbst diese Welt erforschen und neue Lebensformen entdecken konnten.

Conways Spiel ist simpel, aber die Strukturen, die daraus entstehen, können sehr komplex sein. Für Anhänger der Idee vom Künstlichen Leben wie Thomas Ray ist «Life» ein vollgültiges Beispiel, weil es die gleichen Berechnungsprinzipien verkörpert wie die avancierteren Formen Künstlichen Lebens zum Beispiel in Rays eigenem Modell.

Selbstorganisation – der blinde Fleck des Darwinismus

Wenn das Leben in einem Computer wirkliches Leben ist und es sich selbst organisiert, kann vielleicht ein alter Traum der Biologie in Erfüllung gehen. Einige Wissenschaftler, die in der Kindheit der Biologie das Wachstum der Pflanzen und die Embryonalentwicklung der Tiere erforschten, haben davon geträumt, daß man eines Tages das Rätsel der Formerzeugung und der Wachstumsregulierung würde lösen können. Sie wünschten sich einen «Newton der Grashalme», der für die Biologie das leisten würde, was Newton für die Physik geleistet hat. Sie wußten so gut wie nichts von der Mechanik und dem Stoffwechsel des Lebens und waren weit davon entfernt, eine Formel für den Grashalm erstellen zu können. Die sinnvolle Funktionalität der Organismen und ihre Fähigkeit, an ökologisch exponierten Stellen zu leben und sich widrigen Verhältnissen anzupassen, erklärten sie mit dem Hinweis auf einen göttlichen Entwurf. Dieser bewunderungswürdige Entwurf an sich war schon Beweis für die Größe des Schöpfers. Gepriesen sei seine Herrlichkeit!

Als dann Darwin Mitte des 19. Jahrhunderts seine Theorie der Evolution durch natürliche Auslese entwickelte und sie schließlich auch nach einigem Zögern veröffentlichte, dauerte es nicht lange, bis Ernst Haeckel, ein Verfechter seiner Ideen, Darwin zum Newton der Biologie erklärte. Im Prinzip, so Haeckel, habe Darwin die physikalische Erklärung für die Vielfalt des Lebens geliefert. Der Reichtum der Lebensformen sei aus einem langen, graduellen Ausleseprozeß hervorgegangen, getragen vom Kampf des einzelnen Organismus ums Überleben. Ein göttlicher Plan war nicht mehr nötig, um die natürliche Welt zu verstehen.

Auch wenn sehr viel Zeit verging, bis Darwins Theorie der natürlichen Auslese als Motor der Evolution akzeptiert wurde, galt sie schließlich doch als fundamentale biologische Gesetzmäßigkeit. Und im Prinzip dient die Theorie auch heute noch als natürliche Erklärung – allerdings mit der Einschränkung, daß sie, wie man erkannt hat, nur die Hälfte des Geschehens erfaßt!

Darwins Evolutionsmodell läßt sich charakterisieren als die Theorie vom Überleben bestimmter Typen von Organismen und ihrer graduellen genetischen Veränderung (auf größere Spezialisierung hin). Das heißt, es ist eine Theorie über Organismen, die von vornherein einigermaßen angepaßte, gut konstruierte und hochorganisierte biophysische Systeme darstellen. Die Evolutionstheorie erklärt *nicht*, wie Tier- und Pflanzenarten *ursprünglich* entstehen. Darwin ließ also nicht nur das gigantische Rätsel der Entstehung des Lebens ungelöst, auch die individuelle Bildung eines neuen mehrzelligen Organismus kann im Rahmen der Theorie der natürlichen Auslese allein nicht erklärt werden. Darwin wußte nichts von Selbstorganisation. Seine Theorien waren entscheidend für die weitere Entwicklung der Biologie. Aber das fehlende Wissen über die eigentliche Dynamik der Entstehung einer lebenden Struktur brachte die theoretische Biologie noch Mitte des 20. Jahrhunderts in Verlegenheit. Darin lag ein wesentlicher Anstoß für die neuere Forschung. Erst im Laufe der letzten zwei, drei Jahrzehnte hat man, wenigstens in Umrissen, Schritt für Schritt die Prinzipien der Formerzeugung, der Bildung des Komplexen aus dem Einfachen, erkannt, die möglicherweise die darwinistische Theorie ergänzen.

Es gibt viele Wege zu einem neuen Verständnis. Einer davon ist die

Embryologie, die es sich zur Aufgabe gemacht hat, minutiös die Entwicklung des Embryos bei Wirbeltieren nachzuzeichnen. Ein anderer Weg ist die Molekularbiologie, die unter anderem Mutationen untersucht, die den normalen Entwicklungsverlauf stören – die Phasen, die ein Embryo durchläuft und die man als «epigenetische Landschaft» bezeichnet, also die Gesamtheit möglicher Geschehnisse in der Zellentwicklung, im Wachstum und in der Bildung anatomischer Formen. Aber auch physikalische Theorien der Selbstorganisation – die Entstehung geordneter Muster in einem von Energie durchströmten Stoff – haben zu neuen Erkenntnissen geführt. Ebenso hat die Computerwissenschaft wichtige Beiträge geleistet, einerseits durch die Simulation komplexer Formerzeugungsprozesse, andererseits als Lieferant verschiedener Metaphern für programmierte Entwicklung und Kodierung. Ich habe also den Eindruck, daß Thomas Ray und die Leute, die wie er behaupten, sie schüfen künstliches Leben, an einem viel größeren ideengeschichtlichen Prozeß beteiligt sind, der weitreichende Konsequenzen haben wird für unser Verständnis der Biologie und des Lebens.

Zwischen Mystik und Banalität: Fraktales Wissen

Die Nachricht, der Mensch könne künstliches Leben erschaffen, klingt nach Magie. Er programmiert die Materie, und es entstehen Viren, Schlangen und Ameisen. Wir in-formieren das Formlose, hauchen dem Bewußtlosen Geist ein, verwandeln Staubkörnchen in ein System – offenbart sich darin nicht ein Wunder? Der Gedanke macht einen schwindelig, aber der Schwindel beruht eher auf unseren gewohnten Begriffen als auf dem Künstlichen Leben selbst. Ist es die kategorische Kluft zwischen lebender und unbelebter Materie (und zwischen gesteuertem Handeln und Spontaneität), die künstlich ist und uns schaudern läßt, wenn wir plötzlich auf einen neuen Raum lebender Formen hinabblicken, die allmählich diese Kluft ausfüllen?

Das Wesen auf dem Bildschirm ist zu Beginn doch ziemlich einfach – kein Grund, die Künstlichkeit einerseits, die systembedingte Spontaneität andererseits zu mystifizieren. Mystisch ist nicht das Leben als biologisches Phänomen oder als Computersimulation. Mystisch sind vielmehr die Lebenswege, denen wir selbst folgen, unsere Faszinationen, Hoffnungen und Ahnungen; auch die gemischten Gefühle, die sich einstellen, wenn wir auf Unbekanntes stoßen und wenn alte Begriffe zerbrechen.

Jahrelang haben Biochemiker, Physiologen und Genetiker die Prozesse untersucht, die mit dem feuchten Innern einer lebenden Zelle zusammenhängen. Seit dem Aufkommen des Computers hat man diesen als Hilfsmittel zum Speichern und Verwalten von Daten verwendet. Aber bis vor kurzem war es eine völlig fremde Vorstellung, mit dem Computer wirkliches Leben zu synthetisieren. Da man früher von der Vorstellung ausgegangen war, daß Organismen Maschinen sind, war das Merkwürdige nicht das synthetische Leben an sich, sondern daß es in den Siliziumchips des Computers geschaffen werden konnte, ganz ohne Kohlenstoff, der ein entscheidendes Grundelement des Lebens ist.

Diese mechanistische Tradition besteht in kleinen Winkeln der Biologie weiterhin, und sie kommt hin und wieder in der spontanen Philosophie der Wissenschaftler zum Ausdruck. Mechanisten unter den Biologen meinen, ein Organismus sei in Wirklichkeit nichts anderes als eine Ansammlung von Atomen, eine reine Maschine aus organischen Molekülen; entsprechend halten sie biologische Prozesse zwar für physikalisch in bezug auf ihre Stofflichkeit, sind aber der Ansicht, die Physik reiche heute nicht mehr aus, um sie zu erklären. Struktur und Funktion von Organismen seien Phänomene, die aus sich selbst heraus existieren und mit dem Begriffsapparat der Biologie beschrieben werden müssen. (Diese recht weit verbreitete biologische Ansicht wird heute allgemein als Organizismus bezeichnet.)[5]

Dennoch haben die Biologen sich der verschiedensten Metaphern bedient, um zu beschreiben, was Organismen eigentlich sind, und die Metaphern stammten typischerweise aus dem Bereich der zur jeweiligen Zeit gerade modernen Technologie. Eine Ameise zum Beispiel kann man sich als mechanisches Uhrwerk mit genau aufeinander abgestimmten inneren Mechanismen und unterschiedlichen Funktionen vorstellen. Aus einer späteren Perspektive läßt sie sich als ein Produkt der Energietechnologie beschreiben: als thermodynamische Einrichtung, die – analog einer Dampfmaschine – bei Verbrennung chemisch gebundene Energie verbraucht und unter Wärmeentwicklung Arbeit leistet. Aus heutiger Sicht präsentiert sich die Ameise als kleiner Computer mit angeschlossenen Sinnes- und Bewegungsorganen, der eine Unmenge von Informationen über die Außenwelt verarbeitet und verschiedene Antworten darauf bereithält.

Egal jedoch, ob man Lebewesen als mechanische, thermodynamische oder informationsverarbeitende Maschinen ansieht (oder als einen ganz besonderen Systemtyp mit eigenen Gesetzen – es wäre ja denkbar, daß keine der Metaphern alle Aspekte abdeckt), die Entstehung künstlichen Lebens erregt eine fundamentale Neugier. Sie provoziert beunruhigende Fragen und ruft bei manchen Menschen einen ebenso tief verwurzelten intellektuellen Widerstand hervor wie seinerzeit Ansätze der KI-Forschung, die menschlichen Sinne zu ergründen. Wäre «Künstliches Leben» nur ein Sammelbegriff für einige Computermodelle oder eine neue Methode, die in der Zusammenarbeit einiger naturwissenschaftlicher Disziplinen entstanden ist, würde es kaum die erwähnten Reaktionen hervorrufen: Worin liegt das unleugbar Seltsame am Künstlichen Leben?

Es wird behauptet, daß die Wissenschaft die Welt entmystifiziert. Der Wahrheit näher kommt die Aussage, daß Wissenschaft uns im besten Falle die Welt öffnet, die tägliche Wirklichkeit wieder verzaubert und uns Mittel an die Hand gibt, die Grenze zwischen dem zu sehen, was wir zu wissen glauben, und dem, was wir ganz einfach nicht verstehen. Auch wenn Physik, Chemie, Biologie und andere Wissenschaften erheblich dazu beitragen, eine große Landkarte von der Wirklichkeit zu zeichnen, können sie doch einige weiße Flecken nie ganz ausfüllen. Je mehr Details sie untersuchen und in die Karte einfügen, desto mehr neue Löcher und Horizonte tun sich auf. Erkenntnis hat also eine gebrochene, eine *fraktale* Struktur: Mit jedem neu erworbenen Wissenszipfel «steigen wir tiefer hinab». Wir können dann zwar das Universum für Gespräche über die Natur und mit ihr erweitern, aber wir haben gleichzeitig die Grenzen zum Unbekannten ausgeweitet. Und wenn wir uns nur an die Zipfel halten, ohne sie zu größeren Einheiten zusammenzufassen, graben wir uns nur immer tiefer in das gleiche Loch hinein und sehen einen immer kleineren Teil des Horizonts. Das ist die Geometrie der Entdeckung.

Es gibt mehr zwischen der DNS und dem Organismus, als James D. Watson sich in seinem biochemischen Kopf erträumen konnte, der seinerzeit allen erzählte, er und Crick hätten gerade das Rätsel des Lebens gelöst. Das war 1953, als sie erkannten, daß die DNS wie eine Doppelspirale aufgebaut ist. Es gibt *mehr*, nicht weil das Leben eine geheimnisvolle vitale Substanz ist, wie man früher glaubte, sondern weil die Molekularbiologie, die auf Watsons und Cricks Entdeckung aufbaute, einen hochorganisierten Komplex von Prozessen enthüllt hat, vom Mikrokosmos der einzelnen Zelle bis zum gesamten Ökosystem. Das konfrontiert uns mit neuen Fragen und zeigt neue Grenzen auf für alles, was wir allein aufgrund der Analyse einzelner Stoffe aussagen können. Wir mögen verstehen, wie die DNS die Reihenfolge der Bausteine festlegt, aus denen die Proteine bestehen; aber wie die Proteine, der Stoffwechsel, die Zellen oder Organsysteme in einem Tier als Ganzem funktionieren, ist aus der DNS nicht abzulesen.

Am Anfang war die Information

Wie entsteht eine Zelle? Was steuert den Stoffwechsel? Wie wird eine Hand gemacht? Auf welchen Mechanismen beruht die Evolution? Um Fragen dieser Art zu beantworten, genügt es nicht mehr, die methodische Reduktion komplexer Systeme bis zu immer einfacheren Komponenten weiterzutreiben, wie es die Biologen bisher getan haben. Wir müssen Methoden finden, das *gesamte* System zu beschreiben, die Organisation der Zelle oder des Organismus. Die komplexe Struktur des Körpers oder der Zelle, die Dynamik in Zeit und Raum, die plötzliche Herausbildung neuer Eigenschaften auf höheren Ebenen als denen der Teile (oft Emergenz genannt): Solche Phänomene sind die vorrangigen Themen der neueren Biologie.

Hier kommt auch die Möglichkeit des Computers ins Spiel, große Mengen von Information zu bewältigen und mit ihnen zu rechnen. Künstliches Leben interessiert in diesem Zusammenhang nicht nur als Beweis dafür, daß Leben leicht zu erzeugen ist, sondern auch als breite Analogie, als Klasse von Modellen komplexer rechnender Systeme, die «ökologische» und entwicklungsgeschichtliche Bedingungen mit vielen natürlichen Organismen teilen.

Wenn Leben sich dadurch auszeichnet, daß es die im Erbmaterial eingebettete biologische Information verarbeitet, dann hat es als eine Art *natürlicher Informationsverarbeitung* begonnen. Das Leben entstand in der Ursuppe, als sich große Moleküle entwickelten, die die Möglichkeit boten, Informationen anzulagern, zu «speichern». So lautet eine allgemeingültige Theorie über die Entstehung des Lebens.[6] Am Anfang war die Information...

In diesem Sinne scheint es unmittelbar einleuchtend, daß unsere informationsverarbeitenden Maschinen das Kunststück nachmachen könnten. Aber was ist eigentlich Information? Nur eine Anzahl Bits, die sich zählen und maschinell oder biochemisch manipulieren lassen?

Information läßt sich auf verschiedene Weise definieren – zum Beispiel: Information ist all das, was als Antwort auf eine Frage gelten kann. Am Anfang war die Antwort...

Aber kann die Antwort der Anfang sein? Wie lautete dann die Frage? Setzt Information nicht eine Zelle voraus, eine Einheit im Raum, die diese Information deuten und zum eigenen Nutzen verwenden kann? Eine Zelle, die (anthropozentrisch ausgedrückt) die Frage «Wie organisiere ich mein Überleben?» stellen und versuchen kann, ihr begegnende Zeichen aus der Umwelt zu deuten? Das gute an der Wissenschaft vom Künstlichen Leben, der KL-Forschung, ist, daß sie es erlaubt, diese Probleme auf eine radikal neue Art und Weise zu behandeln.

Die KL-Konferenz von Los Alamos

Im September 1987 versammelten sich 160 Computerwissenschaftler, Physiker, Philosophen, Biologen, Anthropologen und eine Reihe anderer «-logen» zum ersten internationalen Treffen zum Thema «Artificial Life», Künstliches Leben, wie es getauft wurde. Es fand statt im Los Alamos National Laboratory, einem großen und vorwiegend militärisch genutzten Forschungszentrum der USA. Hier wurde die Atombombe entwickelt; heute erforscht man inmitten der Berge New Mexicos allerdings auch friedlichere Dinge. Unter anderem bauen Wissenschaftler hier die Datenbasis für das menschliche Genom auf. Das Treffen wurde gemeinsam von drei Partnern gesponsert: dem Center for Nonlinear Studies (CNLS), einer Abteilung des Los Alamos National Laboratory; dem damals gerade gegründeten kleinen, aber bedeutenden Santa-Fe-Institut – es liegt ungefähr eine Autostunde von Los Alamos entfernt und gilt heute als führend auf dem Gebiet der Erforschung komplexer Systeme –; und schließlich von der Computerfirma Apple, die das Skelett zu einem wichtigen Teil der künstlichen Lebensformen in Form von Hardware geliefert hat.

In den fünf hektischen Konferenztagen wurden viele interessante Systeme vorgeführt: Modelle der Entstehung und Entwicklung des Lebens; der Selektion und Anpassung kooperierender «Organismen» in simulierten Ökosystemen; selbstreproduzierende Automaten; Modelle von Vogel- und Fischschwärmen; Computerpflanzen, die mit Hilfe simpler Algorithmen (einfachen Vorschriften, nach denen sie programmiert sind – in diesem Fall Formeln für die Teilung von Zweigen und für Längenwachstum) groß und prächtig werden; und vieles mehr. Hier gab es alles, was das Forscherherz begehrte, vom völlig Seriösen, das dazu dienen kann, bestehende Theorien über Wachstum und Entwicklung zu illustrieren und zu überprüfen, bis zum reinen Humbug, der mehr an die Computerspiele in der Eckkneipe und an Science-fiction-Filme erinnerte als an Gegenstände naturwissenschaftlicher Forschung. (Diese liberale Haltung in der Abgrenzung des Fachgebiets hat dazu geführt, daß einige der eher traditionellen und empirisch eingestellten Wissenschaftler der KL-Forschung jegliche Relevanz aberkannten. So brauchten sie sich nicht die Mühe zu machen, herauszufinden, worum es wirklich geht.)

Die Workshops wurden von Chris Langton organisiert und geleitet. Langton hatte bereits seit Jahren mit einem Typus von mathematischen Strukturen gearbeitet, die als Zelluläre Automaten bezeichnet werden und sich hervorragend in Computer implementieren lassen. (Conways «Life» ist ein Beispiel für einen Zellulären Automaten.) Langton berichtet, er sei schon lange frustriert darüber gewesen, daß biologische Modelle und Simulationen in der Forschung so stiefmütterlich behandelt wurden. Jahrelang hatte er Bibliotheken, Datenbanken und Buchhandlungen nach Literatur durchsucht, um einen Überblick über das Gebiet zu bekommen – richtiger: über das, was zu einem Gebiet werden sollte, denn es existierte noch gar nicht als selbständige Fachrichtung. Die theoretische Biologie hat, verglichen mit der theoretischen Physik, schon immer eher ein Schattendasein gefristet. Biologen experimentieren; nur Physiker können es sich mit gutem Gewissen und vollem Einverständnis ihrer Kollegen erlauben, ausschließlich theoretisch zu arbeiten. Dafür gibt es natürlich Gründe, zum Beispiel die späte Entwicklung der Biologie als Institution und Wissenschaft; dennoch hatten Leute wie Langton aus genau diesen Gründen Schwierigkeiten, ein Umfeld für ihre Interessen zu finden.

Kein Zweifel – von Langtons Initiative sind wichtige Impulse ausgegangen. Auf der Konferenz herrschte nicht nur große Begeisterung über die noch wenige Jahre zuvor undenkbaren Möglichkeiten, biologische Entwicklungsprozesse durch Modellierung zu verstehen, Möglichkeiten, die viele Teilnehmer stolz mit Beispielen vorführten. Es entstand auch Neues: Wissenschaftler, die vorher isoliert an ihren kleinen Modellen, etwa des Zellwachstums, getüftelt hatten, trafen hier auf Gleichgesinnte, die mit anderen Organismen oder auf einer anderen Organisationsebene arbeiteten, aber sehr ähnliche Methoden anwandten. Langton erinnert sich, daß in jenen Tagen allmählich ein kollektives Gefühl für die «Essenz» der KL-Forschung entstand. Es war nur ein vages Gefühl, das nicht sogleich in programmatische Erklärungen oder explizite Forschungsprogramme mündete – Langton hat es später in dem von ihm herausgegebenen Buch *Artificial Life*[7] in Worte zu fassen versucht. Diese «Vision» von einem neuen Forschungszweig, der einen wesentlichen Teil der theoretischen Biologie bilden könnte, basiert auf verschiedenen Elementen.

Die sieben Gebote des Künstlichen Lebens

Ich sehe mindestens sieben zentrale Punkte, die gemeinsam die Vision vom Künstlichen Leben in seiner stärksten[8] und kühnsten Form ausmachen – als Erschließung eines neuen Forschungsgebiets wie als technisch-wissenschaftliche Verwirklichung eines neuen Typs von Systemen. Die Bedeutung der folgenden Formulierungen wird im späteren Verlauf noch klarer. Künstliches Leben in seiner starken, umfassenden Interpretation basiert auf folgenden Vorstellungen:

1. *Biologie des Möglichen.* Künstliches Leben beschäftigt sich nicht mit dem besonderen feuchten und auf Kohlenstoff basierenden Leben, das wir hier auf der Erde kennen und das die derzeitige experimentelle Biologie untersucht, sondern mit dem Leben, *wie es sein könnte*. Da die Biologie sich nur auf ein einziges, das irdische Beispiel, stützen kann, ist sie empirisch zu begrenzt, um wirklich generelle Theorien entwickeln zu können. Deshalb bildet Künstliches Leben als Forschungsgebiet eine einleuchtende und entscheidende Ergänzung. Niemand weiß, ob nur die vorhandenen irdischen Grundstoffe und der zufällige Evolutionsverlauf dafür verantwortlich sind, daß wir so und nicht anders aussehen. Es könnten durchaus allgemeine Organisationsgesetze mit im

Spiel sein, die wir nur noch nicht kennen. Die Biologie von heute ist nur die Biologie des beobachtbaren Lebens.

2. *Synthetische Methode.* Die traditionelle Bioforschung arbeitete nach der Methode, lebende Wesen zu *analysieren* und sie aus ihren kleinsten Teilen zu erklären; KL-Forschung dagegen ist ein Versuch, lebensähnliche Prozesse in Computern oder anderen Medien zu *synthetisieren.*

3. *Echtes (Künstliches) Leben.* Künstliches Leben betrifft von Menschen erzeugte Systeme mit einem Verhalten, das charakteristisch ist für natürliche, lebende Systeme. Aber was am Künstlichen Leben ist künstlich, also unecht, nichtnatürlich, menschengeschaffen? Künstlich am Leben *in silicio*, an den konstruierten Maschinen, Modellen, «Organismen» usw., ist nicht ihr Verhalten: das *Verhalten*, der übergeordnete Prozeß, ist *echt* und «folgt seinen Gesetzen» genauso wie das Verhalten wirklichen Lebens. – Das Artifizielle am Künstlichen Leben sind vielmehr die *Komponenten* (wie Siliziumchips, Formeln, Rechenregeln), aus denen es besteht: sie wurden von uns gestaltet. Sein Verhalten aber entwickelt das Künstliche Leben selbst.

4. *Alles Leben ist Form.* Weder das tatsächliche noch das mögliche Leben werden durch den Stoff bestimmt, aus dem sie bestehen. Leben ist ein Prozeß, und dessen Form ist die Essenz des Lebens, nicht der Stoff. Deshalb kann man vom Materiellen absehen und die *Logik*, die den Prozeß steuert, von der konkreten stofflichen Ausformung des uns bekannten Lebens abziehen. Und deshalb läßt sich die gleiche Logik (die gleiche Lebensform) auch in einer anderen stofflichen Verkleidung oder einem anderen Substrat verwirklichen. Leben ist prinzipiell unabhängig vom Medium.

Diese vier Thesen hängen zusammen. Eben weil das Leben Form ist, kann sich die Biologie des Möglichen einer synthetischen Methode bedienen, um die Form oder formelle mathematische Beschreibungen (zum Beispiel für Berechnungen im Computer) dazu zu bringen, eine Verhaltensfolge zu verwirklichen, die genauso echt und genuin ist wie im irdischen Leben. Hieraus folgen wiederum drei innerlich zusammenhängende Vorstellungen von der Art und Weise, wie Künstliches Leben konstruiert werden sollte:

5. *Aufbau von unten nach oben.* Die Synthese Künstlichen Lebens erreicht man am besten durch ein Prinzip der computergesteuerten Informationsverarbeitung, nämlich die «Programmierung» von unten

nach oben *(bottom/top)*. Ganz unten werden viele kleine Einheiten definiert und ein paar einfache Regeln für ihr rein lokales Zusammenwirken (das ist die eigentliche Programmierung). Aus diesem Zusammenwirken entsteht kohärentes, globales Verhalten auf einem ganzheitlichen Niveau, das nicht im voraus nach bestimmten Regeln programmiert ist. Entsprechend sind auch unsere Proteine relativ explizit in der DNS «programmiert», aber es gibt kein Gen, das direkt die Form des Gesichts oder die Anzahl der Finger betrifft. Ganz anders dagegen das vorherrschende Programmierungsprinzip der KI-Forschung (vgl. Anm. 8): Hier versucht man, intelligente Maschinen mit Hilfe von Programmen zu konstruieren, die «von oben nach unten» *(top/bottom)* aufgebaut sind: Das Gesamtverhalten wird programmiert, indem man es in stringente Untersequenzen aufteilt und diese wiederum in präzise Subroutinen, Subsubroutinen usw., bis zur tiefsten Ebene, dem Maschinencode für das Programm. Da die Bottom-top-Methode des Künstlichen Lebens Prozesse in der Natur nachahmt oder simuliert, die sich selbst organisieren, kann man sie auch *simulierte Selbstorganisation* nennen.

6. *Parallelverarbeitung*. Während klassische Computer Informationen *sequentiell* verarbeiten, also stets einen logischen Schritt nach dem anderen machen – so auch in der klassischen KI-Forschung –, basiert die Informationsverarbeitung beim Künstlichen Leben auf *massiver Parallelität*: genau wie im richtigen Leben, wo die Nervenzellen im Gehirn gleichzeitig arbeiten, ohne darauf zu warten, daß der Nachbar fertig ist, oder wie in einem Vogelschwarm, in dem einzelne, kleine Richtungsänderungen vieler Vögel dem ganzen Schwarm sein dynamisches Gepräge geben. Heute sind künstliche neuronale Netzwerke ein typisches Beispiel für parallele Informationsverarbeitung und stellen deshalb eine Art Künstliches Leben dar. (Daß sich die Parallelität neuronaler Netze auf «klassischen» sequentiellen Computern simulieren läßt, ist für das eigentliche Berechnungsprinzip ohne Bedeutung.)

7. *Emergenz ist erlaubt*. Der zentrale Punkt am Künstlichen Leben ist, daß es nicht im gleichen trivialen Sinn wie ein Auto oder ein Roboter im voraus gestaltet wurde: Seine interessantesten Elemente zeigen ein sogenanntes «emergentes Verhalten». Das englische Wort «emergence» bedeutet «Entstehung» oder «Auftauchen» und bezeichnet das faszinierende Ganze, das entsteht, wenn viele recht einfache Ein-

heiten auf komplexe (nichtlineare) Weise miteinander in Wechselwirkung treten.[9] Die Bottom-top-Methode läßt das Auftauchen neuer, unvorhergesehener Phänomene auf einer übergeordneten Ebene zu – für lebende Systeme enorm wichtig. Das ökologische Gleichgewicht in einem kleinen See mit Pflanzen, Plankton, Kleintieren und Fischen ist ein gutes Beispiel für dynamisches Verhalten, das sich ohne die Gesamtheit der Prozesse, aus denen es besteht, nicht erklären läßt. Dieses Gleichgewicht kann sehr wohl chaotische Aspekte enthalten (das System wird vielleicht nie ganz seine eigene Bewegung wiederholen); wesentlich aber ist, daß das Gleichgewicht ein übergeordnetes Verhalten des Systems als Ganzen darstellt: keine Eigenschaft, die kennzeichnend für die einzelnen Komponenten ist.[10] So läßt sich beispielsweise in der teilweise genetisch bestimmten Embryonalentwicklung der Phänotyp (das Erscheinungsbild des Individuums) nicht aus dem Genotyp (der spezifischen Sequenz von Genen) vorhersagen (meistens ist es umgekehrt: man schließt aus der Kenntnis des Phänotyps auf den Genotyp). Dies gilt für KL-Forschung allgemein[11]: Der Genotyp, das sind die einfachen Regeln, nach denen das System arbeitet, etwa die beiden Regeln in Conways «Spiel des Lebens». Der Phänotyp, das ist das übergeordnete, emergente Verhalten des Modells, etwa die wackelnde, diagonale Bewegung eines Gleiters über das Netz.

Künstliches Leben ist emergentes Leben, aber es handelt sich nicht um die geheimnisvolle Emergenz, von der die alten Vitalisten träumten: KL ist gewissermaßen ein mechanischer Holismus!

Damit bietet sich eine neue, kreative Art und Weise, auf den Gegensatz zwischen Reduktionismus und Holismus in der Biologie zu reagieren. Doyne Farmer, der selbst an einem Modell für die Entstehung des Lebens arbeitet, meint, KL-Forschung ermögliche es, Mechanist und Vitalist zugleich zu sein – warum sollte man sich mit einem Teil zufriedengeben, wenn man das Ganze haben kann?[12] Die Kreativität der Branche zeigt sich auch sprachlich; immer neue Ausdrücke sprudeln hervor. So nennen sich Wissenschaftler, die zur Familie oder Gemeinschaft der KL-Forscher gehören, «Alifers» (ein Wortspiel mit «life», «alive» und «Artificial Life»). Doch nicht jeder Alifer steht hinter allen genannten sieben Punkten mit voller Überzeugung. Viele hegen bemerkenswert großes Interesse für eher philosophische oder ethische Fragen. Das war nicht zuletzt bei der zweiten internationalen KL-Konferenz im Februar 1990 in New Mexico zu bemerken, auf der sich viele Diskussionen darum drehten, wie Leben überhaupt definiert werden kann.

Wissen wir denn, was Leben ist? Intuitiv schon; aber genauso abstrakt könnte man fragen: Was ist Denken? Psychologen und Philosophen betrachten die KI-Forschung nicht als eigentliche Psychologie, also in irgendeiner Weise relevant für die spezifisch menschliche Art zu räsonieren. Menschen denken zum Beispiel oft in Analogien und Bildern – und das tun KI-Expertensysteme nicht. Deshalb gilt KI eher als eine Art nichtempirischer Logik, Mathematik oder Semiotik.[13] Genauso könnte man die KL-Forschung als experimentelle (und biologisch inspirierte) Philosophie ansehen, die die Bedingungen untersucht, unter denen etwas überhaupt als lebendig, als biologisches Leben angesehen werden kann. Liegt hier womöglich eines der Hauptfelder der KL-Forschung?

Das Leben ist schwer für einen Biologen, der die Mechanik eines Organismus Molekül für Molekül beschreiben will; nicht ganz so schwer für einen Alifer, der die Logik der Selbstreproduktion oder andere Aspekte und Spiele des Lebens simulieren will; aber seine unaussprechliche, unbegründbare, unglaubliche und unnachahmliche Leichtigkeit scheint das Leben, bevor es in wissenschaftliche Zellen und Systeme gepfercht wird, selbst zu enthalten.

Es bewegt sich

Es gibt Tiere, die unwiderstehlich wirken oder abstoßend, sie können uns faszinieren oder Schauer über den Rücken jagen. Wahrnehmung hat immer etwas Unvorhersagbares. Vielleicht berührt uns bei Tieren am meisten, daß sie – augenscheinlich wie wir – selbst entscheiden, wohin sie gehen, kriechen, krabbeln oder schwimmen. Diese *Autonomie* oder Selbständigkeit ist uns allen vertraut: Wir können nicht nur, wir *wollen* selbst. Sogar Pflanzen und einzellige Organismen verfügen über eine gewisse Autonomie, obwohl sie doch ortsgebunden sind.

Ein Kriterium dafür, daß Künstliches Leben *echtes* Leben ist, genauso lebendig wie das natürliche, *the real thing*, könnte diese Selbständigkeit, diese Fähigkeit zur Selbstbewegung, sein. Unbelebte Dinge wie ein Stein oder ein Fluß können sich zwar bewegen, aber sie bestimmen nicht «selbst», wie. Und damit nicht genug. Organismen haben außerdem die Fähigkeit zur Selbstreproduktion, was schon im Wort auf eine Aktivität und eine Einheit verweist, die sich «selbst» als Rohstoff, Prozeß und Produkt einbezieht. Und dann natürlich die Fähigkeit zur Selbstorganisation während der Embryonalentwicklung, bei der sich die verschiedenen ins System eingeschleusten Moleküle in einem phantastischen und immer noch rätselhaften Prozeß zu einem ganzen Organismus strukturieren – «dann ein Gewebe, das sich ausdehnt und färbt; ferner Fleisch, das sich bildet. Ein Schnabel, Flügelansätze, Augen, Pfoten erscheinen; eine gelbliche Masse wird ausgeschieden und erzeugt Eingeweide. Jetzt ist es ein Tier...»[14] Und beim Menschen schließlich (und seiner mehr oder weniger künstlichen Intelligenz) wäre außerdem noch die Fähigkeit, ein gewisses Selbst-Verständnis auszubilden, als besondere Raffinesse hinzuzufügen.

Der Versuch, künstliches Leben zu erzeugen, ist nicht zuletzt der Versuch, die Fähigkeit der Natur nachzuahmen, organische «Punkte» im Raum zu schaffen, Punkte, deren rein physikalische Beschreibung das eigentliche Phänomen nicht trifft und die deshalb mit anderen Begriffen und Vorstellungen zu erfassen sind. Es liegt nahe, Leben als Orte zu beschreiben, an denen eine selbständige Perspektive – die des

Organismus – entsteht: Diese Perspektive ist in gewissem Sinne eine *Ansichtssache*, obwohl das Ding gar nicht sehen können muß: Es läßt sich als Punkt verstehen, von dem aus die Nische wahrgenommen und definiert wird. Die mehr oder weniger selbstbewegliche biologische Einheit ist mit einer «subjektiven» Umwelt[15] (subjektiv in bezug auf ihre immer begrenzte und artspezifische Wahrnehmung) ausgerüstet und mit einem Projekt befaßt, das unter anderem darauf hinausläuft, zu überleben und sich selbst zu reproduzieren – am liebsten im guten sozialen Zusammenspiel mit anderen Artgenossen. Sehen wir deshalb, wie die Väter und Mütter der Biologie mit den, physikalisch gesehen, besonderen Eigenschaften wie Selbstbewegung, Selbst(re)produktion, Selbstorganisation und anderen Selbst-X umgehen, denen das Künstliche Leben nacheifert.

Form und Organisation der Organismen

Damit etwas sich bewegen, sich organisieren kann (und sich verstehen – aber diese Komplikation überspringen wir hier), muß es zunächst ein «Selbst» sein, ein Subjekt oder zumindest ein System, das von sich aus etwas tut. Man kann darüber spekulieren, was das bedeutet. Der Biophilosoph Humberto Maturana spricht von *Autopoiese* (von griech. *autos* = selbst; *poiein* = schaffen) – eine fundamentale Eigenschaft, die das Leben gegenüber dem nicht Lebenden auszeichnet. Intuitiv ist das leicht zu verstehen: Der Organismus bringt sich selbst hervor, wenn er Nahrung sucht, diese in Stoffwechselprozessen verarbeitet, wächst, eben das Leben im ganzen aufrechterhält – die Organisation also, die er selbst verkörpert. Autopoiese bei Maturana bezieht sich genauer auf ein Netzwerk von Produktionsprozessen in der Zelle, bei dem die produzierten Komponenten (wie die Enzyme der Zelle) selbst Teil des Netzwerks sind und zu seiner Aufrechterhaltung beitragen. Ein System hat entweder diese autopoietische Qualität und ist somit lebend, oder es ist eben kein solches System. Autopoiese ist unteilbar und läßt sich nicht graduieren. Maturana kennt kein «halbtot». Alles, was von Menschen produziert wurde, ist per definitionem *heteropoietisch*, von außen erzeugt und also nicht autopoietisch. Deshalb würde Maturana Künstlichem Leben kaum den Status echten Lebens zuerkennen.[16]

Maturana knüpft hier an eine alte Tradition der Biologie an, die nach der Einheit im Lebendigen sucht. Diese Tradition geht zurück auf den griechischen Philosophen Aristoteles (384–322 v. Chr.), der als einer der ersten Feldbiologie mit kühnem kosmologischem Denken verband. Wenn er von Seele *(psychē)* oder Lebenskraft sprach, meinte er ein vom Körper der Pflanzen, Tiere und Menschen untrennbares Bewegungsprinzip, von dem aus alles Lebende zu verstehen sei. Natürlich haben auch die Urelemente Erde, Luft, Feuer und Wasser ein Bewegungsprinzip – die gesamte Aristotelische Natur unterliegt den gleichen Prinzipien, darunter die Zwecktätigkeit, die Teleologie –; aber Aristoteles unterstrich, daß ein Stein, auch wenn er eine natürliche Tendenz hat, sich auf die Erde zuzubewegen, dennoch nicht selbst imstande sei, dieser Tendenz zu folgen. Lebewesen dagegen wohnt nicht nur die natürliche Tendenz der Dinge inne, sich zu bewegen und zu verändern; sie sind auch imstande, *von sich aus* dieser Tendenz zu folgen: «es wird doch in Bewegung versetzt, das Lebewesen selbst durch sich selbst».[17]

Die Seele ist für Aristoteles – im Unterschied zum Stoff – die *Form* der lebenden Organismen, gleichgültig, von welchem Lebewesen die Rede ist. Darüber hinaus kennt er vier Typen von Ursachen – die Formursache *(causa formalis)* ist eine davon –, die sich am ehesten als Verständnisprinzipien ansehen lassen. In der Seele lebender Wesen erkannte Aristoteles ein interessantes Zusammentreffen von drei dieser vier Ursachen: Die Seele sei nämlich das *bewegende* Prinzip (die Wirkursache), das *Ziel* (die Zweckursache) und auch das *Wesen* (Form, Formursache) des Körpers: Für ihn gab es keinen christlichen Dualismus von Seele und Körper. Kurz, aufgrund dieser Bestimmungen galt Aristoteles die Seele als Quelle einer ganzen Reihe grundlegender Lebensäußerungen wie essen, wachsen, sich vermehren, fühlen, begehren usw. Die Seele bildet die zentrale Kraft für die Fähigkeit des Organismus zur Selbstbewegung und zu Selbst-X insgesamt.

Es kommt uns vielleicht übertrieben vor, Schleimpilzen und dem Löwenzahn Seele zuzugestehen – ist Aristoteles da nicht ein wenig zu weit gegangen? Unser berechtigtes Mißtrauen hat Tradition. Große Teile seiner Lehre wurden nach der Renaissance und der Auseinandersetzung mit der gesamten mittelalterlichen Philosophie als hoffnungslos vitalistisch und überholt angesehen. Aber man darf nicht vergessen, daß der Begriff Seele nach Aristoteles seine Bedeutung verändert hat und immer stärker auf den Menschen bezogen wurde. Aristoteles selbst hatte seine Vorstellung von *psychē* nuanciert und betont, daß sie sich von den

Pflanzen über die Tiere bis hin zum Menschen immer weiter differenziert.[18]

Daß mit dem Aristotelischen Denken gebrochen wurde, hat gute Gründe. Im Mittelalter war es zu einem festen Kategoriensystem der natürlichen Zusammenhänge in ihren großen Daseinsformen erstarrt: von Gott und den Erzengeln über die Engel zu den Menschen und weiter hinab zu den Tieren, Pflanzen und Mineralen usw. Diese Kette wurde von der neuzeitlichen Naturwissenschaft unterbrochen. Mit der Physik als Vorkämpferin gab sie das Signal für eine mechanistische Deutung der materiellen Welt und einen eher instrumentellen Umgang mit der Natur.

Viele Naturphilosophen (aus der Zeit, als die Naturphilosophie eine Wissenschaft war) hatten bis dahin daran gearbeitet, das Welt-Inventar den drei großen Reichen des alten Systems zuzuordnen: denen der Tiere, der Pflanzen und der Minerale. Jetzt begann man Gemeinsamkeiten zwischen Tieren und Pflanzen über die Grenzen der Reiche hinweg zu entdecken! Allmählich entwickelte sich auch die biologische Wissenschaft in einem Prozeß, in dessen Verlauf nunmehr die Unterschiede zwischen dem organischen und dem anorganischen Universum immer deutlicher hervortraten. In dieser Bewußtwerdung liegt ein latenter Widerspruch zum mechanistischen Denken, das allem Sein den Charakter von Mechanik, von Maschinen, zuschreibt. Ende des 18. Jahrhunderts hatten Anatomen, Botaniker und Naturhistoriker, darunter auch der Franzose Louis Daubenton, geltend gemacht, daß die wichtigste Eigenschaft, die Lebendes von Anorganischem unterscheide, *Organisation* sei, die nur das Lebende besitze.[19] Dieser Unterschied war etwa für Daubenton fundamentaler als der zwischen Pflanzen und Tieren. Mochten die Tiere vielleicht organisierter aussehen, auch die Lebensfunktionen der Pflanzen erforderten einen hohen Grad an Organisation, der nicht zu vergleichen war mit der hübschen, aber simplen Geometrie der Minerale. Deshalb: Weg mit dem Bild von der in drei getrennte Reiche untergliederten Natur und her mit der Biologie als Erforschung der Gemeinsamkeiten alles Lebendigen! Das Wort «Biologie» allerdings war noch gar nicht geboren. Diese Bezeichnung für die neuen Bestrebungen stammt aus dem Jahr 1800, und der Gedanke einer übergreifenden Lebenswissenschaft verbreitete sich erst richtig mit den Werken des Franzosen Auguste Comte in der Mitte des 19. Jahrhunderts.

Comte gilt als Vater der Soziologie, weil er eine eigene Wissenschaft vom sozialen Leben der Menschen etablieren wollte, eine Wissenschaft, die sich nicht auf Psychologie oder Biologie reduzieren ließ. Das Soziale als völlig eigenständiger Bereich – dieses Konzept führte ihn zur Wiederentdeckung des Biologischen als ebenfalls selbständiger Komplexitätsebene. Auch wenn die Gesetze der Physik vieles erklären konnten, war Comte der Meinung, es bedürfe einer biologischen Wissenschaft, die sich speziell mit der Anatomie, Physiologie und Entwicklung von Organismen zu beschäftigen habe.

Ein historischer Cocktail

Wir sehen also, daß die – je nach Temperament – wahnwitzige oder geniale Idee, künstliches Leben zu schaffen, Vorstellungen voraussetzt, die sich bis zu Aristoteles zurückverfolgen lassen, Vorstellungen von *einer* Biologie, vom Lebendigen als etwas übergreifend Gemeinsamem: etwas, das alle Lebensformen betrifft und einer gesamtwissenschaftlichen Untersuchung bedarf. Aber diese Idee hat auch andere Wurzeln, die teils im Organisationsbegriff der Naturhistoriker liegen, einem Begriff, der schon bald sehr allgemein verwendet wurde, und teils in einem Maschinendenken, das auf die wissenschaftliche Revolution zurückgeht. Descartes ging sogar so weit, seinen eigenen Körper als hochentwickelte Maschine anzusehen. Künstliches Leben schließlich benötigt, um entstehen zu können, den Computer – eine Maschine, die automatisch rechnen kann –, und der wiederum hat seine eigenen historischen Voraussetzungen, unter anderem in der Leibnizschen Vorstellung vom Denken als einer Art Rechenaktivität. Entsprechend ließe sich Künstliches Leben als ein Informationsverarbeitungsprozeß vorstellen. Leben ist Form, kommunikative Form: Information.

So können wir also die Grundlagen der neuen Forschungsdisziplin rekonstruieren, indem wir je ein Quentchen Aristoteles und Descartes nehmen und ihre Gedanken mit Vorstellungen von Dauberton und Leibniz verfeinern; geben wir Comte hinzu oder das Interesse an Ebenen verschiedener Komplexität, dann sind wir fast schon fertig. Wem dieser Cocktail zu herb im Geschmack ist, der mag eine Prise Darwin über das Ganze streuen. Das bringt biologischen Realismus, Entwicklungsperspektiven und Prozesse in Form von Zufall, Auslese und Anpassung mit hinein. Prosit! Ein solch selektiver Umgang mit den ideengeschichtlichen Wurzeln führt natürlich zu einer Unmenge offener philosophischer Fragen. Diese werden unter Alifern lebhaft diskutiert. Und derartige Diskussionen gehören natürlich dazu, wenn man versucht, einen eigenständigen Forschungszweig – ein neues Paradigma – zu etablieren.

Andere Biologien – Exobiologie

Das Leben auf der Erde könnte völlig anders beschaffen sein, wenn die Evolution andere Wege eingeschlagen hätte. Der Charakter der genetischen Veränderungen als reine Lotterie und die Vielfalt der evolutionären Kreuzwege machen es vorstellbar, daß statt einer besonders intelligenten, zu Vergesellschaftung und Städtebau fähigen Art in der Ordnung der Primaten, die zur Klasse der Säugetiere gehören, andere intelligente Wesen entstanden wären, die weder uns noch den anderen Affen noch überhaupt Säugetieren glichen, sondern die Eier legen, in Salzseen leben und die ganz andere Formen von Sprache, Kreativität und Kunst entwickelt hätten, als wir sie kennen. Hätte die Evolution in einem sehr frühen Entwicklungsstadium des Lebens andere Bedingungen vorgefunden, sähen die Organismen heute vielleicht vollkommen anders aus.

Andererseits deutet ein Phänomen wie die «konvergente Evolution» – zwei völlig unterschiedliche Evolutionslinien, die in die gleiche Richtung verlaufen – auf eine gewisse Begrenzung möglicher Lebensformen hin. Beutel- und Plazentatiere, beides Unterklassen der Säugetiere, haben unabhängig voneinander ökologische «Typen» entwickelt, die einander entsprechen. So ähnelt das «gewöhnliche» Flughörnchen dem Beutelflughörnchen und der Maulwurf dem Beutelmaulwurf zum Verwechseln (auch wenn das Beutelflughörnchen und der Beutelmaulwurf enger miteinander verwandt sind als mit ihren jeweiligen Plazenta-Pendants).

Das ist ein Beispiel dafür, daß die Umwelt den Ausschweifungen der Evolution doch Grenzen setzt: Nicht alles ist möglich, und wer auf der Bühne der Evolution mitspielen will, muß seine Rolle aus einem insgesamt begrenzten Repertoire wählen. Außerdem legt die körperliche Ausformung einige historische Fesseln an die mögliche zukünftige Ent-

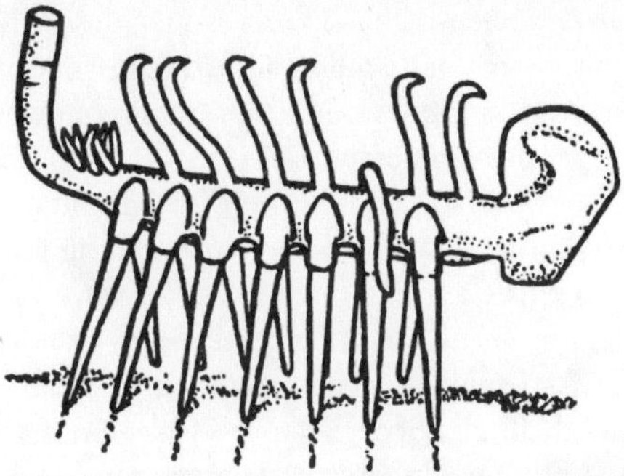

Bild 2: Hallucigenia gehört zu den «Urzeitungeheuern» *en miniature* (das Tier ist ziemlich klein), die Paläontologen in den kanadischen «Burgess Shale»-Ablagerungen gefunden haben. Seit Goulds Beschreibung der Tiere und der ganzen Geschichte ihrer (Fehl-)Deutungen ist der Ort zu einer Touristenattraktion geworden (wiedergegeben nach Gould, siehe Anm. 20).

wicklung: Das Prinzip, nach dem sich diese vollzieht, lautet nicht «Man nehme, was am besten wäre», sondern «Man nehme, was man hat». Das zeigt sich auch an der relativ kleinen Zahl grundlegender Baupläne, die es heute für die großen rezenten Klassen von Tieren und Pflanzen gibt.

Als die vielzelligen Wirbellosen endgültig die Szene betraten, waren die Rollen noch nicht so festgelegt. Die paläontologischen Studien der «Burgess Shale»-Fauna in Kanada legen Zeugnis ab von der verschwundenen Vielfalt der Lebensformen. Stephen Jay Gould hat kürzlich darauf hingewiesen, wie schwer sich die traditionelle Paläontologie tat, diese Verschiedenheit von Bauplänen als etwas Reales zu begreifen, ja, sie überhaupt zu sehen. Man preßte die wunderlichsten Tiere, die man aus den Ablagerungen ausgrub (und rekonstruierte), unbewußt in die etablierten Kategorien. Ein vermeintliches Vorzeitmonster wie *Hallucigenia* (Bild 2) ist ein Beispiel für diese offenbar völlig unadaptive Kreativität der frühen Evolution mehrzelliger Organismen.[20]

Das Leben hätte anders sein *können*, vielleicht lustiger, wenn diese Monster überlebt hätten. Und das Leben *ist* ziemlich sicher auch jetzt anders – auf anderen Planeten! Früher einmal war es ein ketzerischer

Gedanke, sich in den unendlichen Dimensionen des Universums andere Welten als die bekannte vorzustellen. Giordano Bruno wurde 1600 auf dem Scheiterhaufen der Inquisition unter anderem deshalb verbrannt, weil er behauptete, das Universum sei unendlich und beherberge eine Vielfalt von Welten, die unserer eigenen glichen. Die moderne astrophysikalische Kosmologie weist Brunos Vorstellung von einem unendlichen Universum zurück (wenn auch mit anderen Argumenten als die Inquisition). Aber in bezug auf andere Welten in einem endlichen Universum gibt die Astrophysik Bruno recht, und zwar aufgrund einer Reihe wahrscheinlichkeitstheoretischer Aussagen: Es ist sehr wahrscheinlich, daß auf fernen Planeten im Universum, auf denen die Bedingungen ebenso günstig waren wie auf der Erde, Leben entstanden ist – auch wenn wir den Raum der Möglichkeiten nicht kennen, das Spektrum physikalischer Bedingungen also, innerhalb dessen das Entstehen von Leben möglich ist. Niemand weiß mit Sicherheit, ob etwa Kohlenstoff und Wasser unabdingbare Voraussetzungen für Leben sind, auch wenn es schwerfällt, sich ein Leben ohne Wasser vorzustellen. Wir kennen nur unser eigenes, auf Kohlenstoff basierendes Leben – Kohlenstoff, Wasserstoff, Sauerstoff und Stickstoff sind die Grundstoffe, die in allen Makromolekülen vorkommen, aus denen eine Zelle aufgebaut ist. Dieses Wissen verführt zum «Kohlenstoff-Chauvinismus», der von vornherein engstirnig jeder anderen möglichen Lebensform die Existenzberechtigung abspricht. Aber das ist ein Vorurteil, welches weder durch relevante Beobachtungsdaten noch durch wissenschaftliche Theorien untermauert wird, sagen Brunos moderne Erben.

Deshalb macht die Forschung auf dem Gebiet der *Exobiologie* durchaus Sinn: die Modellierung von Leben außerhalb der Erde. Und wer Leben sagt, meint auch Intelligenz: Ist auf einem Planeten erst einmal Leben entstanden, dann ist – wenigstens sehen wir Erdenbewohner es so – eine Evolution in Gang gesetzt, welche denkende Wesen hervorbringen kann, die ihre eigene Zivilisation erschaffen. In den sechziger Jahren starteten die USA wissenschaftliche Projekte, die im Zusammenhang mit der Erforschung der übrigen Planeten im Sonnensystem der Frage galten, ob sich dort Spuren von Leben fänden. So untersuchte man beispielsweise 1969 die von Apollo 11 mitgebrachten Gesteinsproben vom Mond auf Spuren organischer Verbindungen – die Ergebnisse lassen noch keine endgültige Schlußfolgerung zu. Auch wurden Projekte wie SETI (Search for Extraterrestrial Intelligence) ins Leben gerufen, die nach fremden, intelligenten Wesen und Möglichkeiten der Kommunikation mit ihnen suchen sollen.[21]

Die Exobiologie hat sich ganz gut etabliert, auch wenn manche Leute die Idee doch recht apart fanden: Sie war die einzige empirische «Wissenschaft» ohne Forschungsprojekt! Carl Sagan, einer der Wegbereiter der Exobiologie in den sechziger Jahren, machte aus dem Manko einen Vorteil: Auch wenn wir möglicherweise niemals extraterrestrisches Leben fänden (außer in Filmen wie *E.T.*), habe die Perspektive der Exobiologie eine tiefe Bedeutung. Man könne exobiologische Experimente mit anderen «Chemien» im Labor betreiben, ohne die organischen Stoffe, die hier auf der Erde in den Zellen vorkommen. Diese Art von Experimenten zwinge uns, die Gültigkeit der Annahmen zu überprüfen, die wir in der Ökologie und Physiologie des Lebens voraussetzen.

Als man Projekte wie Exobiologie und SETI ins Leben rief, gab es vor allem ein Problem: Man hatte keine Definition von Leben. Da wir nur irdisches Leben kennen, wissen wir nicht, welche Aspekte lebender Systeme unverzichtbar sind und welche rein äußerlich und kontingent, also zufällig bei der Entwicklung des Lebens auf der Erde entstanden. Ein Ökologe, der nur das Leben in einem Tiefseegraben kennt, wäre in der gleichen Situation, wenn er daraus auf das Leben in einem Buchenwald schließen wollte. Deshalb wäre nur ein einziges Beispiel außerirdischen Lebens, ganz gleich wie einfach, eine Revolution für die Biologie. So also lautete Carl Sagans einfaches Argument[22] für das wissenschaftliche Interesse an der Exobiologie. Interessanterweise ist es das gleiche Argument, das Chris Langton[23] jetzt anführt, um die Notwendigkeit der KL-Forschung zu begründen: Künstliches Leben sei eben «die Biologie des Möglichen».

Wenn wir im Universum nach Leben suchen, dann müssen wir wissen, *was* wir suchen: Was würde ausreichen, damit wir bestimmte chemische Prozesse, zum Beispiel auf dem Mars, Leben nennen könnten? Oder mit den Augen eines Besuchers gesehen: Woran könnte ein Marsbewohner, der in der Sahara landet, erkennen, daß die Bakterien im Sand oder die Kamele der Nomaden lebendig sind?

Und was ist mit all den Alifern, Hackern und Computerfreaks, die in wenigen Jahren behaupten werden, daß sie echtes Computerleben geschaffen haben, auf dem Niveau von Pferden und Schweinen? Schweine sind kluge und empfindsame Tiere, würden Tierfreunde sagen (und vermutlich auch die Schweine selbst), und so werden die Alifer fordern, daß die Bestimmungen der Tierschutzgesetze auch auf Künstliches Leben angewandt werden. Welche Rechte hat das Künstliche Leben? Manche Menschen meinen, alle Organismen hätten ein Recht auf Leben. Gilt dies auch für Computerorganismen, oder ist dieser Gedanke einfach zu absurd? An solchen Fragen zeigt sich die Notwendigkeit einer präzisen Definition von Leben – genau wie Juristen heute versuchen, genetisch manipulierte Arten einzugrenzen, auf die man ein Patent anmelden kann. Die Zukunft ist immer voller Überraschungen. Vor zwanzig Jahren hätten wir alle ein derartiges Patent als absurde Fiktion bezeichnet. Heute ist es Realität, und die Jurisprudenz zeigt erneut, wie vortrefflich sie in der Praxis mit Absurditäten umgehen kann (was diese nicht weniger absurd macht). Sehen wir uns nun einige Definitionsversuche für «lebenswichtig» an.

Definitionen des Lebens

Der Physiologe Claude Bernard benannte 1878 fünf generelle Gemeinsamkeiten lebender Wesen: Organisation, Fortpflanzung, Ernährung, Entwicklung und Verletzbarkeit in bezug auf Krankheit und Tod.[24] Viele andere Wissenschaftler haben seither versucht, Leben durch seine chemischen und biologischen Eigenschaften zu charakterisieren. So wies etwa Louis Pasteur darauf hin, daß die sogenannte optische Aktivität sehr eng mit Leben verbunden sei.[25] Wir wissen heute, daß die Aminosäuren der Zellen einfallendes Licht nach links drehen. Aber wir wissen nicht, ob es sich dabei um ein universelles Charakteristikum handelt, ob Leben notwendigerweise «linksdrehend» ist, und wir haben eigentlich auch keinen Grund, es zu glauben. Es gilt jedenfalls nicht für die computergestützten Lebensformen, die weder optisch aktiv noch in diesem Sinne «chemisch» sind.

Um die Mitte unseres Jahrhunderts nahm die Biologie wesentliche Impulse von Physikern wie Niels Bohr, Max Delbrück und Erwin Schrödinger auf. Sie verfügten über einen modernen Begriff von Leben, welches sich auf einen chromosomalen «Code» (Schrödingers Ausdruck von 1943) stütze – eine Theorie, die die Molekularbiologie wenige Jahre später bestätigte, indem sie die Struktur des DNS-Moleküls als einen solchen Code identifizierte.[26] All dies aber reichte leider nicht, um die Frage zu klären, welches Set von Eigenschaften notwendig und hinreichend ist, damit ein physikalisches System leben kann. Vorstellbar wären schließlich auch völlig andere Arten informationstragender Moleküle, die als genetischer Code fungieren.

Heute herrscht keineswegs Einigkeit darüber, was eigentlich Gegenstand der Biologie ist, und jede biologische Schule hat ihre eigene Definition von Leben und damit ihre eigene Betrachtungsweise[27]:

Die physiologische Definition: Ein lebendes System verfügt über Funktionen wie Nahrungsaufnahme, Metabolismus (Stoffwechsel), Ausscheidung, Atmung, Bewegung, Wachstum, Vermehrung, und es reagiert auf äußere Stimulation. Obwohl sinnvoll, sind die Kriterien logisch nicht befriedigend. Sie können nämlich fast alle auch auf Systeme zutreffen, die niemand als lebend bezeichnen würde, zum Beispiel auf Autos. Ein Auto ist «auto-mobil», es schluckt Benzin, scheidet Abgase aus usw. Andererseits können Organismen, die wir ganz klar als lebend bezeichnen, einige der Kriterien nicht erfüllen, etwa Bakterien, die nicht durch Umwandlung von Sauerstoff atmen.

Die Stoffwechsel-Definition: Ein lebendes System ist nach außen abgegrenzt und tauscht Stoffe mit der Umgebung aus (besitzt also einen Metabolismus), ohne seine generellen Eigenschaften zu verändern. Auch hier gibt es Ausnahmen: Ein Samen mag sich vielleicht Hunderte von Jahren im Ruhestadium ohne sonderlichen Stoffwechsel befinden, und doch ist er lebendig. Ein Wirbel in einem Fluß ist alles andere als biologisch, aber während er sich dreht, behält er seine Organisation bei und tauscht Stoff und Energie mit seiner Umgebung aus. Der Wirbel ist zwar nicht so scharf abgegrenzt wie die Membran einer Zelle, aber auch die Membran erweist sich als durchlässig, wenn man sie in entsprechender Vergrößerung betrachtet (daran zeigt sich, daß Abgrenzung kein objektiver Begriff ist: einerseits ist es der Organismus selbst, der ihn von innen definiert; andererseits bezieht er sich auf vorhandene physische Barrieren. Auch der Begriff der Autopoiese umfaßt beide Aspekte.)

Die biologische Definition: Biochemie und Molekularbiologie sehen einen lebenden Organismus als System, das reproduzierbare Erbinformation enthält, die in DNS und RNS kodiert ist und die Produktion von Proteinen steuert, darunter die Enzyme, die an der Katalyse der verschiedenen Stoffwechselprozesse beteiligt sind. Als Gegenbeispiel könnten hier Prionen dienen (virusähnliche Organismen, deren Erbmaterial nicht auf Nukleinsäuren wie DNS zu basieren scheint) – oder das Künstliche Leben ohne DNS, für das ich schon einige Beispiele geschildert habe. Diese Definition ist kohlenstoffchauvinistisch!

Die genetische Definition – die auch evolutionstheoretisch ist – betrachtet das Leben auf dem Niveau von Populationen: Leben liegt dann vor, wenn ein System aus einigen Einheiten (Organismen) besteht, die sich reproduzieren und ihre Gene (die Erbinformationen über die Beschaffenheit des Organismus, den Phänotyp) an die nächste Generation weitergeben. Des weiteren muß das System mutieren können, damit neue Informationen entstehen und bestimmte Instruktionen sich verändern. Falls die veränderten Instruktionen dazu führen, daß die Einheiten, die über sie verfügen, im Vergleich zu anderen besser zurechtkommen, werden diese Instruktionen wahrscheinlich von der Population bewahrt. (Die Mischung der Informationen ist wichtig: Gene treffen aufeinander und werden neu zusammengefügt – rekombiniert.) Oft verringern zwar die genetischen Veränderungen die Überlebenschancen und Fortpflanzungsmöglichkeiten des Organismus, manchmal allerdings entstehen Einheiten, die bedeutend besser angepaßt sind. Sie haben eine größere Chance, zu überleben, und ihr Typ kann sich in der Population ausbreiten – das genau ist natürliche Auslese! Dieses Phänomen erlaubt eine Entwicklung in Richtung einer besseren Anpassung und eines höheren Integrationsniveaus. Komplexe Organismen entstehen gemäß dieser Theorie (sie wurde von Darwin begründet) mittels Replikation, Mutation und Replikation der Mutation. Kurz gesagt: Ein System, das sich durch natürliche Auslese entwickeln kann, lebt.

Nach dieser Definition ist es kein Problem, daß Menschen auf künstlichem Weg Systeme konstruieren können, die sich durch natürliche Auslese entwickeln: Diese Systeme sind dann auch lebendig, schreibt Sagan.

Die thermodynamische Definition: Nach einer thermodynamischen Definition ist Leben ein offenes System, das Stoffe und Energie mit der Umgebung austauscht. Hier gilt der zentrale Zweite Hauptsatz der Thermodynamik nicht, der besagt, daß in einem isolierten, energetisch geschlossenen System die Entropie, unser Maß für den Grad der Unordnung eines Systems, zunimmt. Wächst die Unordnung, verschwinden Struktur und Organisation im System. Das ist unvereinbar mit Leben. Bei offenen Systemen ist es jedoch glücklicherweise nicht ausgeschlossen, daß ihre Entropie abnimmt; Ordnung kann also lokal (im Organismus) im Rahmen des gesamten Systems (Organismus plus Umwelt) zunehmen. Es ist geradezu typisch für lebende Systeme, daß sie über die Fähigkeit verfügen, aus Chaos Ordnung zu schaffen, wenn sie nur einen gesicherten Zugang zu einem steten Energiefluß besitzen (Energie mit niedriger Entropie als Input und Energie mit hoher Entropie, Wärme, als Output). Eine Amöbe «frißt die Ordnung»: sie nimmt (energetisch gesehen) Stoffe höherer Ordnung auf und verwendet sie, um ihre eigene Organisation zu bewahren; dafür gibt sie Wärme an die Umgebung ab (verbreitet ungeordnete Energie). Das gesamte Ökosystem unseres Planeten funktioniert nach dem gleichen Prinzip: Der geordnete Input ist das Sonnenlicht, der ungeordnete Output Wärme, die in den Weltraum abgestrahlt wird.

Das Problem liegt wiederum darin, daß andere Systeme nach den gleichen Prinzipien funktionieren. Leben ließe sich danach eher als Teilmenge thermodynamisch offener Systeme klassifizieren. Man kennt zahlreiche andere Beispiele für «organische», zyklische Prozesse in offenen, aber rein physikalischen Systemen, die beim Durchfluß von Energie geordnete Muster erzeugen. Das Entstehen von «Bernard-Zellen» zum Beispiel kann beobachten, wer Öl in eine Pfanne gibt, ein wenig Gewürzpulver hineinstreut und die Pfanne erwärmt: Das Pulver geht von einem Zustand, in dem es ungeordnet und zufällig im Öl verteilt ist, in den Zustand eines bienenwabenartigen Musters über, weil es den «Zellen» zirkularer Flüssigkeitsströme folgt, die das Öl infolge der Wärmekonvektion bildet. Es handelt sich hier um nichts Geringeres als Selbstorganisation, um ein unbelebtes System, das Tendenzen zu Lebensprozessen zeigt (auf jeden Fall Ordnung) – und doch werden wir nicht auf die Idee kommen, unser Pulver-Öl-Pfannen-System als lebend zu bezeichnen. Die Erforschung solcher Systeme – auch an anderen Orten als der Küche –, die fern vom (thermodynamischen) Gleichgewicht sind, hat dazu beigetragen, die Grenzen zwischen Physik und Biologie zu verwischen, ohne daß sich das Spezifische biologischer Nichtgleichgewichtssysteme erklären ließe.[28]

Vielleicht können wir dennoch (bei allem Respekt vor Maturana) von «halblebendigen» Systemen sprechen, von Organismen, die zwar nicht vollständig autopoietisch agieren, aber auch nicht ganz außerstande sind, ihre eigenen Komponenten mitzuproduzieren – zumindest teilweise. Das Leben entstand vermutlich in einem graduellen und langwierigen Prozeß, in dem sich primitive «Proto-Organismen» in der konzentrierten Ursuppe bildeten, die die Meere damals darstellten. Und dieser Vorgang ist immer noch nicht abgeschlossen, teilweise unabgegrenzt – nicht definitiv. Um schließlich eine physikalische Analogie zu bemühen, kann man Leben als ein «kritisches» Phänomen im physikalischen Sinne verstehen, als einen Phasenübergang, der sehr plötzlich auftreten kann, oder als einen hauchdünnen Bereich im Phasenraum zwischen kristalliner Ordnung und Zufall, wo das Komplexe entstehen kann.[29]

Heute haben die Biologen akzeptiert, daß es keine einfache Definition für Leben gibt. Dennoch sind die fünf Definitionen, nach Bedarf kombiniert, einigermaßen brauchbar, um die weitaus meisten irdischen Lebewesen abzudecken, die wir kennen. Organismen wie eine Rübe oder der menschliche Körper besitzen alle genannten Eigenschaften. Aber die theoretische Biologie muß akzeptieren, daß Leben ein vager Begriff ist. Jede Eigenschaft, die wir dem Leben zuschreiben, ist entweder zu weit gefaßt, so daß sie auch für viele unbelebte Systeme gilt, oder zu speziell, so daß sie auf viele Phänomene nicht zutrifft, von denen wir intuitiv wissen, daß sie leben.

Da wir alle «geborene Kohlenstoffchauvinisten» sind, bleiben wir unsicher gegenüber Leben in anderen Medien als dem organisch-chemischen. Die genetische Definition ist in gewisser Weise die am wenigsten chauvinistische oder stoffgebundene. Sie beschreibt abstrakt die Entwicklung informationsverarbeitender Systeme durch natürliche Auslese. Sie gründet sich auch nicht auf den Organismus als solchen, sondern auf die Population oder Geschlechtslinie: Über die historische, natürliche Linie «nach hinten» zu verfügen ist ein wesentliches Charakteristikum von Leben im biologischen Sinne.

Die folgende Liste der zentralen Eigenschaften von Leben, *echtem Leben*, haben J. Doyne Farmer und seine Mitarbeiterin Aletta d'A. Belin zusammengestellt (vgl. Anm. 12):

1. Leben ist ein *Muster* in Raum und Zeit (mehr als ein spezifisches materielles Objekt). Mit anderen Worten: Es ist eine bestimmte Form von Organisation. Wir sind glücklicherweise *nicht* das, was wir essen! Die Moleküle im Körper und die Zellen in den meisten Geweben werden im Laufe unseres Lebens unzählige Male ausgetauscht.

2. Leben liebt die *Selbstreproduktion* (auch unfruchtbare Maultiere sind durch einen Vermehrungsprozeß entstanden).

3. Leben speichert die Informationen einer *Selbstrepräsentation*; es besitzt eine partielle Beschreibung seiner selbst (oder bestimmter Komponenten, die für die Produktion des Übrigen während der ständigen Selbstorganisierung des Systems ausreichen).

4. Leben existiert durch Stoffwechsel.

5. Leben steht in *funktioneller Interaktion* mit der Umgebung; Organismen können sich anpassen, aber auch ihre lokale Umgebung gestalten und kontrollieren; sie haben die Fähigkeit, selektiv auf äußere Einwirkungen zu reagieren (was die alten Physiologen Irritabilität nannten).

6. Leben zeichnet sich durch eine ausgeprägte *innere Abhängigkeit der Teile* voneinander aus (was unter anderem bewirkt, daß der Organismus sterben kann).

7. Leben zeigt eine *dynamische Stabilität* gegenüber Störungen (kann bis zu einem gewissen Grad Form und Organisation aufrechterhalten).

8. Leben hat die Fähigkeit zur *Evolution* in der Geschlechtslinie.

Daß Leben offenbar ein ganzes Bündel von Eigenschaften darstellt, verweist auf etwas, das wir im Zusammenhang mit der ursprünglichen biologischen Auffassung von Leben «Metaeigenschaft» genannt haben. Gemeint ist die von den Thesen der alten Naturhistoriker abgeleitete Auffassung vom Leben als (besonders hohem Grad von) Organisation. Leben ist vielleicht weniger ein Alles-oder-nichts-Begriff, wie Maturanas Autopoiese, als eine Kontinuum-Eigenschaft von Organisationsmustern: manche sind lebendiger als andere. Sogar eine Eigenschaft wie natürliche Auslese, die allgemein formuliert werden kann (egal, ob einzelne Gene, Organismen oder Arten selektiert werden, und unabhängig davon, ob es sich um biochemische oder auf Silizium basierende Systeme handelt), ist nicht notwendigerweise der einzig mögliche Entwicklungsmechanismus: Evolutionsbiologen haben andere Eigenschaften diskutiert (zum Beispiel Sewall Wrights «zufälligen Trieb»). Im logischen Sinne ist Leben als ein prinzipiell *vager* Begriff anzusehen, der eine reale «Vagheit», ein Kontinuum in der Natur, widerspiegelt.[30]

Metaphorischer Ausbruch

Die Kriterien für das Phänomen Leben sind also mit Bedacht zu verwenden, wenn wir untersuchen, ob Leben sich in den kühlen Chips der Computer entfalten kann oder auch in ganz anderen Medien, wie Farmer, Belin, Ray und viele andere Alifer behaupten.

Die KL-Forschung vollzieht sich durch Programme, die lebensähnliche Eigenschaften realisieren und zumindest metaphorisch als lebend bezeichnet werden können. Thomas Rays «Organismen» und Conways «Life», das nicht nur Gleiter hervorbringen kann, sondern noch viel kompliziertere Strukturen (siehe etwa Bild 9 und 14), sind Beispiele dafür. Rays Organismen sind bewußt so angelegt, daß sie sich in einem künstlichen, im Computer simulierten «Milieu» bewegen. Die berüchtigten Computerviren sind weitere Beispiele für selbstreplizierende Programme. Zerlegen wir also zunächst diese wissenschaftliche Metapher und sehen, ob das Computerprogramm die acht Kriterien für Leben erfüllt.

Genau wie organisches Leben Energie von der Sonne benötigt, um die Materie zu organisieren, so benötigt das «digitale Leben» über ein bestimmtes Zeitintervall die zentrale Recheneinheit im Computer, die CPU (Central Processing Unit), um Speichervorgänge zu organisieren. Ray vergleicht die direkte CPU-Zeit mit den Energieressourcen wirklicher Tiere und die Speicherung mit der räumlichen Ressource.[31] Und genau wie organisches Leben sich durch natürliche Auslese entwickelt, so ist vorstellbar, daß das digitale Leben sich entwickelt, indem Algorithmen – die Prozeduren oder einfachen Befehle, aus denen das Programm besteht – um die CPU-Zeit und den Speicherplatz in der Maschine konkurrieren. Daraus folgt, daß nur diejenigen Programme zum Zuge kommen, um die Basis für neue Generationen zu bilden, die am effektivsten die Ressourcen und, wie Ray bei den «Parasiten-Programmen» beobachtete, eventuell sogar einander benutzen. Wenn sich Speicher, CPU und das operative System des Computers mit einem ökologischen Begriff als Teile des «abiotischen Milieus» verstehen lassen, dann entsprechen Rays selbstreplizierende Programme im Assembler-Code den Organismen des Ökosystems.

Die Programmiersprache Assembler besteht aus Namen, die jeweils einem funktionalen Befehlsbündel in der Maschinensprache entsprechen, welche wiederum das für den Computer grundlegende Set von

Befehlen darstellt, nämlich die «natürliche» Sprache der maschinellen Berechnung. Anstatt also etwa «010 111 000» zu schreiben, um eine Addition ausführen zu lassen, schreibt der Programmierer nur noch den Namen des Befehls, «ADD», so wie es genügt, eine Sequenz von Abkürzungen der Basen anzugeben, aus denen ein DNS-Molekül besteht (A, G, C und T), anstatt mühsam Atom für Atom zu spezifizieren. Zur Ausführung wird ein Assembler-Befehl automatisch in den Maschinencode übersetzt und direkt in der CPU umgesetzt.

Begreift man Leben als einen Prozeß, der sowohl chemischer als auch digital-algorithmischer Art sein kann, ist es verlockend, die Maschinenbefehle des Computers als «künstliche Chemie» zu benutzen, als Grundlage für die Organismen, die in der Maschine leben sollen. Nun lassen sich Metaphern immer verschieden auslegen[32]; so sieht Ray die Befehle als Pendant zu den Aminosäuren (den Bausteinen der Proteine) der Zellen, weil sie «chemisch aktiv» sind, wie er es nennt. Während der Ausführung ihres Programms manipulieren sie Bits, Bytes, CPU-Register und andere Grundkomponenten, und sie bestehen aus einer Kette von Maschinenbefehlen. Der Proto-Organismus, den Ray in seiner «digitalen Suppe» freiließ, war in Assembler gut 80 Befehle lang. Aber Rays Computer-Organismen sind auch vergleichbar mit den RNS-Molekülen der Ursuppe vor gut 4 Milliarden Jahren, an der Schwelle zur Entstehung des ersten wirklichen Lebens. Man vermutet, daß die RNS-Moleküle sowohl Informationsträger darstellten als auch Stoffwechselaktivität aufwiesen.

Wenn aber die digitalen Organismen erfolgreich sind und sich in den Computern ihrer Besitzer weiterentwickeln, können sie dann nicht auch außer Kontrolle geraten? Wäre es nicht möglich, daß sie selbst Computerviren und «Würmer» hervorbringen, die sich unbemerkt in den großen nationalen und internationalen Netzwerken verbreiten und zu einer echten Bedrohung für die großen Datensysteme werden? Wissenschaftler, die sich mit Künstlichem Leben befassen, sehen darin tatsächlich eine Gefahr. Sie vermeiden deshalb auch, CPU und Speicher des eigenen Rechners als «Milieu» zu verwenden, in dem sich die digitalen Organismen nach Belieben tummeln können. Statt dessen bedienen sie sich der Fähigkeit des Computers, andere Computer zu simulieren! Auf einem herkömmlichen, leistungsfähigen Mikrocomputer kann ein Programm ein anderes simulieren; man nennt das einen *virtuellen* Computer mit einem virtuellen Betriebssystem. Als «Milieu» für

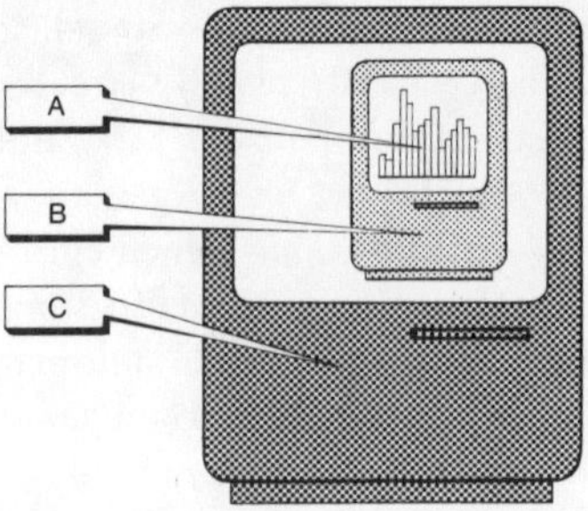

Bild 3: Stark schematisierte Darstellung des Prinzips des datalogischen Containments: Der mit C bezeichnete Computer ist die reale Datenverarbeitungsmaschine, die B, den virtuellen Computer, simuliert, der wiederum das Milieu ist für A, die eigentlichen Computerorganismen, hier dargestellt durch ein Blockdiagramm, das die Anzahl der verschiedenartigen Organismen zu einem bestimmten Zeitpunkt zeigt. (In der Praxis wird B nicht wie hier bildlich dargestellt.)

die künstlichen Organismen werden also die Rechenzeit und der Speicher des virtuellen Computers benutzt. So besteht Thomas Rays virtueller Computer – den er «Tierra simulator» nennt – aus nichts anderem als einem Programm und Daten auf einem richtigen Computer und stellt also keine größere Bedrohung dar als eine normale Textverarbeitung oder entsprechende Software (Bild 3).

Da der virtuelle Computer ein «Behälter» oder Container im richtigen Computer ist, der den unkontrollierten Ausbruch des Künstlichen Lebens verhindern soll, wird diese Lösung «datalogisches Containment» genannt – im Unterschied zu den Versuchen der Genspalter, ein «biologisches Containment» zu entwickeln, das (zum Beispiel mit Hilfe von «Selbstmordgenen») sicherstellen soll, daß entwischte, gentechnisch veränderte Organismen nicht überleben.

Datalogisches Containment bietet darüber hinaus noch andere einleuchtende Vorteile. Rays artifizielles Universum ist nicht an einen speziellen Typ Hardware gebunden und leicht auf neuere Computer übertragbar. Schließlich sind Maschinensprachen nicht dazu entwickelt worden, evolutionäre Strukturen zu unterstützen. Sie reagieren fast alle extrem empfindlich auf Fehler im Programm und können leicht «abstürzen». Nur ein sehr kleiner Teil aller möglichen Befehlskombinationen ist nämlich wirklich als gutes Programm lauffähig. Würde der wirkliche Maschinencode einer Mutation und Rekombination ausgesetzt, ginge etwas in der Durchführung des Programms schief. Es wäre einfach nicht funktionell.

Der dänische Physiker Benny Lautrup unterscheidet deshalb zwei Typen von Computerorganismen: die wirklichen (realen) und die künstlichen (virtuellen)![33] Virtuelle Computerorganismen wurden geschaffen, um in Computerspielen, zellulären Automaten oder virtuellen Milieus wie «Tierra simulator» umherzukriechen. Ihre Existenz hängt ganz und gar davon ab, daß Menschen ihnen bewußt einen bestimmten Lebensraum in der Maschine zuweisen.

Reale Computerorganismen dagegen wurden zwar auch von Menschen erzeugt (wie alle bisher bekannten Computerviren); sie unterliegen aber, wenn ihre Schöpfer sie erst einmal gewähren lassen, nicht mehr derselben Kontrolle. Diese «Viren» sind feindselige Codes, und ihr Milieu sind wirkliche Computer, echte Hardware, inklusive der Disketten, die wir unschuldig untereinander austauschen. Dort sitzen sie die meiste Zeit und warten darauf, auf eine andere Festplatte oder in ein Netzwerk kopiert zu werden und ihr Zerstörungswerk beginnen zu können. Ebenso arbeiten die sogenannten «Würmer», selbständige Programme, die sich replizieren, bis der gesamte Speicherplatz belegt ist. Am selbständigsten sind die «realen» Computerorganismen; sie liegen außerhalb der menschlichen Feinkontrolle und parasitieren an menschlichen Geräten. Nicht auszudenken – doch zum Glück noch ziemlich unwahrscheinlich –, wenn die virtuellen Organismen dem datalogischen Containment entkämen und real würden...

Leben sie wirklich?

Diese Frage steht ständig im Raum. Wenn wir uns die acht Kriterien der Reihe nach vornehmen, wird klar, daß erstens sowohl Computerviren als auch Rays Parasiten *Muster* sind, Informationsstrukturen und keine materiellen Objekte (ob im selben Sinne, wie biologisches Leben «Form» ist, muß noch offenbleiben). Zweitens sind die digitalen Organismen und Viren zur *Selbstreproduktion* fähig (allerdings nur, indem sie eine materielle Maschine benutzen, die diese Operationen ausführen kann). Drittens besitzen sie eine *Selbstrepräsentation* (in der besonderen Form, daß sie beinahe mit dem Organismus als solchem zusammenfällt, so wie der biologische Virus oft nur als RNS- oder DNS-Strang existiert). Viertens haben sie in einem gewissen Sinne einen *Stoffwechsel*, jedenfalls sofern man Maschinenbefehle mit Ray nicht nur als logische Primitiva, sondern als «chemisch» aktive Größen versteht (wohlgemerkt: mit einer radikal anderen «Chemie» als der enzymatischen Aktivität einer lebenden Zelle).[34] Zumindest leiten und verteilen die Befehle einen Teil der elektrischen Energie des Computers, um sich selbst zu erhalten und auf bestimmte «Stimuli» reagieren zu können, und sie erzeugen dabei Wärme. Damit gehen Computerorganismen fünftens *funktionelle Interaktionen mit ihrer Umwelt* ein, sei es nun künstlich-virtuelle oder «reale» Hardware, weshalb man ihnen als kleinen funktionellen Ganzheiten sechstens zugestehen muß, daß ihre *Teile voneinander abhängen*. Rays Organismen können sehr wohl «sterben», sie stellen aber siebtens innerhalb ihres bevorzugten Milieus *stabile Strukturen* dar, auch wenn man darüber diskutieren kann, wie dynamisch diese Programme sind. Angesichts der verschiedenen Programmformen, die in «Tierra» entstanden, nachdem der 80 Befehle lange Stammorganismus ausgesetzt worden war, ist ihnen achtens ganz klar die Fähigkeit zur *Evolution in der Geschlechtslinie* zuzusprechen. Ray hat sogar versucht, makroevolutionäre Muster in seinen Simulationen zu erkennen, die in ähnlicher Form bereits von Paläontologen beschrieben wurden; Muster, die über längere Zeiträume eine Stabilität der Arten zeigen, aber immer wieder durchbrochen werden von abrupten Sprüngen zu neuen Lebensformen. Die Tabelle auf Seite 49 zeigt die Kriterien im Überblick.

Es sieht so aus, als ob Künstliches Leben (reales und virtuelles) richtiges Leben ist, weil es (fast) alle Kriterien erfüllt. Dennoch bestehen Vorbehalte. Es handelt sich um digitale Organismen, deren Selbstreproduktion ganz und gar auf Information bezogen, in gewissem Sinne «formaler» Art ist: Im Gegensatz zu biologischen Organismen findet kein materielles Wachstum statt, und es werden keine Stoffe verbraucht. Ein Biochemiker würde die wechselnden elektromagnetischen Zustände im Computer wohl kaum als Stoffwechsel akzeptieren können. Und das metabolische Netzwerk einer Zelle sieht ebenfalls völlig anders aus. Biologische Organismen sind sowohl physikalisch als auch

Kriterien für Leben	Reale Computerorganismen	Virtuelle Computerorganismen
1. Muster in Raum und Zeit	+	+
2. Selbstreproduktion	(+)	(+)
3. Selbstrepräsentation	+	+
4. Stoffwechsel	(+)	(+)
5. Beziehungen Organismus – Umwelt	+	+
6. Teile eines funktionellen Ganzen	+	+
7. Dynamische Stabilität	(+)	(+)
8. Evolution	–	+
9. Autonomie	+	–

Schema möglicher Kriterien für Leben. «Autonomie» bezeichnet hier den Unterschied zwischen realen und virtuellen Computerorganismen. «+» bedeutet Kriterium erfüllt, «(+)» vielleicht erfüllt und «–» nicht erfüllt.

symbolisch, also materiell und inhaltlich in ihrer DNS verankert. Eine Amöbe beispielsweise ist sowohl analog als auch digital, ihr digitales «Programm» steht mittels der «analogen» Amöbe in einer Wechselbeziehung zur Außenwelt, also der materiellen Struktur. Der Charakter einer solchen biophysischen Struktur entscheidet darüber, welche Unterschiede in der Umwelt einen Unterschied für den Organismus darstellen.[35] Die rein digitalen Organismen dagegen sind sehr unkörperlich.

Und wie steht es dann mit biologischen Viren? Sind HIV und andere Retroviren auch nur «digital»? Die Analogie ist hier fraglos stärker, aber hauptsächlich deshalb, weil es zweifelhaft ist, ob sich Viren überhaupt als Organismen betrachten lassen: sie haben keinen eigenständigen Stoffwechsel (wie die Amöbe) und müssen für ihre (Pseudo-)Selbstreproduktion den Stoffwechsel einer Wirtszelle in Anspruch nehmen. Allerdings besitzen echte Viren eine spezifische dreidimensionale Struktur, die für ihre biologischen Funktionen von Bedeutung ist. Auch in dieser Hinsicht sind sie nicht nur «formal» (informational).

Doyne Farmer räumt darüber hinaus ein, daß Computerviren bei größeren elektrischen Störungen zur Instabilität neigen und außerdem nicht imstande sind, sich durch natürliche Auslese zu entwickeln. Sie gehören keiner genau definierten Geschlechtslinie an. Robuste Computerviren vertragen vielleicht Veränderungen im Programm; wenn sie aber den biologischen gleichen sollen, dürfen sie sich nicht nur mit Hilfe menschlicher Programmierer «entwickeln». Möglicherweise aber ist es nur eine Frage der Zeit und algorithmischer Geschicklichkeit – vielleicht auch einer kleinen Portion Computerzynismus –, bis auch Computerviren über diese Eigenschaften verfügen.

Immerhin betrachten Doyne Farmer und Aletta Belin Computerviren als eines von vielen Zeichen dafür, daß sich schon Lebensformen in anderen Medien als dem biologischen breitmachen. Möglich, daß diese fremdartigen Phänomene nicht die ganze Palette bioorganischer Eigenschaften besitzen, die wir diskutiert haben. Aber sie stehen schließlich erst ganz am Anfang!

Die Logik der Selbstreproduktion

Lebende Organismen vervielfältigen sich. Abgesehen von der Entstehung des Lebens auf der Erde, wird neues Leben immer aus bereits existierendem geschaffen; die Bedingungen für eine spontane Genese sind nicht mehr günstig. Leben entsteht aus Leben, oder wie Rudolf Virchow es formulierte: Alle Zellen entstehen aus bereits existierenden Zellen! (*Omnis cellula a cellula*, 1855.)

Das ist das erfolgreichste Thema der Evolution – mit Variationen allerdings: Fortpflanzung kann ungeschlechtlich und eingeschlechtlich ablaufen; durch Zweiteilung wie bei den Amöben; bei Pflanzen durch Ausläufer, Sproßknollen, Tochterzwiebeln und Brutknospen. Ähnlich die Tiere: Sie vermehren sich durch einfache Teilung (bestimmte Seesterne), Einschnürung (Borstenwürmer und Quallen), Knospung (Süßwasserpolyp), Jungfernzeugung (Blattlaus) und unzählige andere Spielarten oder auch *kollektiv* durch Kolonien. Die meisten Arten aber, Bienen wie Blumen, nutzen zur Erzeugung von Nachkommen die offensichtlichen Vorteile genetischer Rekombination: Sex. Dadurch entsteht ein *gemeinsamer* Pool genetischer Varianten in der Population, der für künftige Flexibilität von großem Nutzen sein kann. (Tatsächlich ist es die geschlechtliche Fortpflanzung, die eine Gruppe von Organismen über eine Ansammlung von Individuen mit gemeinsamer Abstammung erhebt und überhaupt als biologische Population konstituiert.) Geschlechtliche Vermehrung ist eine ziemlich soziale Aktivität, garniert allerdings mit gewissen sexuellen Spezialitäten: von der Verfeinerung der tierischen Paarung durch Brunst, Gesang, Rufe, ritualisierte Kämpfe und komplizierte Vor- und Nachspiele bis hin zum reinen Kannibalismus bei bestimmten Spinnenarten. Pervers? Nicht die Spinne ist pervers; die Natur ist polymorph. Mehrbändige Werke der Naturgeschichte sind prall gefüllt mit ausführlichen und detaillierten Schilderungen solch faszinierender Lebensprozesse – vor allem in viktorianischer Zeit eine sehr beliebte Populärwissenschaft. Doch um uns nicht in Einzelheiten zu verlieren, fragen wir lieber, welche biologischen Verallgemeinerungen möglich sind: Worin besteht das Wesen der Selbstreproduktion?

Teilen oder sterben

Zunächst steht fest, daß die ungeschlechtliche Fortpflanzung auf Zellteilung und Wachstum beruht und bei mehrzelligen Organismen oft an spezialisierte Organe gebunden ist. Geschlechtliche Vermehrung ist wie eine Reproduktion des genetischen Dialogs zweier Organismen. Technisch gesehen erfordert dies eine vorherige Meiose oder Reduktionsteilung (eine Halbierung des Chromosomensatzes jeder Zelle, damit das genetische Material nicht ständig anwächst); dann verschmelzen Ei- und Samenzelle (was die ursprüngliche Chromosomenzahl wiederherstellt); schließlich folgen das formgebende Wachstum (Morphogenese) und die Differenzierung bei der Entstehung des neuen Individuums.

Streichen wir auch noch die verschiedenen Formen spezifischer art- und lebensgeschichtlicher Variationen weg, erweist sich Selbstreproduktion im Kern als ein Prozeß, in dessen Verlauf sich Zellen teilen – und zwar so, daß ihre Organisation, Identität und relative Autonomie als Zellen gewahrt bleiben. Auch einfachste Lebensformen wie einzellige Organismen (Amöbe, Bakterienzelle, Flagellat, Alge) müssen ihre Komplexität erhalten. Es ist die schwierigste Aufgabe der Zelle, sich selbst als System zu reproduzieren. Sie muß sich teilen oder sterben. Als materieller Klumpen aus individuellen Molekülen würde sie zugrunde gehen, als organisiertes Ganzes aber kann sie durch Teilung und neuerliches Wachstum erhalten werden.

In gewisser Weise hat jedes System einen Output: Es produziert irgend etwas. Aber sich selbst reproduzieren zu können, aus einem Input von Rohmaterialien, gehört (vielleicht als etwas ganz Besonderes) zum Wesen und damit zur Logik des Lebens.

Die Logik des Lebens – und der Maschine

Die Idee einer Logik des Lebens zeigt sich in den Versuchen der Biologie, Gesetzmäßigkeiten, «Regeln» oder «Gewohnheiten» zu bestimmen, nach denen alles Leben sich gemäß seiner eigenen Natur verhält. Die Biologie bemüht sich, die Logik des Lebens zu beschreiben. Das versucht auch die KL-Forschung. Wird sie dieselbe Logik finden?

Ein Zweig des Forschungsprogramms steht in der mechanistischen

Tradition der Biologie: Künstliches Leben ist möglich, gerade weil lebende *Organismen* eine Art von *Maschinen* sind, die sich selbst erzeugen können. Und da sich, zumindest prinzipiell, die Funktionen einer Maschine – ihre Logik – jederzeit in neuen Konstruktionen nachahmen lassen (ob mit demselben oder anderem Material, ist zweitrangig), kann das Leben selbst, können organische Maschinen konstruiert werden. Der Versuch, Künstliches Leben zu erschaffen, ist daher das Bestreben, die Logik biologischer Maschinen zu ermitteln. Die Suche hat begonnen; sie ist wissenschaftlich und legitim, gleichgültig ob ihre Methode in der Analyse natürlicher, lebender oder in der Synthetisierung neuer Wesen besteht.

Das Argument basiert auf einem Analogieschluß zwischen Maschinen und Organismen. Maschinen aber stellen, im Gegensatz zu Organismen (von den künstlichen abgesehen), das Produkt menschlichen Gestaltens dar. Organismus und Maschine sind keine identischen Begriffe, weder in ihrem Inhalt noch in ihrer Ausdehnung.

Erst wenn wir Organismen den wertenden Blicken menschlicher Gestalter unterwerfen (Wie funktionell ist dieses Tierchen? Können seine Glieder es optimal unterstützen?[36] Erfüllt dieses Organ seinen Zweck? Könnte man es besser konstruieren?), bietet sich die instrumentelle Maschinenmetapher an. Die Verbindung liegt schon im Wort selbst. Organismus bedeutet: ein System von Organen, eine Gesamtheit von Teilen, die untereinander und zu dieser Gesamtheit funktionelle Beziehungen unterhalten. Das Wort Organismus weckt heute Assoziationen wie «Ganzheit», «grün», «feucht», «pulsierend», aber seine Wurzel hat fast die gleiche Bedeutung wie die ebenfalls ursprünglich griechischen Wörter für Maschine und Mechanismus – nämlich Werkzeug.[37] Daß die etymologischen Wurzeln früher einmal näher beieinanderlagen, soll jedoch nicht über die Tatsache hinwegtäuschen, daß es sich um zwei verschiedene Begriffe handelt mit verschiedenen Bedeutungen und Verwendungsweisen. Deshalb ist es eine Metapher, wenn lebende Wesen in wissenschaftlichen Zusammenhängen als Maschinen bezeichnet werden.

Metaphern lassen sich in einer Wissenschaft zu präziseren und besser definierten Begriffen umformen, beispielsweise durch Generalisierung. Man kann sagen, daß von Menschen geschaffene und durch natürliche Auslese entstandene biologische Maschinen zwei Beispiele eines generalisierten Begriffs von Maschine sind – verstanden als physikalische

Strukturen, deren Grundfunktionen durch Newtons Gesetze der Mechanik beschrieben werden können. Ein derart weit gefaßter Maschinenbegriff läßt sich auf die gesamte Welt anwenden – das Newtonsche Universum als großes Uhrwerk. Problematisch für die Biologie ist, daß dieser Terminus das Besondere an Tieren und Pflanzen nicht trifft – daß sie sich nämlich reproduzieren können. Die Mechanik beschreibt den Tod in der Maschine, das Leben wird verdrängt und kehrt als Traum im Mechanismus wieder.[38]

Wenn die Biologie eine Teildisziplin der Physik werden soll, muß diese zumindest breiter konzipiert werden, damit sie biologischen Phänomenen gerecht wird. Eine solche Physik, die nicht nur mit dem klassischen mechanistischen Denken aufräumt, sondern auch biologische Selbstorganisation erklären will (vgl. S. 40 f), besitzt im Zuge der Weiterentwicklung der thermodynamischen Definition von Leben durchaus Anziehungskraft. Aber der selbstreproduktive Aspekt des Lebens ist auch aus einer stärker formalen Perspektive zu erschließen. Die Frage lautet dann: Läßt sich mit Hilfe rein mathematisch-logischer Methoden das Spezifische an biologischen «Automaten» – das, was ihre Selbstreproduktion ermöglicht – verstehen und erklären?

John von Neumanns Automaten

Der ungarisch-amerikanische Mathematiker John von Neumann (1903 – 1957) versuchte in den vierziger Jahren, diese Frage zu beantworten, und wurde so einer der Väter des Künstlichen Lebens, das im übrigen nicht viele Mütter hat. Frauen setzen offenbar andere Schwerpunkte. Von Neumann war nicht nur berühmt wegen seiner enormen Produktivität und seiner Beiträge zur Beschreibung der mathematischen Grundlagen der Quantenmechanik, zur Spiel- und Beweistheorie. Er hatte sich während des Zweiten Weltkriegs auch aktiv an der militärischen Forschung beteiligt, unter anderem am Atombombenprogramm, und die theoretischen Fundamente für die elektronischen digitalen Rechner sowie für verschiedene Berechnungsmethoden mitentwickelt (die heute handelsüblichen Computer haben fast alle die sequentielle «Von-Neumann-Architektur»).

Von Neumann interessierte sich für die generelle Frage: Welche Art logischer Organisation würde es ermöglichen, daß ein Automat sich selbst reproduzieren kann? Die Vorlesungen, die er Ende der vierziger Jahre hielt[39], zeigen klar, daß er sich dabei an der Selbstreproduktion lebender Organismen orientierte. Dennoch ging er das Problem indirekter an – er hatte weder die Möglichkeiten noch das Interesse, ein lebendes System auf biochemischer oder genetischer Ebene zu simulieren. Zu dieser Zeit wußte fast niemand, auch von Neumann nicht, daß die DNS das Erbmaterial darstellt.[40] Er hoffte, aus der natürlichen, materiellen Selbstreproduktion die logische Form des Vorgangs ableiten zu können.

Einer Erklärung bedarf, daß er von Automaten sprach und nicht nur von Maschinen. Ein Automat ist bekanntlich eine «sich selbst bewegende» Maschine, wie ein Getränkeautomat, der durch einfache Einwirkung (Münzeinwurf) selbständig seine Funktionen ausführt (griech. *automaton*, sich selbst bewegend). Neben verschiedenen nützlichen Automaten gibt es in der Geschichte zahlreiche Beispiele für die Versuche des Menschen, Automaten zu *animieren*, sie mit Leben zu erfüllen, ihnen Mechanismen einzubauen, die ein tierähnliches Verhalten ermöglichen. Jacques de Vaucansons mechanische Ente (Bild 4) aus dem Jahre 1735, die Kopf, Schwanz und Flügel bewegen konnte und «Futter» fraß, ist ein berühmtes Beispiel.[41] Sie befriedigte ein Frankensteinsches Bedürfnis und faszinierte die Menschen – ähnlich wie die künstliche Nachtigall in Andersens Märchen die Bewunderung des Kaisers und des ganzen Hofes auf sich zieht. Später entwickelte Kontrollmechanismen, zum Beispiel rotierende Räder mit Zapfen, steuerten, etwa bei einer Spieldose, den zeitlichen Ablauf der Verhaltensweisen, und damit entstand die Möglichkeit, Automaten auf «Schreiben» oder «Spielen» zu programmieren.

Diese Automaten konnten sich natürlich nicht selbst reproduzieren, aber sie standen, zusammen mit den ersten Rechenmaschinen, als Vorläufer für einen generalisierten Begriff von «Automaten» oder «logischer Maschine». Ein Automat war funktional gekennzeichnet durch den bestimmten mechanischen Prozeß, den er ausführen konnte. Dieser Prozeß ließ sich durch die abstrakte Kontrollstruktur oder das den Automaten steuernde «Programm» spezifizieren.[42]

Auch wenn ein konkreter Automat aus Leitungen, Transistoren, Relais, Schaltungen usw. besteht, war klar, daß sich seine Operationsprinzipien *formal* beschreiben ließen, und zwar als eine Folge von Zuständen und einfachen, schrittweisen Bewegungen, ausgewählt aus einem endlichen Register möglicher Zustände und Schritte und unabhängig da-

Bild 4: Jacques de Vaucansons mechanische Ente aus dem Jahr 1735

von, woraus die entsprechenden Komponenten bestehen. Abstrakt betrachtet ist der Automat ein Satz physikalisch unspezifischer Zustände, Inputs, Outputs und Operationsregeln. Wer diese studiert, kann herausbekommen, was der Automat tut. Das war besonders interessant, wenn es um symbol- (oder zahlen-)manipulierende Maschinen ging. Leute wie Turing, Church, Gödel und Post leisteten in den dreißiger Jahren bahnbrechende Beiträge zur Erforschung mechanischer Berechnungsprozesse; sie haben für die Computerbranche die gleiche Bedeutung wie Watson und Crick für die Biotechnik.

Eine neue Erkenntnis war gewonnen: Der Kern eines mechanischen Prozesses muß nicht stofflich-physikalischer Art sein, insofern er nämlich das Programm oder die Kontrollstruktur betrifft, die durch einen abstrakten Regelsatz, eine formelle Spezifikation, die Funktionalität des Prozesses einfängt. Die Maschine hat eine logische Form, die sich sehr unterschiedlich materialisieren läßt.

Diese Entwicklung führte schließlich zur Entstehung eines programmierbaren Computers zur *universellen Maschine*. Die inzwischen allgegenwärtigen PCs und andere Mikrocomputer sind Beispiele für einen Maschinentyp, der in dem bestimmten Sinne universell ist, daß erst das Programm, mit dem er gefüttert wird, spezifiziert, ob er zu einer gehobenen Schreibmaschine, Rechenmaschine, Buchhaltungsmaschine, Zeichenmaschine, Spielmaschine oder ähnlichem wird.[43] Allein diese Möglichkeiten, etwa der Automatisierung von Übersetzungen, gaben Bestrebungen zur Erstellung formaler Theorien, unter anderem der Sprache, neuen Auftrieb. Es hat sich allerdings gezeigt, daß gerade Phänomene wie Alltagssprache, gesunder Menschenverstand und Kreativität am wenigsten zufriedenstellend formalisieren lassen.

In dieser Ideenlandschaft entwickelte John von Neumann eine Automatentheorie der Selbstreproduktion – als Versuch also, die Vermehrung zu formalisieren! Seine erste bio-logische Beobachtung war, daß die Produkte ganz gewöhnlicher Maschinen oft viel weniger kompliziert sind als die Maschine selbst (wie etwa das Verhältnis eines Hammers zu einer Werkzeugmaschine zeigt). Die Produkte lebender Organismen hingegen sind genauso komplex wie die «Maschine», die sie produziert. Darüber hinaus entstehen im Verlauf der Evolution immer komplexere Wesen. Einfache physikalische Prozesse unterhalb einer gewissen Komplexitätsschwelle haben dagegen die Tendenz, in reine Unordnung zu verfallen (die Entropie wächst in einem geschlossenen System, sagen die Physiker).

Die Lösung des Problems fand von Neumann 1948 in einem Automaten, den er sich im Gedankenexperiment folgendermaßen vorstellte: Er schwimmt zusammen mit vielen Maschinenteilen in einem See umher und hat freien Zugang zu all diesen notwendigen Komponenten, den genau bezeichneten «Organen». Sein Schüler Arthur Burks nannte dies das «kinematische Modell», denn von Neumann schwelgte in der Beschreibung der Kinetik (Bewegung) der Komponenten. Ich werde hier nur ganz kurz die Struktur des Modells skizzieren, das die logischen Bedingungen der Selbstreproduktion ausdrückt. Der Automat besteht aus den Komponenten A, B, C und D:

«A» ist ein allgemeiner Konstruktionsautomat oder die «Fabrik», die einen Output X produziert, wenn sie einen Befehl oder eine «logische Beschreibung» ß(X) des gewünschten Outputs bekommt und die entsprechenden Komponenten aus dem See von Rohmaterialien, in dem sie sich umherbewegt, auswählt.

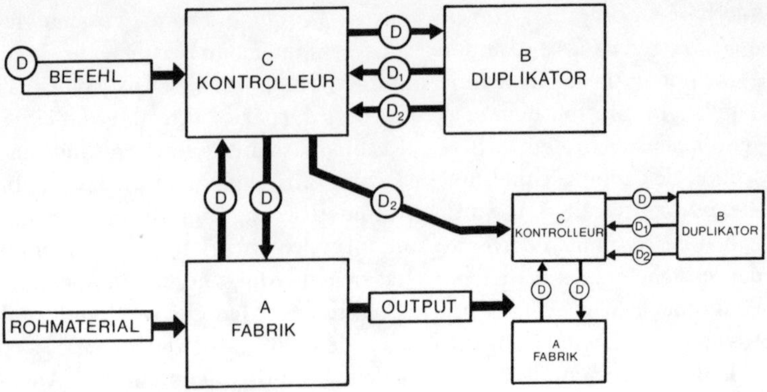

Bild 5: Begriffsdiagramm des von Neumannschen Modells der automatischen Selbstreproduktion aus dem Jahre 1948. Dem Output (verkleinert und als mit der «Maschine» A+B+C identisch veranschaulicht) wird die Kopie D_2 zugeführt.

«B» ist ein Kopierautomat oder Duplikator, der aus einer gegebenen Beschreibung ß als Input eine Beschreibung ß und eine Kopie ß' als Output liefert.

«C» ist ein Kontrolleur, der B eine Anweisung ß(X) zum doppelten Kopieren gibt und A eine zur Ausführung der Konstruktion des Beschriebenen zuführt (von Neumann stellte sich vor, daß bei der Konstruktion die Kopie der Anweisung zerstört wird). Schließlich heftet der Kontrolleur die übriggebliebene Kopie ß(X) mit A's Output X zusammen, löst ihn von der Maschine A+B+C und behält das Original.

«D» ist die Beschreibung, die A dazu bringt, A+B+C zu produzieren. Mit anderen Worten, D ist die Selbstbeschreibung der Maschine: D = ß(A+B+C).

Der Automat A+B+C, der synonym ist mit dem Automaten A+B+C+ß(A+B+C), liefert also einen Output, nämlich A+B+C+D (siehe Begriffsdiagramm, Bild 5). Keines der Einzelteile ist für sich genommen selbstreproduzierend, aber jedes ist notwendig für die Selbstreproduktion, die sich damit klar als eine Systemeigenschaft erweist, etwas, das die gegenseitigen Beziehungen dieser Elemente – ihre Organisation – kennzeichnet.

Auch wenn Biologen es für ziemlich abwegig halten, biologische Prozesse zu formalisieren, ist es doch faszinierend, wie genau von Neumann das Inventar der Zelle traf, von dem man erst viele Jahre später eine ungefähre Vorstellung bekam: Der biochemische Stoffwechsel der Zelle, der ständig neue Proteine produziert, entspricht A; die Replikation des DNS entspricht B; die eigentliche Kontrolle darüber, welche Gene zu verschiedenen Zeitpunkten «an» oder «aus» sein sollen, entspricht C; und die eigentliche genetische Information der DNS entspricht D.[44]

Von Neumann erwog für einen Automaten auch die Möglichkeit einer Evolution durch Mutationen. Fügen wir zum Beispiel noch ein Automatenelement E hinzu, so daß der Automat A+B+C+D+E heißt und E in der Selbstbeschreibung D = ß(A+B+C+E) enthalten ist, dann würde eine Mutation in der Beschreibung von E (die E in F umändert) weder die Fabrik noch die Kontrolle noch die Duplikator-Funktionen berühren. Es wäre also keine tödliche Mutation – im Gegenteil, sie würde vielleicht zu einem anderen, womöglich besseren Automaten A+B+D+F führen. Und so weiter.

Nun war von Neumann selbst nicht ganz zufrieden mit dem kinematischen Modell: Es konnte die rein *logischen* Mindestanforderungen der Selbstreproduktion nicht ausreichend berücksichtigen, denn es basierte immer noch auf der Einnahme von konkretem Rohmaterial. Dadurch war es zu schwierig, einen vollständigen Satz präziser und einfacher Regeln für die Bewegung der Maschine zu erarbeiten. Solche Regeln mußten gleichzeitig die Fähigkeit enthalten, die richtigen Komponenten zu erkennen (eine Art Sensor), und außerdem eine Feinmotorik, die dafür sorgt, daß sie richtig und präzise zusammengesetzt werden (wirklich schwierige Probleme, an deren Lösung die Robotertechnik heute noch arbeitet). Sein Freund, der Mathematiker Stanislaw L. Ulam, machte ihn darauf aufmerksam, daß eine andere, «zelluläre» Perspektive zur logisch-mathematischen Behandlung der Selbstreproduktion besser geeignet sein könnte als die kinematische.

Von Neumann folgte Ulams Rat und begann mit der Arbeit an dem, was man heute *zelluläre Automaten* (ZA) nennt. Conways «Spiel des Lebens» ist ein Beispiel für einen zellulären Automaten: ein «kristallines» Gitter, bestehend aus Zellen oder kleinen Kästen, die mathematisch gesehen allesamt kleine Automaten, kleine Computer, sind und mit Hilfe von wenigen einfachen Regeln ihren Zustand in der nächsten Generation berechnen. Dabei gehen sie von dem Input aus, den sie von den Nachbarzellen in der momentanen Generation bekommen. Genaugenommen haben diese Zellen nichts mit Zellen im biologischen Sinne zu tun: Sie sind mathematische Objekte, visuelle Repräsentationen eines bestimmten Formalismus. Aber in ihrer Struktur kann eine Reihe interessanter Prozesse und Formen enthalten sein (wir haben den Gleiter in Bild 1 als kleines Beispiel gesehen), die an biologische Prozesse erinnern – ihnen vielleicht sogar ganz entsprechen. Von Neumann hoffte, die Logik des Lebens in diesen abstrakten Gedankenobjekten verankern zu können.

Auch wenn diese Formalisierung es von Neumann gestattete, die Probleme von der physikalisch-mechanischen Ebene auf die rein logische zu verlagern, handelte es sich keineswegs um eine einfache Aufgabe. In den Jahren 1952/53 arbeitete er an einem größeren Manuskript, das einen detaillierten Lösungsentwurf enthielt. Es handelte sich um ein logisches Pendant zu dem kinematischen Modell, mit etwa entsprechenden «Organen», die als Anfangsmuster in einem mächtigen Zellgitter eingelagert sind, in dem jede Zelle 29 verschiedene Zustände haben kann (nicht nur zwei wie in Conways «Life»).

Die Prozesse, die im kinematischen Modell in physikalischer Bewegung bestehen, werden im ZA-Modell durch die Informationsübertragung von Zelle zu Zelle erreicht (sie erfolgt, wenn die Zelle ihren neuen Zustand errechnet). Soll eine Struktur sich im ZA-Raum «bewegen», wird nur eine Kopie ihrer selbst in der gewünschten Richtung erzeugt, das Original wird gelöscht. Diese Prozedur wiederholt sich eine bestimmte Anzahl von Malen und folgt sonst ganz den internen Regeln des Automaten (die Bewegung in einem zellulären Automaten ist also «simuliert»).

Um die Regeln für seinen Automaten zu konstruieren (die Zustandsänderungstabelle), mußte von Neumann in dem auf Zellen basierenden Formalismus für eine entsprechende Berechnungs- und Konstruktionskapazität sorgen. Die beiden Ebenen des Modells geben einen Hinweis auf die Künstlichkeit dieses Lebens: (a) das basale zelluläre Automaten-«Gitter» und (b) der universelle Konstrukteur, der in den basalen Automaten als Muster von Zuständen eingelagert wird. Dieses Muster selbst wiederum ist ein virtueller Automat, der mathematisch gesehen auf einer Version der universellen Turing-Maschine basiert. Hier ließ sich die Informationsverarbeitung höherer Ordnung wie programmgesteuertes Konstruieren, Kopieren, Weitergeben und Speichern von Information einbauen – all jene Charakteristika, die auch die kinematische Analyse des Phänomens implizierte.

Bemerkenswert ist, daß die Informationen für die Selbstbeschreibung des Automaten (Komponente D, siehe oben) in zwei Formen auftreten, genau wie die DNS in einer Zelle: einerseits als passive, nicht interpretierte Daten, die vom «Apparat» nur kopiert werden, andererseits als aktive Anweisungen, die durch Interpretation an der Steuerung der Konstruktion von Nachkommen der Maschine/Zelle mitwirken.

Von Neumann konnte weder das Manuskript noch den Entwurf des selbstreproduzierenden Automaten vollenden. Arthur Burks füllte einen Teil der Lücken und zeigte, daß es im Prinzip möglich war, das formale Modell in einem Computer zu simulieren.[45] Das Unternehmen würde jedoch zu viele Programmierer zuviel Schweiß kosten, und meines Wissens hat es bisher niemand realisiert. Von Neumanns Modell-Leben ist ein Torso geblieben. Edgar Codd und Chris Langton[46] haben später einfachere Typen zellulärer Automaten entwickelt, die mit viel weniger Zuständen pro Zelle sich selbst reproduzieren können (Bild 6). Langtons Konstruktion war die einfachste, weil sie so ausgetüftelt ist, daß sie keine Einlagerung eines Automaten vom Typ «universeller Konstrukteur» voraussetzt, auf dem sowohl von Neumanns als auch Codds Modell aufbauten (Element A in Bild 5). Sie hat die Form einer Schleife, die wächst und sich teilt und deren Nachkommen auch wachsen und sich teilen usw. So entsteht eine richtige Kolonie von Individuen, bei der die äußeren Mitglieder das Wachstum fortsetzen.

Langtons Schleife läßt sich mit einer lebenden Zelle vergleichen. Hier enthält der Genotyp den Code für die biochemischen Elemente eines dynamischen Prozesses, der die Anwendung eines Regelsatzes wiederholt. Der Prozeß selbst – auch Stoffwechsel genannt – «berechnet» den Ausdruck des Genotyps und spezifiziert damit die Eigenschaften, die den Phänotyp ausmachen. Mit etwas gutem Willen kann man sagen, Langtons Modell der Selbstreproduktion entspreche der Tatsache, daß die Information in der DNS nicht direkt den Code für den Phänotyp enthält, sondern für die vielen Prozesse, die zusammen für die «nachfolgende Entwicklung» (Epigenese) der befruchteten Eizelle zu einem Embryo und einem ausgewachsenen Individuum verantwortlich sind.

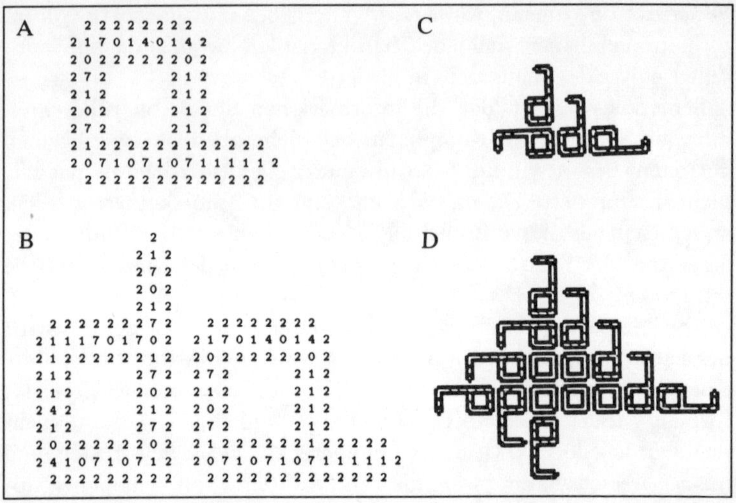

Bild 6: Langtons selbstreproduzierende Schleife: A zeigt den «Samen», den Anfangszustand des zellulären Automaten. Jede Zelle kann acht Zustände haben (die Werte 0 bis 7). Der aktuelle Zustand wird bestimmt vom Zustand der Zelle selbst und dem der anstoßenden vier Nachbarzellen im vorangegangenen Zeitintervall; alles nach den Regeln einer großen Tabelle (hier nicht gezeigt). Der «Samen» hat die Form einer recht stabilen Haut (aus Zweien), die eine Datenspur (Einsen) umschließt. Während der Entwicklung des Automaten fährt ein Programm in der Spur umher, das aus zwei simplen Signalen besteht: den paarweisen Zuständen 7-0 und 4-0. Die Signale werden in den «Arm» rechts ausgesandt. Bei jedem 7-0-Signal wächst der Arm um eine Einheit. Bei jedem 4-0-1-4-0-Signal wird der Arm nach links gedreht. Sobald eine neue Schleife entstanden ist, wird der Nachkomme von der Mutterschleife «getrennt». Die Regeln sind so klug angelegt, daß die neue Schleife den Prozeß an sich selbst wiederholt. B zeigt die Konfiguration nach 151 Schritten: Mutter- und Tochtersamen treiben Knospen. Sie erzeugen allmählich eine ganze Kolonie: C und D (nach C. G. Langton, «Self-reproduction in cellular automata», *Physica D* 10, 1984, S. 135-144).

Es ist daher verlockend, den Schluß zu ziehen, daß Langtons Modell-Leben Leben in einem weiter gefaßten Sinn *realisiert* – auch wenn das Modell etwa die Beziehungen zwischen der Umwelt und dem Organismus nicht berücksichtigt.

Mit dem Bade ausgeschüttet?

Viele Alifer waren von den zellulären Automaten besonders begeistert. Sie sind sehr schöne Beispiele für denjenigen Typ von Berechnungen, der bei KL-Forschern so beliebt ist, weil ihrer Meinung nach lebende Wesen auf die gleiche Art und Weise mit Informationen umgehen: nämlich parallel (viele kleine Einheiten werden gleichzeitig berechnet), von unten nach oben (vgl. S. 25 f) und mit lokaler Verhaltenssteuerung – Prinzipien, die gemeinsam die Emergenz von Systemeigenschaften wie Selbstreproduktion zulassen.

Als von Neumann das Problem der Selbstreproduktion logisch durchdachte, griff er vor auf die Entdeckung wichtiger Prinzipien der Informationsverarbeitung lebender Zellen. Diese ließen sich erst in den Jahren nach seinem Tod (1957) in allen Einzelheiten klären – allerdings auf ganz anderen Wegen, nämlich durch die Molekularbiologie, die Methoden der Chemie, Biochemie und Genetik kombinierte. Von Neumanns Vorgriff unterstreicht unmittelbar, was Langton *die prinzipielle Annahme der KL-Forschung* genannt hat, daß nämlich *die logische Form eines Organismus von seinem materiellen Fundament getrennt werden kann und daß «Lebendigsein» eine Eigenschaft der Form und nicht der Materie ist.*[47]

Es war zu erwarten, daß diese Annahme für Molekularbiologen sehr abwegig klingt: Ihr Forschungsgegenstand ist ja gerade die Verbindung zwischen der stofflichen, chemisch-molekularen Grundlage von Leben und seinen informationalen, genetischen und morphogenetischen Prozessen auf höherer Ebene. Wer als Wissenschaftler intellektuell mit der Molekularbiologie großgezogen wurde, wird erstens der Behauptung entgegentreten, die Tradition von John von Neumann bis Christopher Langton bringe der Biologie neue Erkenntnisse. Zweitens wird er geneigt sein zu behaupten, die Biologie müsse immer auf einem grundlegenden Wissen um die konkrete Chemie des Lebens aufbauen: Die Biochemie und die organische Chemie verbinden die Biologie mit den übrigen Naturwissenschaften. Tiefe philosophische Abgründe tun sich auf in der Diskussion zwischen Alifern und Biologen, die von traditionellen materialistischen Annahmen ausgehen. Letztere stehen einer radikalen Neudefinition des Gegenstands der Biologie skeptisch gegenüber, die sich dann nicht mehr (nur) mit dem Leben beschäftigt, wie es wirklich ist, sondern auch mit dem Leben, «wie es sein könnte».

Man darf gespannt sein, wozu diese Herausforderung der philosophischen und theoretischen Grundlagen der Biologie führen wird. Die herkömmliche Biologie ist geprägt von Auffassungen, die Lebewesen ganz mit ihren biologischen Aspekten identifizieren, was das Verständnis von Organismen, Arten und Ökosystemen als komplexen Einheiten erschwert. Niemand wird behaupten, daß die biologische Forschung des 20. Jahrhunderts sich durch die synthetische Vernunft eines Darwin auszeichnen konnte. Damit bot sie eine Angriffsfläche für holistisch orientierte Kritiker, oftmals Philosophen, die es leicht hatten, auf das mangelnde Verständnis für die Dynamik zusammenhängender Natursysteme hinzuweisen. Und jetzt kommen also Alifer und Informatiker, die weder romantische Synthesen naturphilosophischer Art anbieten noch ökologische Ganzheitskonzepte, sondern gleich synthetisches Leben!

Läßt sich die materielle Ebene wirklich völlig ausklammern? Von Neumanns Kommentar zu seiner eigenen Formalisierung des Problems der Selbstreproduktion ist interessant: Er meinte, im ZA-Modell habe «man die Hälfte des Problems aus dem Fenster geworfen, und das könnte die wichtige Hälfte sein».[48] Gemeint ist der Verzicht auf die Erklärung, wie die Teile aus «realen Dingen» zusammengesetzt, wie sie aus «tatsächlichen Elementarpartikeln», aus höheren chemischen, biochemischen und anderen materiellen Einheiten, aufgebaut sind. Langton dagegen glaubt nicht, das Kind mit dem Bade ausgeschüttet zu haben. Man müsse nämlich, argumentiert er, unterscheiden – zwischen Leben, so wie wir es kennen, das aus Physik und Chemie entsteht, und möglichem Leben, lebensähnlichem Verhalten, das aus lokalen Wechselwirkungen auf niedrigem Niveau in einer Population von logischen «Primitiva» entstehen kann (den Einheiten, mit denen logische Analysen, zum Beispiel ein Automat, operieren).

Die Frage ist weiter, wie realistisch die Logik des Lebens, zu der man durch immer weiteres Abstrahieren kommt, in einer möglichen materiellen Welt sein kann. Langton selbst verweist auf dieses Problem in Codds und von Neumanns Modellen der Selbstreproduktion, die nämlich eine universelle Konstruktion voraussetzen – ein gutes Kriterium, um die trivialen Formen der Selbstreproduktion auszuschließen, etwa ganz einfache Muster, die sich durch einen dominoartigen Effekt über das ganze Zellgitter vermehren. Mit ihnen ist für die Formalisierung nicht viel gewonnen. Aber das Kriterium eliminiert auch natürlich vorkommende selbstreproduzierende Systeme! Tiere und Pflanzen können schließlich nicht alles mögliche als Output liefern, nur weil sich irgendwer ausgedacht hat, daß man dies als «Beschreibung» in ihre DNS einkodieren könnte. Das Kriterium hat nichts mit Biologie zu tun, es repräsentiert «unmögliche Biologie», und es untergräbt die Behauptung, von Neumanns Modell könne etwas anderes beschreiben als eine sehr abstrakte Logik der Selbstreproduktion. Die Abstraktion verfehlt etwas sehr Wesentliches.

Eine naheliegende Möglichkeit, das Problem zu lösen, böte die Konsequenz, beides in einer allgemeinen *bio-logischen* Beschreibung von Lebensprozessen zu berücksichtigen: sowohl die materiellen als auch die formalen, logischen Elemente. Das Leben ist nicht nur digital. Das Materielle gehört einfach dazu, weil Leben ebensowenig wie die Logik aus dem Nichts entsteht; es benötigt eine materielle Grundlage und einen historischen Prozeß, der die Stoffe auf einem höheren Niveau organisiert und Grenzen aufstellt für die logischen Entwicklungsmöglichkeiten. Die Evolutionslogik in Form natürlicher Auslese, wie sie im Darwinismus beschrieben ist, gilt vielleicht nicht nur für irdisches, sondern auch für andere Lebensformen. Jedenfalls ist sie auf der Erde genau festgelegt durch ein reiches, biochemisches Substrat für die genetische Kodierung der Genotypen, die selektiert werden. Dieses Substrat ist das stoffliche Fundament für Wachstum und Entwicklung auf Gaia, dem lebenden Planeten.

Wenn Leben ins Spiel kommt

Man kann darüber spekulieren, worin die Faszination des digitalen Lebens liegt. Wenn der Traum vom Leben in einem zellulären Automaten Platz findet, aus welchem Stoff ist dann dieser Traum?

Vielleicht handelt es sich um eine sehr alte Sehnsucht. Eine griechische Sage erzählt von einem zypriotischen König namens Pygmalion. Dieser verliebt sich in eine Frauenstatue – die Liebesgöttin selbst? –, die er eigenhändig geschaffen hat. Seine Liebe ist so groß, daß er sein Werk umarmt, nicht nur im Traum. Er fleht Aphrodite um eine Frau von gleicher Gestalt an. Schließlich erbarmt Aphrodite sich seiner, erfüllt seine Bitte und macht die Statue lebendig.

Genau wie Geschichten aus dem richtigen Leben «erklärt» der Mythos nichts, sagt aber eine ganze Menge aus, auch über die Bestrebungen, Künstliches Leben zu schaffen. Als Conway sein Spiel «Life» einführte, wurde es bei Computerfreaks sehr schnell populär: Das Spiel ist einfach zu verstehen, leicht zu programmieren, es macht Spaß, und man hat schnell das Gefühl, Mitschöpfer eines Universums von Möglichkeiten zu sein, die sich in solch einem zellulären Automaten ergeben.

Conway selbst ging bei der Aufstellung der beiden Spielregeln von der Frage aus, wodurch interessante Strukturen ausgelöst werden könnten. In zahlreichen Experimenten mit verschiedenen Varianten untersuchte er, ob sich folgende Forderungen an einen Regelsatz gleichzeitig erfüllen ließen: Es sollte kein Startmuster geben, das die Population (lebender Zellen) einfach – und sei es auch nur scheinbar – explosiv und ungehemmt wachsen läßt. Die Startmuster sollten vielmehr Wachstum und Veränderung nur eine Zeitlang ermöglichen und dann zum Erliegen kommen lassen. Das Ende konnte in der vollständigen Auflösung der Population bestehen (wegen Überbevölkerung oder Isolation), in einem stationären Zustand ohne weitere Änderungen oder in einem Hinundherpendeln zwischen verschiedenen Zuständen in Perioden von zwei oder mehr Generationen. Ein Beispiel für die letzte Version ist der «Blinker» aus drei lebenden Zellen •••, der nach einer Generation mit drei senkrecht stehenden Zellen ⁝ wieder zu ••• zurückkehrt, das heißt, die Periode ist 2).

Der «Gleiter» ist ein Beispiel für eine periodische Struktur (mit der Periode 4; vgl. Bild 1), die sich vorwärtsbewegt. Die schnellste Bewegung im «Spiel des Lebens», nämlich ein Feld pro Zug, nannte Conway «Lichtgeschwindigkeit». Der Gleiter bewegt sich demnach mit einem Viertel der Lichtgeschwindigkeit vorwärts, und Conway wies nach, daß kein Muster in «Life» sich mit voller Lichtgeschwindigkeit vorwärtskopieren kann.

Die «Reaktionen», die Conway mit den Tellern auf seinem karierten Fußboden auslöste, kamen bald zum Stillstand. Die meisten Startmuster pulsieren eine Zeitlang und sterben dann aus, oder sie ziehen ihre periodischen Iterationsbahnen. Als «Life» im Oktober 1970[49] im *Scientific American* vorgestellt wurde, äußerte Conway deshalb die Vermutung, daß eine Population nicht grenzenlos wachsen könne. Allerdings, schrieb er, könne er die Behauptung nicht beweisen und verspreche daher demjenigen eine Prämie von 50 Dollar, der sie innerhalb eines Jahres verifiziere oder falsifiziere. Er selbst wußte, wodurch seine Behauptung eventuell widerlegt werden konnte: durch eine «Gleiterkanone» nämlich, eine Konfiguration, die ständig Gleiter oder andere bewegliche Objekte in den Raum von leeren Zellen abfeuert, oder eine Struktur, die wie eine «Dampflok» eine «Rauchfahne» von Objekten hinter sich herzieht, während sie sich vorwärtsbewegt. Die Suche nach diesen und anderen merkwürdigen Lebensformen war somit eröffnet.

Einer der Programmierer, die von Anfang an dabei waren, Bill Gosper, erzählt heute, daß er immer noch seine Nachtstunden damit verbringt, das Universum des Spiels zu erforschen. Es birgt viele Überraschungen. «Zu Beginn», bemerkt er, «war es einfach nicht klar, ob die Dinge, die in diesem Universum geschehen können, genauso kompliziert sind wie die in unserem eigenen. Erst allmählich, durch eine Reihe kleiner Entdeckungen, wurde Stück für Stück deutlich, daß alles, was wir überhaupt beschreiben können, auch in der ‹Life›-Welt geschehen kann.»[50]

Conways Belohnung für die gesuchte Lebensform bekam Gosper schon im November desselben Jahres. Gospers Forschungsgruppe für Künstliche Intelligenz am Massachusetts Institute of Technology (MIT) hatte ein Programm geschrieben, das die einzelnen Schritte auf einem Oszilloskop zeigte.[51] Hier entdeckte Gosper eine Gleiterkanone. Bild 7 zeigt, wie sie Gleiter ausspuckt – alle dreißig Schritte einen neuen. Es ist klar, daß dieses Muster zu unendlich vielen lebenden Zellen anwächst, wenn man nur lange genug wartet (und ein ausreichend großes Gitter hat). Man fand auch eine Struktur, ein «Pentadekathlon», das entweder Gleiter fressen oder sie zurückschicken konnte, je nachdem wie sie aufeinanderstießen.

Schnell zeigte sich, daß Gosper und eine Reihe anderer «Life-Game»-Freaks vor einer Entdeckungsreise in eine seltsame Welt standen. Auch die «Dampflok» wurde gefunden: sowohl in einer umweltfreundlichen Version, bei der die «Rauchfahne» ziemlich klein und regelmäßig war, als auch in Form einer «Dreckschleuder», die eine breite Spur qualmenden «Rauchs» hinterläßt.[52] Die Startstruktur dieser Dreckschleuder zeigt Bild 8 in entsprechender Vergrößerung, um die Regeln für eine ausgewählte Zelle während der ersten Schritte nachvollziehbar zu machen. Bild 9 schließlich präsentiert den ganzen Salat, entsprechend verkleinert, nach einem schönen, langen Lauf.

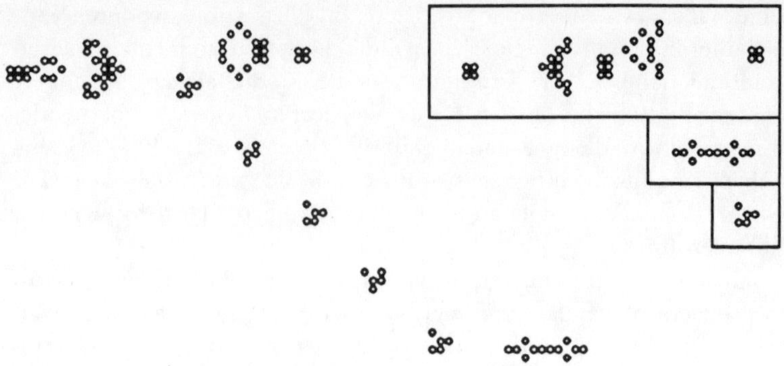

Bild 7: Oben rechts im großen Kasten ist der Anfangszustand der Gleiterkanone dargestellt; im mittleren Kasten ein «Pentadekathlon», das so plaziert ist, daß es die Gleiter um 180 Grad «dreht»; im kleinen Kasten befindet sich ein Gleiter. Die Abbildung zeigt einen Schnappschuß von der pulsierenden Kanone nach 137 Schritten, sie hat (fast) fünf Gleiter produziert. Die Kanone verändert während der Gleiter-Produktion periodisch ihre Form. Der erste Gleiter geht sehr schnell seinem Schicksal entgegen, wenn er vom Pentadekathlon um 180 Grad gewendet und auf seinem Rückweg zur Kanone beim Zusammenstoß mit dem nächsten Gleiter zerstört wird. (Gezeigt werden – als Kreise – nur die lebenden Zellen.)

Auch dreidimensionale «Life»-Versionen wurden erfunden.[53] Sie sehen klotziger aus und sind nicht so leicht überschaubar, weil die Vorderseiten der Objekte verdecken, was im Hintergrund vor sich geht. (Diesen Nachteil haben sie mit unserer eigenen dreidimensionalen Welt gemeinsam: Auch wir können nicht alles mit einem Blick erkennen – glücklicherweise.) Im übrigen bestehen rein mathematisch keine Grenzen für die Anzahl möglicher Dimensionen; man kann sie nur nicht mehr «sehen», und die Berechnung dauert viel länger. Es ist daher von nicht allzu großem Reiz. Das «normale» zweidimensionale Spiel reicht aus, um die Entdeckung ungeahnter Komplexitäten zu ermöglichen. Und wenn Gosper behauptet, daß in diesem einfachen zellulären Automaten *alles* geschehen kann, dann meint er das auch.

Hat aber schon jemand im «Spiel des Lebens» beispielsweise richtige Selbstreproduktion wie in von Neumanns Modell gesehen (also nicht bloß triviale periodische Wiederholungen einer einfachen Struktur wie bei der diagonalen Bewegung eines Gleiters)? Nein. Aber das nur des-

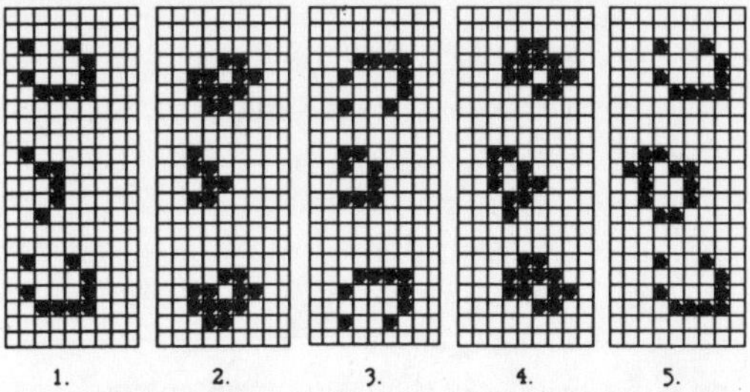

Bild 8: Die ersten vier Schritte der «Dreckschleuder»-Version einer Dampflok. Sie besteht aus zwei «Raumschiffen» (den beiden liegenden C's oben und unten) und einer Konfiguration in der Mitte, die in Wechselwirkung mit den Raumschiffen einen langen Schwanz hinter sich herzieht (siehe Bild 9). Wenn die Mittelkonfiguration der Dreckschleuder sich allein entwickeln könnte, ohne von den Raumschiffen begrenzt zu werden, würde sie nach 150 Generationen aussehen wie eine Art Stilleben, bestehend aus drei Blöcken (à vier lebenden Zellen, die so liegen: ::) und einem «Schiff» (aus sechs schräg liegenden lebenden Zellen), beide kristallin, plus zwei Gleitern, die an ihren Enden der Welt davonmarschieren.

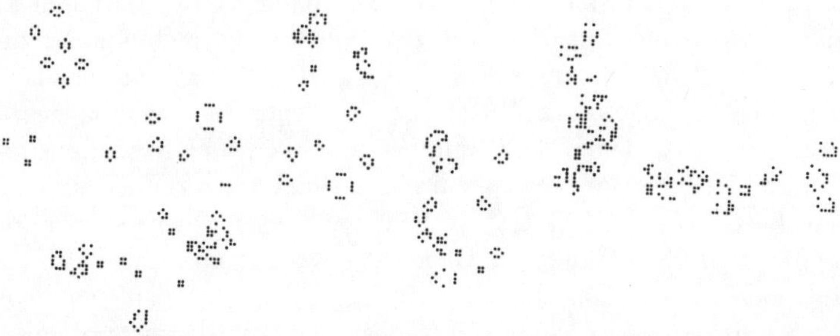

Bild 9: Eine «Dreckschleuder-Dampflok» nach 400 Schritten (Generationen), im Verhältnis zur vorherigen Abbildung verkleinert. Ganz unten rechts sieht man die «Front» (Bild 8) weiter nach rechts voranrücken; sie hinterläßt eine «Rauchfahne», die nach einer Periode wirbelnder Bewegungen in statischen Mustern zur Ruhe kommt. (Gezeigt werden – als Punkte – nur die lebenden Zellen.)

halb nicht, weil die derzeitigen Computer nicht über genügend Rechenkapazität verfügen, sagt Gosper. Was wir haben, bewegt sich ungefähr auf atomphysikalischem Niveau (vgl. Anm. 50). Wer aber über die richtigen «Atome» verfügt, kann auch einen Organismus daraus bauen – im Prinzip. Entsprechendes gilt für «Life». Tatsächlich läßt sich beweisen, daß es im Prinzip möglich ist, etwas so Kompliziertes wie von Neumanns Selbstreproduktion in dieses einfache Spiel zu implementieren.

Dazu ist ein Umweg erforderlich – über einen simulierten Computer. Der Beweis zeigt nämlich, daß aus dem «Spiel des Lebens» ein ausgewachsener virtueller Computer werden kann: eine «richtige» Rechenmaschine, die die Informationen auf den zellulären Feldern bearbeitet, die aber im «Life»-Universum simuliert ist. Der Trick besteht darin, Gospers Gleiterkanone und eine Reihe anderer Elemente als basale Bestandteile zu verwenden – den Gleiter etwa wie die Einheiten, die Information senden und speichern. (Man könnte sich eine Reihe von Gleitern, wie in Bild 7, und ihren mehr oder weniger großen Zwischenraum als einen Morsecode vorstellen.) Computer werden im Laufe der Zeit aus verschiedenen materiellen Komponenten konstruiert, ohne daß dies etwas an den grundlegenden Berechnungsprinzipien geändert hätte. John Conway hat gezeigt, daß sich die logischen Tore wie UND, ODER und NICHT, die für die Funktion eines Computers notwendig sind, mit etwas Geschick aus einigen basalen «Life»-Mustern konstruieren lassen (vgl. Anm. 3). Man nutzt zum Beispiel die Tatsache, daß zwei Gleiter, die rechtwinklig zusammenstoßen, einander auflösen. Das NICHT-Tor kann demnach aus einer Gleiterkanone bestehen, die Gleiter rechtwinklig gegen einen «Input» abfeuert. Der Input besteht aus einem informationstragenden Gleiterstrom, dessen einzelne Gleiter plus Zwischenräume (etwa «GG GG GGG G») Nullen und Einsen entsprechen (also «11011011101»). Treffen die Gleiter der Kanone im rechten Winkel auf einen Gleiter (eine «1») aus dem Input, lösen sich beide auf, was der Schaffung eines Zwischenraums (einer «0») entspricht; treffen sie auf einen Zwischenraum (eine «0»), gehen sie einfach weiter (was einer «1» entspricht). Der Input 11011011101 an das NICHT-Tor ergibt deshalb den Output 00100100010 (Bild 10).

Auch wenn es lange dauert, genügen diese Übungen, um zu beweisen, daß man im Rahmen des Spiels «Life» universelle Turing-Maschi-

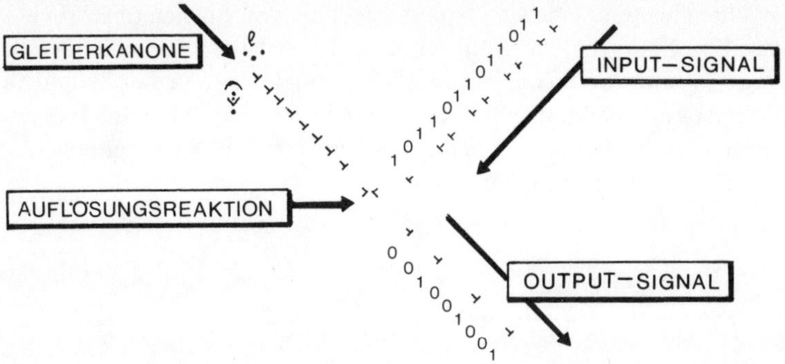

Bild 10: Ein NICHT-Tor, im «Spiel des Lebens» konstruiert. Eine Gleiterkanone (hochkant, vgl. Bild 7) feuert Gleiter gegen das Input-Signal von Gleitern (ein periodisches 110110110…, wobei «0» durch einen leeren Platz in der Gleiterserie markiert wird). Das Signal wird von dem Tor in einen Output (001001001…) verwandelt.

nen bauen kann. Die beiden Regeln (vgl. S.14) sind basal, aber mit Hilfe der verschiedenen Lebensmuster wie der Gleiterkanone kann man eine Turing-Maschine auf einem höheren Niveau implementieren; diese kann dann selbst wiederum etwas implementieren – nämlich alles, was sich überhaupt berechnen läßt. Das sind dann allerdings andere Automaten als von Neumanns, Codds oder Langtons selbstreproduzierende Maschinen – eher eine Art chinesisches Schachtelsystem der Berechnungen. Das erforderliche «Life»-Universum wäre so groß, daß ein Computer von heute damit nicht umgehen könnte. Von Neumann hat ausgerechnet, daß die Gesamtgröße seines selbstreproduzierenden zellulären Automaten, würde er denn realisiert, gut und gern 200 000 Zellen betrüge. William Poundstone[54] hat weitergerechnet und herausgefunden, daß der zelluläre Automat, ins «Spiel des Lebens» implementiert, rund 10^{13} Zellen oder Bildpunkte (Pixel) benötigen würde, wenn ein Bildpunkt einer Zelle entspräche. Das ist viel. Bei einer Pixelgröße von einem Quadratmillimeter wäre der Bildschirm drei Kilometer lang und sechsmal so groß wie Monaco. Niemand könnte mehr die Prozesse im Detail überblicken, alles wäre ein einziger Nebel. Aber die Muster, die hier entstünden, würden sich unabhängig reproduzieren und wachsen – bis jemand den Strom abstellt.

Wir sehen hier eine verwirrende Struktur von Ebenen über Ebenen von Berechnungen, die (immer noch: «im Prinzip») Leben und frohe Tage in einer mathematischen Welt ermöglichen. Vielleicht gibt es auch Abkürzungen zur Selbstreproduktion in «Life» (ohne die komplizierte Turing-Maschine oder einen «universalen Konstrukteur») – noch aber wurden sie nicht gefunden.

Leben, Wachsen und Blühen

Die Entwicklung leistungsfähiger elektronischer Datenverarbeitungsmaschinen hat der Mathematik ein weiteres Goldenes Zeitalter beschert. Das Ergebnis sind neue geometrische Objekte mit sonderbaren Namen: Julia-Sets, Mandelbrot-Mengen und andere Fraktale mit hübschen Formen; außerdem chaotische Systeme, seltsame Attraktoren, zelluläre Automaten und Künstliches Leben. Ein Reichtum wunderlicher Strukturen wurde entdeckt, Strukturen, die man sich vor zwanzig Jahren, ohne die Rechenleistungen der Computer, nicht einmal hätte vorstellen können. Plötzlich aber sind komplizierte Lösungen zusammengesetzter Gleichungssysteme in derselben Sekunde visualisierbar, in der die Maschinen sie errechnet haben. Wir können in einer mathematischen Landschaft aus Mustern und Formen auf Entdeckungsreise gehen, die sich, sobald die Regeln und Anfangsbedingungen feststehen, auf dem Bildschirm entfalten. Die Mathematik erschöpft sich nicht mehr in formaler Beweisführung und der Ableitung von Theoremen; sie gleicht zunehmend (zum Verdruß der strengen Formalisten unter den Mathematikern) einer experimentellen Wissenschaft.[55] Computer sind Beobachtungsinstrumente geworden. Sie ermöglichen es, zu verfolgen, wie sich völlig neue Universen von Formen entwickeln – darunter auch «Lebensformen» synthetischer Biomuster, die Ameisen, Pflanzen oder Zellen gleichen, und anderes Computerleben.

Leute, die mit zellulären Automaten arbeiten, berichten, daß sie sich wie Anton von Leeuwenhoek fühlen, als er das erste Mal einen Wassertropfen unter einem seiner selbstgebauten Mikroskope betrachtete und vor einer Welt phantastischer Wesen stand. Das war gegen Ende des 17. Jahrhunderts, als Leeuwenhoek Wasser, Erde, Schleim, Samen, Haare und die inneren Organe des Körpers untersuchte und einen einzigartigen Mikrokosmos entdeckte. Doch niemand glaubte dem holländischen Optiker und Rathauspedell seine Berichte über Mikroorganismen im Wasser. Erst der anerkannte Naturforscher Robert Hooke konnte bei einem erregten Treffen der Royal Society im Jahr 1677 in London mit einem vergleichbaren Mikroskop demonstrieren, daß in einem Glas mit vergorenem Pfefferwasser winzige Wesen umherschwammen. Die Mitglieder der Royal Society waren erschüttert: Das Mikroskop eröffnete ihnen eine unbekannte Wirklichkeit. Seine Bedeutung für die Verbreitung eines neuen Weltbilds ist mindestens ebenso groß wie die des Teleskops in der Astronomie.

Heute scheint der Computer den Platz des dominierenden *speculum mundi*, eines Spiegels der Welt, einzunehmen. Er läßt uns die tiefsten Strukturen einer Welt erkennen, die auf mathematischen Formeln basiert, aber doch so dynamische Bewegungsformen enthält, daß es möglich erscheint, mit ihrer Hilfe sowohl das Gewaber des irdischen Lebens als auch die komplexe Mechanik der Himmelskörper zu beschreiben. Wiederum herrscht Skepsis angesichts der Weltbilder, die ein neues Instrument liefert: Handelt es sich bei dieser Welt nur um eine menschliche Konstruktion, oder besitzt sie eine selbständige Realität? Damit stellt sich aufs neue die uralte Frage nach dem Verhältnis zwischen Mathematik und Wirklichkeit. Alifer haben die Antwort parat: Die vom Computer erzeugten Bilder zeigen die Welt einer möglichen Biologie – eine synthetische Welt aus Künstlichem Leben, die trotz ihrer Künstlichkeit von den allgemeinen Gesetzen der Selbstorganisation und Evolution regiert wird. Gerade deshalb kann KL-Forschung dazu beitragen, ein Bild von den allgemeinen Gesetzmäßigkeiten komplexer Systeme zu gewinnen, die die Gummistiefel- und Reagenzglasbiologie von heute nur zu einem winzigen Teil erfaßt. Sehen wir uns einige bemerkenswerte Beispiele an.

Die algorithmische Schönheit der Pflanzen

Goethe und die alten Romantiker waren sich völlig einig darin, daß es allgemeine Formgesetze geben müsse, die das Wachstum der Pflanzen genauso wie die Entfaltung von Knospen zu artspezifisch vollendeten Blättern steuern. Später versuchten Biologen, so auch der Morphologe D'Arcy Wentworth Thompson, diese intuitive Einsicht mit einer mathematischen Beschreibung der Wachstumsprinzipien von Tieren und Pflanzen zu verbinden. Aber zu der Zeit, als D'Arcy an seinem Lebenswerk auf diesem Gebiet arbeitete[56], war die Biologie sehr jung und die Informatik noch nicht geboren. D'Arcy mußte sich mit relativ einfachen und statischen Mustern begnügen – mit Gleichungen etwa, die die schraubigen Linien eines Blumenkohls oder die schön gewundenen Schalen von Schnecken und Muscheln beschrieben. Umformungsprozesse studierte er anhand geometrischer Abbildungen vorgefundener Formen bei verschiedenen Arten von Fischen und Säugetieren.

Der holländische Botaniker Aristid Lindenmayer stand vor einer ganz anderen Situation. Wie D'Arcy ging es ihm um eine mathematisch-formale Beschreibung natürlicher Wachstumsprozesse, aber er konnte sich sowohl auf das neue Wissen von der Funktion der Gene als auch auf den Computer und die formalen Grammatiken der strukturalistischen Sprachwissenschaft stützen. Ende der sechziger Jahre entwickelte er ein formales System, das heute unter der Bezeichnung «L-Systeme» bekannt ist. Während sich die Chomskysche Transformationsgrammatik dazu verwenden ließ, die Bildung immer längerer Ausdrücke in einer formalen Sprache zu simulieren (wie einen Satz, der beispielsweise durch Einschübe wie diesen immer länger wird), entwickelte Lindenmayer ein System, das nicht nur eine längere Sequenz generieren, sondern seine Regeln gleichzeitig parallel an verschiedenen Stellen zur Anwendung bringen konnte. Ein Text ist eine lineare Aneinanderreihung von Wörtern, Organismen dagegen entwickeln sich in zahllosen Parallelschritten: viele Zellen im Körper teilen sich gleichzeitig, der Baum bildet seine Knospen simultan.

Es gibt unzählige Arten, wie Pflanzen wachsen, doch bestehen gewisse konstante Relationen, die die Topologie einer Pflanze definieren: Jede Pflanze hat eine Basis, von der aus ihre Wurzeln nach unten wachsen, und eine zentrale Sproßachse nach oben (bei Bäumen der Stamm, bei krautigen Pflanzen der Stengel). An der Sproßachse (nullte Ordnung) können an bestimmten Verzweigungspunkten Blätter oder Achsen erster Ordnung entstehen, an diesen wieder Achsen zweiter Ordnung usw. Jede Achse hat eine Basis und eine Spitze, den Sproßscheitel. Blätter bilden immer einen Abschluß: es wachsen nie neue Stengel am Rand oder an der Spitze eines Blatts. Diese konstanten Verhältnisse bestimmten auch die grundlegenden Relationen in dem formalen System, das Lindenmayer entwickelte, um die Regeln für neues Wachstum der einzelnen Elemente zu beschreiben. Es läßt sich verstehen als eine Folge von Anweisungen oder Algorithmen zur Erzeugung von Pflanzenteilen. Ein Beispiel ist der kleine Baum in Bild 11 (b): eine Reihe gerichteter Achsen nullter, erster und zweiter Ordnung, die in einem der formalen L-Systeme als Strang-Formel be-

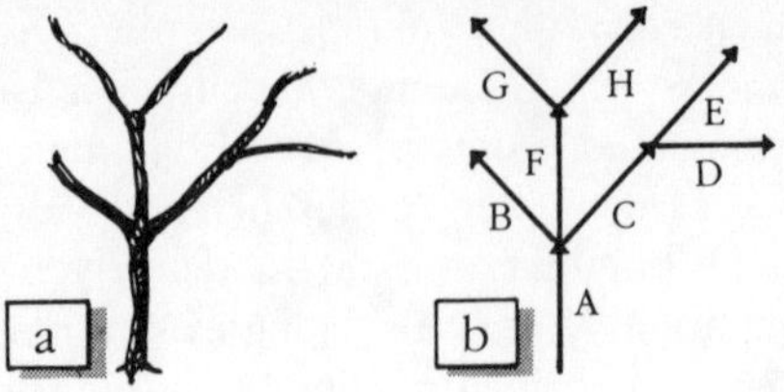

Bild 11: Formalisierung eines Baums

schrieben werden kann, wobei die Klammern «[» und «]» für Seitenverzweigungen stehen[57]:

A [B] [C [D] E] F [G] [H].

Warum stellt man eine Formel für die Zweigstruktur auf? Der ganze Witz der L-Systeme liegt in einem Prinzip, das man *Rekursion* nennt. Es beruht auf dem Verfahren, Teile eines einfachen Anfangsobjekts nach bestimmten Regeln durch ein anderes Objekt zu ersetzen, dann die Prozedur mit dem Objekt zu wiederholen, das gerade entstanden ist usw. Ein berühmtes Beispiel ist die Schneeflocken- oder Kochsche Kurve (Bild 12). Sie entsteht mit Hilfe eines gleichseitigen Dreiecks als Anfangsobjekt △, eines Generators, bestehend aus einer gezackten Linie _/_ (mit vier gleichen Teilen) und einer Rekursionsregel, die jeder Linienabschnitt — im Objekt (zunächst also jede Seite des Dreiecks) durch die gezackte Linie ersetzt. Bei jeder erneuten Anwendung der Regel (rekursives Verfahren) vervierfacht sich die Anzahl der Linienabschnitte. Dieses Prinzip wird auch in der rekursiven Programmierung verwendet.[58] Die Zacken der Figur werden immer zahlreicher und feiner, so daß man bald eine Lupe braucht, um die Einzelheiten zu erkennen. Diese gleichen sich jedoch auf allen Ebenen; sie sind *selbstähnlich.*

Viele Pflanzen haben stark selbstähnliche Formen, beispielsweise die Verzweigungen einer Tanne oder die Blätter eines Farns. Wer einen Teil solcher Muster vergrößert, findet immer wieder die gleichen Muster. Das kann man ausnutzen, um mit einem L-System eine Pflanze durch Rekursion zu spezifizieren. Man läßt etwa ein einfaches Stück Achse durch ein Stück aus drei Segmenten mit zwei Seitenästen ersetzen (Bild 13) und diesen Vorgang nach entsprechendem Wachstum beliebig oft wiederholen.

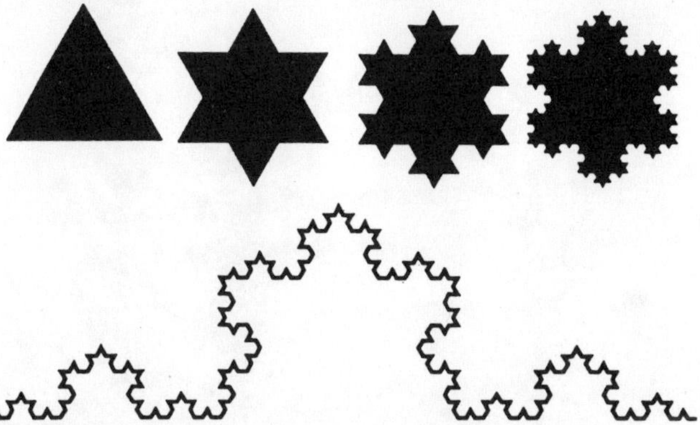

Bild 12: Koch-Kurve. Sie entsteht aus einem Dreieck, bei dem man immer wieder an die Mitte jeder Außenlinie ein Dreieck von einem Drittel der bisherigen Größe ansetzt (obere Reihe). Nach etlichen Schritten sieht die Grenzlinie aus wie die untere Zeichnung.

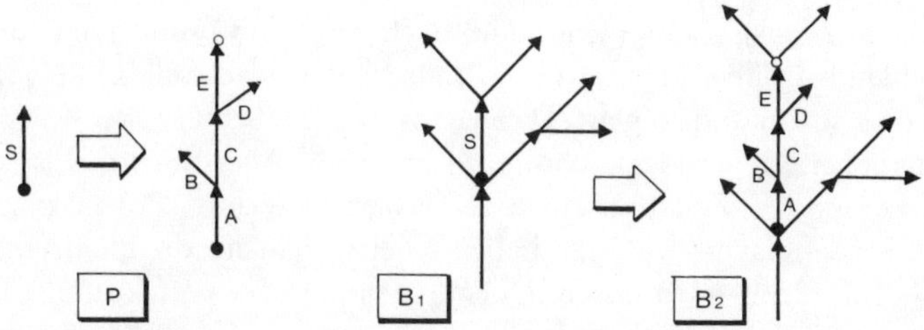

Bild 13: Eine Rekursionsregel P und ihre Anwendung an einem Achsenstück S im Baum B_1 (nach Prusinkiewicz und Lindenmayer 1990, vgl. Anm. 57). Dieselbe Regel läßt sich nun rekursiv auf neue Achsen A, B usw. anwenden.

Läßt man variable Winkel zu, kann diese Technik eine Unzahl ausgesprochen wirklichkeitsgetreuer Verzweigungsformen erzeugen, die sehr gut auf einem Computer darzustellen sind (Bild 14). Zusammen mit dem Computergraphik-Experten Przemyslaw Prusinkiewicz hat

A B

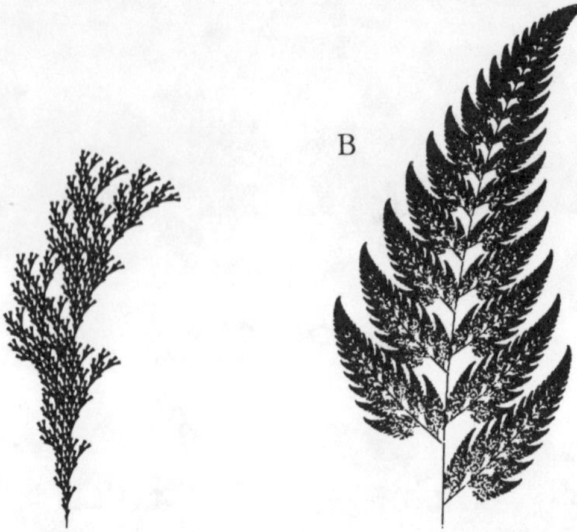

Bild 14: (A) Pflanzenartige Strukturen, gezeichnet von einem Computer nach einer von Lindenmayers formalen Regeln (wiedergegeben nach Prusinkiewicz und Lindenmayer 1990; vgl. Anm. 57). (B) Computergeneriertes Farnblatt (aus einem anderen, aber entsprechenden Modell).

Lindenmayer einen paradiesischen Blumengarten auf einem Computer geschaffen, der hyperrealistisch wunderschöne Nelken, Sonnenblumen und jede Menge anderer Zierpflanzen enthält. Kein Wunder, daß diese strahlenden Bilder an Trickfilme erinnern – sie sind vielleicht ein bißchen zu schön und zu glatt. Dagegen wirken die schwarzweißen computergenerierten Strichzeichnungen ehrlicher. Aber auch das ist nur eine Frage der Zeit und effektiver Programmierung. Prusinkiewicz' und Lindenmayers Kollegen haben bereits versucht, die Pflanzen natürlicher aussehen zu lassen, indem sie sie weniger perfekt und leicht asymmetrisch gestalten. Dazu ließen sie den Computer «losen», welche Zweige oder Blätter angesetzt werden sollen (mit Hilfe eines Algorithmus, der Zufallszahlen erzeugt und so bestimmt, wie die einzelnen Teile sich entfalten).

Fangen solche computergraphischen Schnörkel die Dynamik echter Pflanzen ein? Auf übergeordneter Ebene gibt es gemeinsame Züge: Bei Pflanzen vorkommende Strukturen entfalten sich wie die künstlichen Zweige, Blätter und Blüten der L-Systeme nach einer parallel arbeitenden, rein lokalen Logik. In beiden Fällen werden einfache

Regeln – genetische und algorithmische – immer wieder angewandt, und es entsteht recht oft eine unvorhergesehene Schönheit in dem, was man Muster von großer logischer Tiefe nennen könnte.[59] Die Computerpflanzen ähneln ihren Vorbildern häufig frappierend. Offensichtlich ist die wissenschaftliche Mimesis auf diesem Gebiet besonders erfolgreich.

Zumindest eignet sich die Technik für Trickfilme, in denen die realistische Wiedergabe natürlicher Szenarien angestrebt wird – eine verführerische künstliche Wirklichkeit, die nicht selbst Kunst ist, aber Medium für mögliche Kunst. Was jedoch von einer Kunst zu halten ist, die es bis zur totalen Übereinstimmung mit ihrer Vorlage bringt, verdeutlicht die Geschichte von dem Mann, der Picasso fragt, warum er die Leute nicht so male, wie sie wirklich aussähen. – «Was meinen Sie?» – «Etwa so, wie meine Frau auf diesem Bild aussieht.» (Der Mann zieht ein Foto aus der Brieftasche.) Picasso: «Sie ist ziemlich klein, nicht wahr? Und sehr flach!»

Wie der Alifer Peter Oppenheimer betont[60], ist die Tatsache, daß eine Computerpflanze ihrem realen Vorbild «ähnelt», keineswegs ein Beweis dafür, daß der Mechanismus, der die Pflanze generiert hat, demjenigen entspricht, der dem Bild zugrunde liegt – das Bild kann aus falschen Gründen richtig aussehen! Fraktale Bilder von Bergen, die durch rekursive Unterteilungen aus anfänglich glatten Flächen hervorgegangen sind, können optisch recht überzeugend wirken, aber wir wissen ganz genau, daß die rauhe Oberfläche der Berge nicht so entsteht. Die Bilder sagen mehr über unsere Wahrnehmung aus, als daß sie irgendeine theoretische Wahrheit über die Geologie der Berge enthielten. In unserer Faszination durch computergenerierte Pflanzen steckt ebensoviel vom Beobachter wie vom Beobachteten. Dennoch besteht kein Zweifel, daß die offensichtlich komplexe Struktur einer Pflanze das Ergebnis einer wiederholten (rekursiven) Anwendung verhältnismäßig weniger «genetischer Regeln» darstellt. So verweist etwa der österreichische Anatom Rupert Riedl auf die Notwendigkeit einer Informationsökonomie bei der Kodierung eines Organismus: Wenn es stimmt, daß der Code zur Bildung eines Farnblättchens oder einer einfachen Tannennadel irgendwie (indirekt) in der DNS als «epigenetischer Code» niedergeschrieben ist[61], reicht es vollkommen aus, wenn dieser Code nur an einer einzigen Stelle im Genom (der Gesamtheit der Erbinformation eines Organismus) vorkommt. Diesen «Tannennadelalgorithmus» kann der Baum dann immer wieder verwenden, wenn eine Nadel gebildet werden soll. Wir müssen uns allerdings darüber im klaren sein, daß «Algorithmus» hier eine Metapher ist, denn im wirklichen Leben beruht die Formerzeugung nicht auf dem expliziten Verfahren einer algorithmischen Beschreibung.

Außerdem kommt es natürlich darauf an, welche Ebene oder welchen Aspekt eines biologischen Systems wir abbilden wollen: die übergeordnete Form der Zweigstruktur einer Tanne, die Verteilung der Nadeln auf einem neuen Trieb oder beispielsweise die innere Struktur und äußere Form einer einzelnen Tannennadel? Lindenmayers Systeme arbeiten oft mit der Makrostruktur, dem Ganzen. Doch eine Tannennadel ist selbst eine kleine, komplizierte, aus Teilen bestehende Ganzheit. Dieser Umstand verlangt nach anderen Modellen.

Das Rätsel der Morphogenese

Wenn eine Tanne sich des Prinzips der rekursiven Programmierung zur Bildung ihrer Nadeln bedient, was ist dann mit einem Tier? Wie entsteht die spezifische Form eines Hundes, einer Antilope, eines Adlers, eines Tausendfüßlers oder eines Menschen? Die Rekursivität erklärt nicht wirklich die *Form* eines Fingers, einer Tannennadel, eines Pfeilkrautblattes oder eines Tausendfüßlerbeins, das im Zuge der Entwicklung von der befruchteten Eizelle zum ausgewachsenen Individuum entsteht; sie erklärt nur, daß die *gleiche* «Routine» aufgerufen und mehrmals ausgeführt wird. Die «Routine» selbst, verstanden als Regel in einem bestimmten Teil des epigenetischen Codes[61], ist immer noch unbekannt: Darin besteht das Rätsel der Formerzeugung in der Biologie.

Man könnte einwenden, wir wüßten doch, daß Formen stets artenspezifisch sind – kein Mensch wird mit auch nur einem einzigen Schimpansenknochen geboren – und erblich, also in die DNS geschrieben. In bezug auf den Menschen fehle uns «nur» eine detaillierte Beschreibung dieser DNS – ein großes, aber durchaus lösbares Problem, an dem derzeit im Rahmen des internationalen *Human Genome Project* Molekularbiologen aus aller Welt arbeiten. (Unser gesamtes Erbmaterial umfaßt schätzungsweise drei Milliarden Basenpaare oder Buchstaben».) Man ist geneigt zu glauben, mit der Entschlüsselung des «Maschinencodes» für den menschlichen Organismus auch die architektonischen Prinzipien verstehen zu können. Aber das ist alles andere als einfach.

Die Sache ist die: Wir lassen uns verleiten, einen Organismus als Bündel erblicher Eigenschaften zu betrachten. Aus der Genetik wissen wir ja, daß eine erbliche Eigenschaft – etwa die Fähigkeit des Hämoglobin-Proteins, Sauerstoff im Blut zu binden – auf ein bestimmtes Gen zurückzuführen ist. Doch daß *einige* biochemische Eigenschaften an bestimmte Proteine geknüpft sind (und deshalb von einem oder einigen wenigen Genen kodiert werden, die an ganz bestimmten Stellen in der DNS lokalisiert werden können), bedeutet keineswegs, daß dies für *alle* Eigenschaften gilt.

Die Form einer Hand oder die Struktur eines Auges sind Beispiele für unglaublich komplexe «Eigenschaften», die erstens vom Beobachter unterschiedlich ausgewählt und abgegrenzt werden können: Wo endet beispielsweise eine «Hand», und wo fängt der «Arm» an? Zweitens setzt eine komplexe Eigenschaft vieles voraus: einige verschiedene Proteine, Zelltypen, Gewebetypen, deren dreidimensionale Struktur und den ganzen Prozeß, der die Struktur erzeugt hat. Das Problem der Form betrifft die Differenzierung von Zellen *und* die Regulierung dieses Prozesses in Zeit und Raum. Es genügt nicht, daß eine befruchtete Eizelle sich teilt und die Zellen sich in unserem Körper in etwa 210 verschiedene Zelltypen ausdifferenzieren; sie müssen auch noch «richtig plaziert» werden! Füße und Hände bestehen aus ungefähr den gleichen Zell- und Gewebetypen, dennoch haben sie glücklicherweise unterschiedliche Formen.

Es geht also, abstrakter betrachtet, auch darum, die Entwicklung komplexer, dynamischer Systeme zu verstehen, für die geradezu charakteristisch ist, daß ihre Eigenschaften *als Ganzes* kodiert sein können. Mit anderen Worten: Eigenschaften entstehen in einem komplexen System, in dem viele einfachere Einheiten zusammenwirken, oft mit regulierenden oder verstärkenden Rückkopplungen; und auch die Bedingungen für die ganzheitlichen Eigenschaften liegen wiederum in der konkreten Geschichte des Systems selbst. Daraus folgt, daß die entstandenen («emergenten») Eigenschaften nicht unbedingt in einem zentralen «Mastercode» niedergelegt sein müssen, sondern jedesmal neu konstruiert werden können, wenn ein Organismus entstehen soll.[62] Man erhält immer wieder ungefähr das gleiche Ergebnis, wenn sich ein Kaninchen mit einem Kaninchen paart – aber nicht, weil die «Kaninchenheit» explizit in der DNS niedergeschrieben wäre. Vielmehr werden die gleichen Artmerkmale jedesmal aufs neue konstruiert, wenn ein kaninchenspezifisches Ei, seine kaninchenspezifischen Proteine und die DNS die Ausgangsbedingungen für den Prozeß definieren, in dem der Embryo langsam seine Gestalt annimmt. Es steht nicht an einer bestimmten Stelle in der DNS «geschrieben», daß ein Kaninchen zwei Ohren von gewisser Länge und Form hat. Die Neukonstruktion eines komplexen Systems kann ausgehend von identischen Regeln und Anfangsbedingungen ein weitgehend identisches Ergebnis haben, ohne daß die makroskopische Konstruktion explizit kodiert sein müßte. Das Explizite der Kodierung liegt auf der Mikroebene: der primären Struktur der einzelnen Proteine.

Hiermit ist angedeutet, daß sich das Formproblem in der Biologie nicht allein mit Hilfe molekularbiologischer Methoden lösen läßt. Weil sich diese vornehmlich auf interne Prozesse in der einzelnen Zelle konzentrieren, müssen sie durch andere Ansätze ergänzt werden. Ein solcher Ansatz besteht im Studium der Typen komplexer, dynamischer Systeme, die bestimmte Muster erzeugen. Das «Spiel des Lebens» und zelluläre Automaten überhaupt sind Beispiele für solche Systeme.

Mustergeneratoren und Modelle

Stephen Wolfram vom Institute of Advanced Study in Princeton, New Jersey, gehört zu den Wissenschaftlern, die von Neumanns Theorien über zelluläre Automaten weiterentwickelt haben. Sein Hinweis darauf, daß sich zelluläre Automaten als Modelle für komplexe natürliche Systeme verwenden lassen, hat enormes Interesse geweckt. Wenn Wolfram einen Vortrag hält, hat er meistens ein paar Muscheln in der Tasche, um zu demonstrieren, daß die Muster, die er den Automaten erzeugen läßt, aus der Natur stammen.

Die zellulären Automaten, mit denen Wolfram arbeitet, sind überwiegend eindimensional, aber «zeitlich gestreckt». John Conways «Spiel des Lebens» ist ein zweidimensionaler Automat: Läßt man ihn auf einem Computer laufen, visualisiert er allerdings nur den momentanen Zustand aller Zellen auf der Fläche.[63] Wolframs Automaten be-

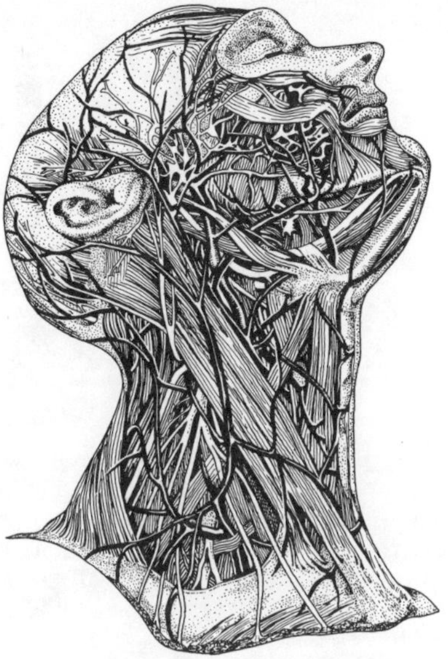

Bild 15: Anatomie des Halses und der unteren Gesichtshälfte. Abbildungen wie diese verdeutlichen die Probleme der biologischen Formerzeugung in vollem Umfang. Die Prinzipien zur dreidimensionalen Strukturierung des anatomischen Wirrwarrs aus Nerven, Blutgefäßen, Muskeln, Knochen, Sehnen, Haut und den Geweben, aus denen sie bestehen, sind weiterhin unbekannt. Zwar ist die Reihenfolge der Bausteine, aus denen die Proteine bestehen, explizit in der DNS kodiert; wie aber diese Proteine dann ein Ganzes mit einer charakteristischen Form bilden (Muskelzellen, Nervenzellen und die Organisierung dieser Zellen im Gewebe), darüber sagt die DNS nichts aus.

stehen ebenfalls aus einer einfachen Reihe von Zellen, aber hier visualisiert der Computer ihre zeitliche Entwicklung, indem die Zustände (falls es mehr als zwei gibt, werden sie durch verschiedene Farben angezeigt) der nächsten Generation unter die der vorangegangenen geschrieben werden. Auf diese Weise zieht der zelluläre Automat im Laufe seiner Entwicklung eine Spur aus (den früheren Zuständen der) Zellen hinter sich her, so daß es aussieht, als ob er wächst – Zeile für Zeile, den Bildschirm hinunter –; wie Eisblumen, die langsam das Fenster hinabkriechen. Bild 16 zeigt ein paar Beispiele für Wolframs Auto-

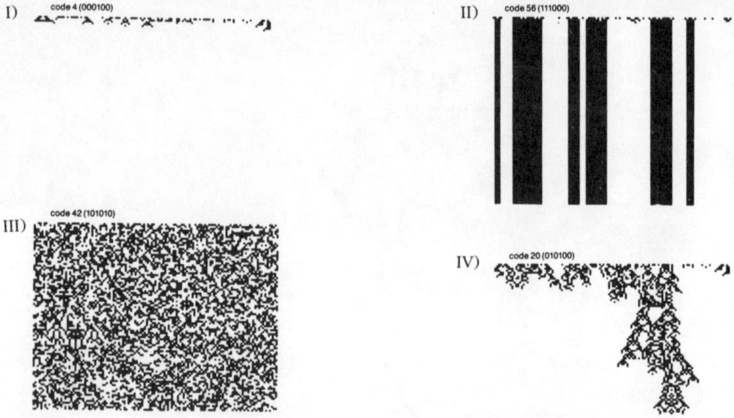

Bild 16: Verschiedene Typen eindimensionaler zellulärer Automaten: Automaten, die (I) schnell in Einförmigkeit absterben (Code 4); die (II) stabile, hochgradig geordnete «kristalline» Muster bilden (Code 56); die (III) zu einem chaotischen Muster führen (Code 42); und die (IV) komplexe lokalisierte Strukturen erzeugen, die eine Zeitlang «leben» und dann sterben (Code 20). Aus Wolfram, «Universality and complexity in cellular automata», *Physica D* 10, 1984, S. 1–35.

maten; einige sterben schnell aus, andere bilden sehr komplexe Muster.

Zelluläre Automaten können, als dynamische Systeme betrachtet, das begriffliche Modell für bestimmte allgemeine Charakteristika der Morphogenese (der biologischen Formerzeugung) abgeben.[64] Damit ergänzen sie ältere Modelle und Begriffe, mit denen Biologen (zum Beispiel Waddington) die Formerzeugung erfassen wollten. Das ist bemerkenswert, denn es sagt etwas aus über den Gebrauch präzisierter Metaphern in der Wissenschaft, über Abstraktion und Wahrnehmung, und auch etwas über die Morphogenese.

Conrad H. Waddington meinte, daß sich die Embryonalentwicklung ähnlich verstehen ließe wie die Entwicklung der gesamten Euklidischen Geometrie aus einigen einfachen Axiomen und Regeln zur Ableitung geometrischer Sätze.[65] Das Bild unterstreicht das Konstruktive in der Formerzeugung; es widerlegt die *präformationistische* Auffassung von der Embryonalentwicklung als Übertragung einer kompletten «Blaupause» in die DNS – wie eine Schablone, die von Anfang an die Form

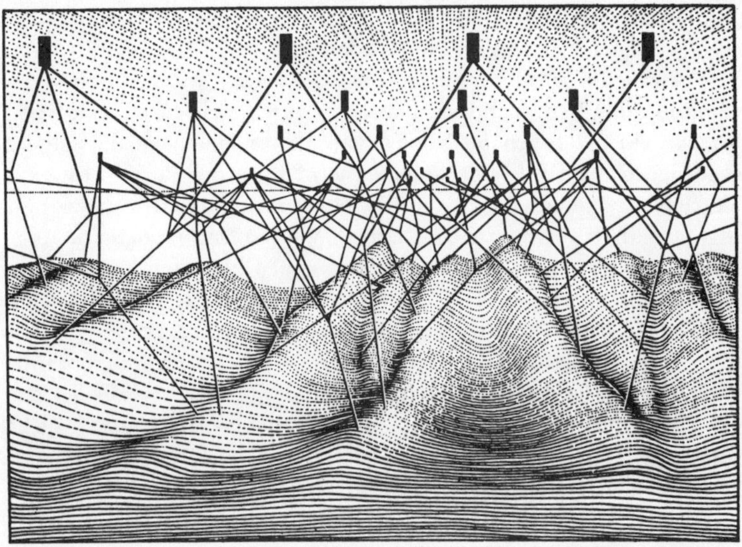

Bild 17: Epigenetische Landschaft. Die Abbildung veranschaulicht, wie die Gene die Form der Landschaft modellieren (nach Waddington 1957, vgl. Anmerkung 65).

enthält. Waddington hat noch eine andere starke Metapher geprägt: die der epigenetischen Landschaft, ein visuelles Modell der Dynamik der Embryonalentwicklung (Bild 17). Das Modell zeigt eine Kugel, die den Embryo repräsentiert. Die Kugel rollt durch ein Gelände mit Hügeln und Anhöhen, die durch mehr oder weniger tiefe Täler voneinander getrennt sind, welche den verschiedenen Entwicklungswegen entsprechen, die der Embryo und seine Zellen nehmen können. Unter dem Terrain bildete Waddington manchmal ein Netzwerk von Genen ab, die gemeinsam die Höhe der einzelnen Hügel bestimmen. So kann die Kugel auf ihrem Weg schon durch kleine, zufällige Hindernisse auf eine ganz andere Bahn gebracht werden.

Waddingtons epigenetische Landschaft unterstrich einerseits die Notwendigkeit, die Wirkung einzelner Gene stets im Zusammenhang mit der gesamten genetischen «Unterlage» und den übrigen Bedingungen zu betrachten, die das komplexe Entwicklungssystem definieren. Andererseits zeigte sie, wie zufällige «Staus» oder heftige, umweltbedingte Störungen auch bei gleicher genetischer Ausstattung zu völlig verschiedenen Ergebnissen führen können.

Waddington selbst konnte in Versuchen zeigen, wie sich unter dem Einfluß von Äther Fruchtfliegenlarven zu ausgewachsenen Phänotypen entwickelten, die genaue Kopien von Verkrüppelungen darstellten, von denen man bisher geglaubt hatte, daß sie nur durch Mutation entstehen könnten (sogenannte *Phänokopien*). Außerdem bewies er, daß dauerhaft veränderte Umweltbedingungen eine «genetische Assimilierung» dieser abweichenden Phänotypen bewirken können; die Abweichung wird also durch nachfolgende genetische Veränderungen stabilisiert. Dies allerdings nicht im Sinne des Lamarckismus, sondern durch eine Art Feedback zwischen Selektion und der veränderten Umwelt, durch das die Embryonalentwicklung in andere «Kanäle» der epigenetischen Landschaft geriet – das hatten Genetiker zuvor nicht beachtet.

Die epigenetische Landschaft war ein sehr flexibles und übergeordnetes begriffliches Modell, das es Waddington gestattete, seine zahlreichen Experimente und theoretischen Spekulationen zu systematisieren. Seine Begrenzung liegt darin, daß es nichts darüber aussagt, wie das genetische «Substrat» die «Landschaft» formt; es zeigt nur, *daß* es so sein muß.

In dieser Hinsicht sind zelluläre Automaten viel präziser, handlicher und besser definiert – zumindest mathematisch gesehen. Wir haben festgestellt, daß ein gegebener Zustand in den Zellen des Automaten ganz deterministisch einerseits von den Zuständen der Nachbarzellen in der vorangegangenen Generation abhängt, andererseits von einer detaillierten Regel, einer sogenannten «state transition function». Dabei handelt es sich um eine lange Tabelle, die etwa sagt: «Wenn die Nachbarzelle x rot ist, y blau... q schwarz, dann ist der nächste Zellzustand gelb; wenn die Nachbarzelle x blau ist...» und so weiter. Ausgangspunkt sind dieser Satz von Regeln und ein Input, also ein gegebener Anfangszustand der ersten Zellenreihe. Der Input ist eine Art räumlicher, struktureller Information, den Regelsatz können wir analog zur befruchteten Eizelle das Genom des Automaten nennen: die «DNS-Anweisungen», das «Programm», wenn man so will. Der Anfangszustand des Automaten («Welche Farbe hat die erste Zellenreihe?») ist entsprechend dem Anfangszustand der biologischen Zelle mit Zytoplasma, Ribosomen und der ganzen Maschinerie oder dem

Datensatz, mit dem das DNS-Programm jetzt arbeiten soll, «das epigenetische Substrat».[66] In vielen Eizellen wurde nachgewiesen, daß die Organisation der einzelnen Zellkomponenten eine wesentliche räumliche Information repräsentiert, die die Orientierung der verschiedenen Symmetrieachsen (oben/unten, rechts/links, vorn/hinten) des werdenden Embryos bestimmt. Wie in den L-Systemen kommen bei jedem «Update» der Automatenzellen immer und immer wieder dieselben Regeln zur Anwendung; daraus entstehen dann im Laufe der Entwicklung ganz schnell bestimmte Muster.

Wir können die Entwicklung des Automaten auch als Berechnungsform ansehen. Die Sequenz von Anfangswerten im Automaten wäre dann als Daten zu deuten, genau wie eine Sequenz von Binärziffern im Speicher eines Computers. Im Laufe der Zeit werden die Informationen abgearbeitet; die Zustände der Automatenzellen verändern sich gemäß den Regeln, die denen der Zentraleinheit des Computers (der CPU) entsprechen. Die Berechnung, die Evolution des Automaten, ist irreversibel. Deshalb werden die möglichen Entwicklungsbahnen des Automaten in Richtung bestimmter «Attraktoren» zusammenlaufen, die einen relativ kleinen Teil des Universums aller möglichen Zustände ausmachen. Ein Attraktor kann sich auf dem Bildschirm als Muster zeigen, als Form mit einer gewissen Stabilität: entweder trist und einförmig oder blühend schön. Zelluläre Automaten sind wahre Mustergeneratoren.

Welchen Anfangszustand man auch wählt, das System wird sich in Richtung auf diese Attraktoren organisieren. Wolfram hat sich als Mathematikzoologe versucht und verschiedene Arten von Automatenregeln danach klassifiziert, welches Verhalten sie auslösen. Er fand vier Haupttypen (vgl. Bild 16). Automaten entwickelten sich entweder (I) zu einförmigen, langweiligen, «toten» Zuständen; (II) zu einfachen, stabilen oder periodischen Strukturen; (III) zu chaotischen Mustern, bei denen der Automat von so vielen verschiedenen stabilen Zuständen gleichzeitig angezogen wird, daß er sehr unstabil ist; und (IV) zu komplexen, lokalisierten Strukturen, die sich in einer bestimmten Periode dynamisch entwickeln, bis sie ganz plötzlich als Muster zu existieren aufhören.[67]

Manche Prozesse sind einfach; sie hören bald auf und entsprechen den ersten trivialen Automaten. Andere sind komplizierter und entsprechen dem langen und komplexen Verhalten eines zellulären Automaten. Doch auch wenn man das Resultat nach einer bestimmten Anzahl von Schritten eines zellulären Automaten bestimmen kann, indem man die Entwicklung Stufe für Stufe simuliert, wäre es vorteilhaft, eine effektivere Prozedur zu finden, eine Abkürzung sozusagen. Diese könnte man in Form einer mathematischen Formel immer dann anwenden, wenn man wissen will, ob der Automat in der Generation Nr. 6294578 noch «lebt», ohne zuvor sechs Millionen Schritte zu simulieren.

Wolfram hat allerdings darauf hingewiesen[68], daß die Frage, ob es eine solche effektive Prozedur gibt, der Frage nach einem effektiven Algorithmus entspricht, der entscheidet, ob eine universelle Turing-Maschine mit beliebigem Programm und beliebigem Input in endlicher Zeit anhalten, mit ihrer Berechnung zu einem Ende kommen wird. Die beiden Probleme sind zumindest für die Automatentypen äquivalent, die mit dem Code für universelle Turing-Maschinen arbeiten können (wir haben auf S. 67–71 gesehen, daß das zweidimensionale «Spiel des Lebens» ein solches Beispiel ist). Wolfram meint, seine eindimensionalen Automaten der Klasse IV, die ein dynamisch «lebendes» Berechnungsverhalten aufweisen, seien sichere Kandidaten für den gleichen Komplexitätsgrad. Dann aber wären sie, genau wie die Turing-Maschine, in der Terminologie mathematischer Logiker «formal unentscheidbar», und deshalb gibt es keine Garantie, für eine gegebene Automatenregel und einen gegebenen Anfangszustand eine gute Formel zu finden, die es erlaubt, den Entwicklungsverlauf des Automaten vorherzusagen – sie sind *rechnerisch irreduzibel*. Die einzige Möglichkeit, zu diesem Ziel zu gelangen, besteht darin, den ganzen Automaten zu simulieren, seinen logischen Ablauf Schritt für Schritt zu realisieren – in einem Computer oder mit Papier und Bleistift. Eine recht aufwendige Form der «Vorhersage»: Erst nach Ablauf der 6294578 Schritte können wir sicher sagen, was nach Schritt Nr. 6294578 passiert!

Übersetzt ins Biologische bedeutet dies, daß wir sehr komplexe Systeme nicht vorhersagen können: Direkte Simulation ist die effektivste Methode, das Verhalten eines Systems zu bestimmen. Und dazu benötigen wir ein «Modell» des Systems mit dem gleichen Komplexitätsgrad wie das System selbst – was zweifellos etwas unhandlich ist, sobald wir uns etwas realistischeren Systemen zuwenden als den paar Zellreihen auf einem Computerbildschirm. Für diese Art komplexer Systeme besteht keine andere Methode, ihre Evolution vorherzusagen, als der

Evolution zu «folgen»: Wir müssen warten und sehen, was passiert. Wenn diese Beschreibung auch für die Embryonalentwicklung gilt, folgt daraus, daß sich die genaue Form des fertigen Individuums (der Phänotyp) *nicht* vorhersagen läßt, auch nicht bei *vollständiger Kenntnis* (was an sich schon recht hypothetisch ist) des Genotyps und des epigenetischen Substrats.

Dies ist ein logisch anderer Typus von Unvorhersagbarkeit als der des unsicheren Wegs durch die epigenetische Landschaft in Waddingtons Modell. Dieses war *vage* (seither sind viele Form-Modelle mit größerer Präzision und größerem Realismus entwickelt worden[69]); es war *kontinuierlich* in bezug auf die möglichen Zustände des Embryos und *stochastisch* insofern, als Zufälligkeiten eine entscheidende Rolle spielen können. Ein Modell der Morphogenese, das auf einem zellulären Automaten basiert, ist hingegen mathematisch *präzise* (seine biologische Deutung kann man dann diskutieren), *diskret* hinsichtlich deutlich voneinander unterscheidbarer Zellzustände und *deterministisch* insofern, als der gegenwärtige Zustand des Automaten gemäß den Regeln ganz vom vorangegangenen Zustand abhängt. Es käme der Wahrheit am nächsten, für «richtige» lebende Systeme beide Aspekte zu veranschlagen: sowohl kontinuierliche als auch diskrete (Zellen hängen ja in elastischen Ganzheiten zusammen und sind doch gegeneinander abgegrenzt). Sie haben etwas Zufälliges und etwas Gesetzmäßiges. Die Modelle ergänzen sich also.

Vogelschwärme und künstliches Verhalten

Auch Tiere können auf verschiedene Weise modelliert werden. Die KL-Forschung liebt parallele Berechnungen vieler kleiner Einheiten, seien es nun Automatenzellen, Zweig-Algorithmen oder zum Beispiel Vögel. Wer gern Vögel beobachtet, kommt nicht umhin, über die Bewegungen eines einzelnen Vogels hinaus auch die phänomenale Fähigkeit etwa eines Starenschwarms zu bewundern, den Flug aller Individuen zu koordinieren, auch in Landschaften mit vielen Hindernissen. Im Gegensatz zu Gänsen und Vögeln, die in V-Form mit einem Leittier an der Spitze und in zwei Reihen ziehen, scheint ein Schwarm Stare – wie viele andere Schwärme ohne festgelegte Positionen – ein enormes Koordinierungsproblem zu lösen. Ein solches Schwarmverhalten scheint an ein Wunder zu grenzen: «Wer» koordiniert einen solchen Schwarm? Ganz sicher kein Leitvogel, allein schon deshalb nicht, weil die anderen Vögel ihn nicht sehen oder auf andere Weise sicher identifizieren könnten.

Viele kleine, fliegende «Informationsverarbeiter», rein lokale Verhaltensregeln und kollektives Verhalten auf einer übergeordneten Ebene: Das klingt nach einem Thema für die KL-Forschung. Es müßte doch möglich sein, ein solches Schwarmverhalten in einer Computersimulation zu erzeugen? Craig Reynolds hat bewiesen, daß es geht. Er ignorierte Spekulationen bezüglich übergeordneter Koordination und definierte statt dessen drei einfache Regeln, die jeder seiner Computervögel – die er «boids» (für «birdoids») nannte – befolgen mußte:

1. Halte einen Mindestabstand zu anderen Objekten (inklusive der anderen Boids) um dich herum ein.
2. Versuche, deine Geschwindigkeit den Boids in deiner unmittelbaren Umgebung anzupassen.
3. Halte deine Position in der Nähe des Orts, wo du in deiner Umgebung die meisten Boids wahrgenommen hast (den «Schwerpunkt» der benachbarten Boids).

Abgesehen von einer Vektorfunktion, die dafür sorgt, daß der Schwarm sich nicht nur irgendwo in der Landschaft zusammenklumpt, sondern vorangetrieben wird, sind dies die einzigen Regeln, die die Reaktion des einzelnen Boids auf rein *lokale* Ereignisse steuern. Welcher Ornithologe hätte geglaubt, daß sie ausreichen, um originalgetreue Flugformationen in einer Computerlandschaft zu erzeugen? Vielleicht Reynolds selbst. Er hatte viele Stunden mit seinem Fernglas und anderen Ornithologen zugebracht und Vögel in freier Natur beobachtet, ehe er seine Regeln formulierte. Seine Computerschwärme teilen sich bei Hindernissen, reorganisieren sich in Teilschwärmen und sammeln sich wieder zur Formation, wenn das Hindernis überwunden ist. Setzt man Boids in verschiedenen Ecken des Raums aus, sammeln sie sich und bilden einen Schwarm (Bild 18). Das globale Verhalten des Schwarms ist ein emergentes Phänomen im Modell, weil keine der Regeln für die individuellen Bewegungen von der globalen Information abhängt – genau wie in zellulären Automaten. Ein interessanter Verhaltenstyp wird hier auf recht wirklichkeitsgetreue Art und Weise simuliert. Ist es nicht Leben, so ist es doch auf jeden Fall lebensartig.

Für Chris Langton besteht kein Zweifel: Hier handelt es sich nicht

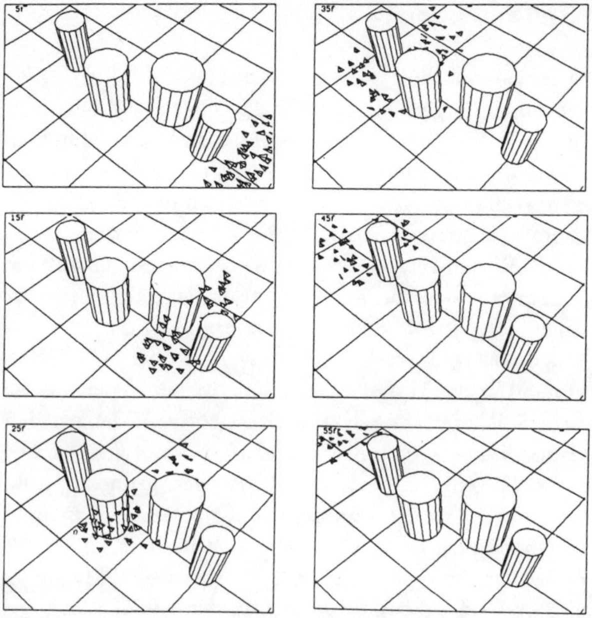

Bild 18: Ein «Boids»-Schwarm weicht einer Säulengruppe aus (nach Reynolds). Die einzelnen Vögel sind nur Simulationen, aber das Gesamtverhalten des Schwarms läßt sich nach Langton als echtes Leben betrachten, emergiert aus der Interaktion.

nur um eine Simulation, um eine Nachahmung des Phänomens. Obwohl die Boids nur simulierte Vögel darstellen – sie haben keine zusammenhängende physikalische Struktur und existieren nur als Informationsstrukturen im Computer –, gilt: Was bei den Boids entsteht und was richtige Vögel bilden, wenn ihre Zahl ausreicht, sind zwei Beispiele für das gleiche Phänomen – *den Schwarm.* Und genau dieses Niveau der kollektiven Effekte oder emergenten Phänomene ist für Langton und die starke KL-Version das entscheidende. Das Schwarmverhalten in Reynolds' Modell ist Langton zufolge echtes Künstliches Leben.[70]

Künstliche Evolution

Der Weg der Geschlechter ist lang, und das Leben ist kurz. Diese Tatsache ist besonders ärgerlich für solche Biologen, die davon träumen, kontrollierte Experimente zum Verlauf der Evolution durchzuführen: Es ist schwierig, sie in einer einzigen Forscherlaufbahn zum Abschluß zu bringen – daher die Vorliebe für Bakterien und Fruchtfliegen oder, wenn es um Säugetiere gehen soll, Mäuse, weil all diese Organismen «sich wie die Ratten vermehren». So wurden Versuche mit der Evolution in einem mikroevolutionären Zeitrahmen möglich. *Mikroevolution* bezieht sich auf die kleineren Änderungen, die innerhalb eines relativ kurzen Zeitraums (von einigen wenigen bis zu einigen hundert Generationen) in der Verteilung der genetischen Typen einer Population auftreten. Die gezielte Selektion der Tier- und Pflanzenzüchter, die künstlich modifizierte Organismen schaffen – notwendige Dinge wie Roggen und Weizen, Bastarde wie Rottweiler, grüne Alpträume wie Chrysanthemen –, wird im großem Maßstab seit der Erfindung des Ackerbaus betrieben, und die Zeitskala ist deshalb länger. Von *Makroevolution* spricht man jedoch erst, wenn es um die Erzeugung neuer Arten geht und um «Trends», die sich in den geologischen Sedimentschichten von Versteinerungen ablesen lassen (ein «Trend» kann beispielsweise die Reduktion der Gliederzahl sein oder die Tendenz des Nervensystems bei vielen Tierordnungen, sich im Gehirn zu konzentrieren).

Noch hat kein Fruchtfliegengenetiker experimentell eine neue Fruchtfliegenart ausgebrütet.[71] Die Erzeugung neuer Arten benötigt eine lange Zeit, und die Biologie weiß noch sehr wenig über diesen Prozeß: die Befunde sind spärlich, die paläontologischen Fossiliendaten oft widersprüchlich. Leider haben sich viele Biologen in die Resignation eines stillen Agnostizismus zurückgezogen: der gesamte Komplex ist obskur und das Leben kurz, deshalb werden wir über die Makroevolution nichts erfahren.[72]

Völlig falsch! Erstens ist die paläontologische Situation gar nicht so betrüblich wie eben dargestellt: Man kann den geologischen Schichten der Fossilien jede Menge konkreter Muster entnehmen. Manchmal deuten sie auf eine kontinuierliche graduelle Evolution hin; manchmal auf einen eher sprunghaften Verlauf mit vielen neuen Arten, gefolgt von langen Entwicklungspausen. (Die Diskussion um die Deutung solcher Muster ist allerdings sehr lebhaft; das Gesehene hängt stets vom Auge ab, das sieht.[73]) Darüber hinaus können *Computermodelle* der Makroevolution offenbar dabei helfen, langwierige evolutionäre Verläufe zu verstehen. Zwar sind bestimmt noch viele Barrieren zu überwinden – der Weg vom Spaten zu Bildschirm und Tastatur ist mühselig und gefährlich für einen Paläo-, also Urzeit-Biologen, und computerbegeisterte Mathematiker wissen nichts über den Unterschied zwischen grundlegenden biologischen Begriffen wie Art und Population. Eine Zusammenarbeit ist notwendig, doch steckt sie noch in den Kinderschuhen. Dennoch gibt es schon heute sehr viele spannende Modelle für Entwicklungsverläufe, bei denen der Computer Unmengen von Berechnungen langer Generationsreihen durch die Mühle dreht, die unter anderem deshalb selektiert werden, weil das aus anderen Arten bestehende Milieu sich entwickelt und verändert. Eine äußerst dynamische Situation.

Der schwedische Physiker Kristian Lindgren von Chalmars Technischer Hochschule in Göteborg hat zusammen mit Mats Nordahl (jetzt Santa Fe Institute, New Mexico) die Dynamik einer Population von Individuen untersucht, die alle bestimmte «Überlebensstrategien» hatten. Sein Modell zeigt überraschende und unvorhersagbare Muster; sie entsprechen einer Beschreibung der Makroevolution als langem Marsch ohne besondere Veränderungen in der Morphologie *(Stasis)*, unterbrochen von kurzen Perioden mit eruptiver Evolution und der Erzeugung neuer Arten *(punctuation)*.[74]

Lindgrens Modell ist recht einfach. Die Individuen der Population sollen in einem Spiel überleben, in dem die Umwelt aus anderen Individuen besteht. Jeder Typus von Individuen hat eine im Genom kodierte Strategie, und wer am besten zurechtkommt, darf im Verhältnis zu den anderen mehr Nachkommen erzeugen. Es handelt sich um eine Variation des «Gefangenendilemmas», bei dem zwei Individuen (isolierte Gefangene) kooperieren oder gegeneinander operieren können und die vorteilhafteste Strategie davon abhängt, was jeweils der andere tut.[75] Stellt man sich das Dilemma als ein Spiel vor, so geht es darum, eine möglichst hohe Punktzahl zu bekommen, was einer niedrigen Strafe entspricht: die «Gefangenen» erhalten jeweils drei Punkte, wenn sie kooperieren, und jeweils einen, wenn sie sich unkooperativ verhalten. Kooperiert einer und der andere nicht, erhält letzterer fünf Punkte, der erste (der Verratene) dagegen gar keinen.

Das Spiel ist biologisch gesehen nicht besonders realistisch, aber es ist mit seiner Hilfe relativ einfach, «Überleben» in einer Umwelt zu definieren, und zwar durch die Punkte, die den einzelnen Strategien zugeordnet werden. Darüber hinaus eignet es sich sehr gut als einfaches Modell, um die Dynamik der natürlichen Auslese zu verstehen. Lindgren hat selbstverständlich noch andere Spiele ausprobiert. Wesentlich aber ist, daß *Fitness* oder Tauglichkeit jeweils davon abhängt, welche weiteren Strategien in der Population vorhanden sind. Ökologisch gesehen ist die Fitness eines Organismus nicht nur von der ökologischen Nische abhängig, sondern sehr stark auch von den anderen Artgenossen.

In Lindgrens Evolutionsspiel läßt die Maschine tausend Individuen mit verschiedenen Strategien sehr oft gegeneinander spielen. Jede Strategie, ob Kooperation, «Verrat» oder eine Mischung aus beidem, ist daran orientiert, was der Gegenspieler zuletzt gemacht hat (die Spieler haben also ein Gedächtnis). Die Individuen machen Punkte und werden je nach Erfolg für die nächste Generation ausgewählt («natürliche Auslese»). Strategien können sich durch Mutation oft über viele hundert Generationen verändern, so daß der Berechnungsaufwand enorm hoch ist. Mit Papier und Bleistift würde ein Mensch seine besten Jahre opfern müssen, um auch nur einige Generationen zu verfolgen. Was aber passiert nun, wenn Lindgren seinen Computer einschaltet und einen Evolutionsverlauf startet?

Zu Beginn wird die Population von einigen wenigen Genotypen mit einfachen Strategien dominiert, die aufeinander losgelassen wurden (Bild 19): die Niederträchtigen [DD], die nie zusammenarbeiten, nutzen sowohl [CC] als auch [CD] aus, und ihre Anzahl steigt. Dann aber bilden sich allmählich auch [DC]-Strategien heraus. [DC] reagiert jeweils mit der letzten Handlung des Gegenspielers; sie ist nur zur Kooperation bereit, wenn es der Gegenspieler beim letztenmal auch war, und umgekehrt. Die Spieltheorie bezeichnet dieses Vorgehen als «Tit-for-tat»-Strategie («Wie du mir, so ich dir»), und nach ein paar hundert Generationen hat sie den Bestand der «Bösen» [DD] so weit dezimiert, daß die Stimmung insgesamt freundlicher wird. Jetzt kann auch der «Gute» [CC], der immer zur Kooperation bereit ist, seinen Anteil in der Population allmählich wieder erhöhen, weil er von einer Tit-for-tat-Strategie nicht ausgebeutet wird.

Läßt man das Spiel über einen längeren Zeitraum laufen, entwickeln

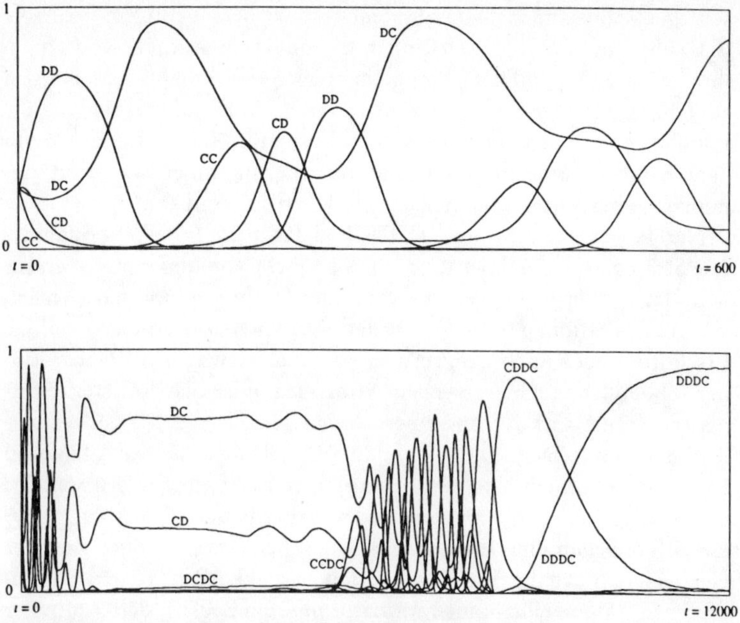

Bild 19: Entwicklung der ersten sechshundert Generationen verschiedener Genotypen, deren Werte hin- und herschwingen. Man beachte, daß [DD] (kooperiert nie) zu Beginn dominiert, aber bald von [DC] (Tit-for-tat) aus dem Rennen geworfen wird, so daß [CC] (kooperiert immer) und [CD] (Anti-Tit-for-tat) wieder zunehmen können. Das wiederum erzeugt für [DD] gute Wachstumsbedingungen. *Unten:* Simulation des Spiels über einen längeren Zeitraum: Es entstehen Mutanten mit größerem Erinnerungsvermögen (größerer Speicherkapazität). Lange Perioden der Stabilität werden abgelöst von Revolutionen mit rascher Evolution neuer Genotypen.

sich einige sehr interessante Muster in den Kurven, die der Computer ausspuckt (Bild 19 unten). Sobald die ersten Ausschläge sich beruhigt haben, entsteht eine lange Periode der Stasis – ein Zusammenspiel von Tit-for-tat und Anti-Tit-for-tat, [DC] und [CD], das deren Zahl stabil hält. Diese Harmonie endet abrupt, wenn die Mutanten mit dem besseren Gedächtnis die Szene betreten: Das System wird extrem instabil, viele Strategien konkurrieren miteinander. Schließlich kommt es zu einer regelrechten Massenvernichtung, ohne daß sich vorhersagen ließe, wer gewinnt. Nach einer Zeit rascher Evolution und starker Ausschläge stabilisiert sich das System erst wieder, wenn die Strategie [CDDC] zunimmt. Sie ist ziemlich freundlich, kann aber von einem ihrer Mutanten, [DDDC], ausgenutzt werden. Sobald der entsteht, sind ihre freundlichen Tage gezählt: [DDDC] wächst langsam, und die Population ist nach etwa zehntausend Generationen auf dem Weg in einen langen, monotonen Zustand mit sehr langsamer Evolution, dominiert von der neuen, recht egozentrischen Strategie.

Nun könnte man meinen, [DDDC] sei das, was als «evolutionär stabile Strategie» bezeichnet wird, die sich nicht von anderen «überrennen» läßt. Aber nichts währt ewig in der Evolution, und nach vielen, vielen Generationen entstehen weitere Mutanten, die erneut gewaltige Erschütterungen im System verursachen. Nach etwa 24 000 Generationen schließlich tauchen zwei neue Strategien (mit noch größerem Erinnerungsvermögen) auf und übernehmen gemeinsam den ganzen Laden, nämlich [CDDCDDDC] und [DDDCCDDC], die wir Adam und Eva nennen können. Diese beiden kommen nicht mit Fehlern zurecht, wenn sie gegen «Artgenossen» spielen; tritt aber ein Fehler auf, wenn ein Adam gegen eine Eva spielt, können beide nach kurzer Zeit der Gegnerschaft wieder zur Kooperation zurückkehren. Kristian Lindgren nennt dieses Phänomen *Mutualismus*, ein Begriff, der sich in der Ökologie auf Arten bezieht, die zum gegenseitigen Vorteil in einer Symbiose leben. Das ganze ist ein hübsches Beispiel für eines der vielen emergenten Phänomene (vgl. Anm. 9), die in Modellen dieses Typs auftreten: gemeinsame Entwicklung (Ko-Evolution) kooperativen Verhaltens!

So ergibt sich also eine ganze Menge spannender Muster aus der Entwicklung des komplexen Systems: Stasis, unterbrochenes Gleichgewicht, variierende Evolutionsschwierigkeiten, Massenvernichtungen, Ko-Evolution sowie wachsende Komplexität der Verhaltensmuster und Strategien, die überleben. Dies ist um so interessanter, als die Ausgangsbedingungen des Spiels extrem einfach sind. Das komplexe Verhalten wird vorangetrieben durch die innere Entwicklung des dynamischen Systems. Für Paläobiologen liegt darin ein ganz besonderer Vorteil: Sie brauchen keine «äußeren Katastrophen» wie Meteoriteneinschläge oder Vulkanausbrüche mehr heranzuziehen, um eruptive Veränderungen in einem ökologischen System zu erklären.[76] Auch wenn man über die biologische Ausdeutung von Lindgrens Modell diskutieren kann (vgl. Anm. 74), zeigt es doch, wie stochastische dynamische Systeme (mit eingebauter Fitness-Funktion und natürlicher Auslese) stark variierendes Verhalten auf der Basis systeminterner Faktoren aufweisen können. Und man darf davon ausgehen, daß natürliche Ökosysteme einen Komplexitätsgrad und einen entsprechenden Reichtum an nichtlinearen Beziehungen besitzen, die mindestens ebenso groß sind wie im Modellsystem.

Mit anderen Worten: Katastrophen kommen nicht immer von außen, sie können wie kleine Splitter in der Dynamik gewöhnlicher Systeme selbst entstehen.

VENUS' künstliche Chemie

Simulierte Evolution ist stets «Evolution von etwas», in diesem Fall: Typen von Individuen. Läßt sich auch die Evolution der Evolution simulieren? Anders gefragt: Wie hat das Ganze angefangen? Wie hat das evolutionäre Spiel selbst sich entwickelt? Fragen dieser Art fallen fast völlig zusammen mit denen nach der Entstehung des Lebens, denn auch das Leben als solches muß als Ergebnis eines evolutionären Prozesses verstanden werden. Seit der Theorie des russischen Biochemikers Alexander I. Oparin aus dem Jahre 1924 sowie den Experimenten von Stanley Miller und Leslie Orgel aus den fünfziger Jahren haben viele Biologen versucht, die Entstehung des Lebens als graduellen Ablauf einer Reihe komplizierter chemischer Prozesse zu verstehen – in einem feuchten chemischen Milieu mit Substanzen, aus denen auch heute noch lebende Zellen aufgebaut sind. Die Meere bestanden vor knapp vier Milliarden Jahren aus einer Brühe organischer Moleküle, deren Gerüst aus zusammengeketteten Kohlenstoffatomen gebildet war. Wenn sich eine entsprechende Suppe im Labor zusammenbrauen läßt und den gleichen selektiven chemischen Umwandlungen folgt, die zu immer längeren Makromolekülen, also zu Proteinen, Nukleinsäuren, flexiblen Membranstrukturen und vielem mehr, geführt haben, dann dürfte man endlich auch dem «missing link» auf die Spur kommen, das aus dieser Suppe solche unglaublich strukturreiche und funktionelle Wunder hervorgehen ließ, die selbst einfachste lebende Zellen darstellen.

Die Arbeit mit chemischen und biochemischen Prozessen in feuchtem Milieu ist hart und beschwerlich. Außerdem erfordert sie, einfache, im voraus definierte Wege zum Leben zu finden, weil sich die enorme Komplexität aller möglichen chemischen Reaktionen anders nicht bewältigen läßt. Mit den Methoden der KL-Forschung allerdings liegt es nahe, die Möglichkeiten der Selbstorganisation in einer *künstlichen Chemie* zu untersuchen, die aus einigen wenigen die Atome betreffenden Anweisungen für chemische Reaktionen bestehen kann. Eine Gruppe junger Wissenschaftler vom MIDIT (Modellierung Nichtlinearer Dynamik und Irreversibler Thermodynamik) an Dänemarks Technischer Hochschule hält diese Methode für hervorragend geeignet, den offenen, nicht entschiedenen Charakter des Prozesses zu untersuchen, der Leben hervorgebracht hat: Die Methode legt sich nicht von Anfang an auf einen bestimmten Weg vom Chaos zu organisierten, kooperierenden Lebensformen fest. Man hofft so, die prozessualen Strukturen aus dem künstlichen Möglichkeitsraum mit entsprechenden Prozessen im realen Raum echter chemischer Reaktionen korrelieren zu können. Steen Rasmussen (inzwischen Mitarbeiter der Los-Alamos-Labors) meint: «Wenn wir erfahren wollen, wie ein evolutionäres System im Laufe der Entwicklung seine eigenen Wege wählt, dann sind die KL-Methoden auf jeden Fall den kontrollierten molekularbiologischen Versuchen vorzuziehen, weil diese nie ‹freigelassen› werden können.»[77]

Woraus besteht nun die künstliche Chemie, die Steen Rasmussen und seine Mitarbeiter geschaffen haben? Ihre Elemente sind Modifikationen der Elementaranweisungen im Maschinencode, dem Fundament jedes herkömmlichen Computers. Der Untersuchungsansatz besteht darin, herauszufinden, ob diese vielen kleinen verschiedenen Anweisungen imstande sind, sich selbst auf eine interessante Weise im Speicher des Rechners zu organisieren. Das erinnert an Rays Modell (vgl. S. 12f und S. 44); während dieser aber einen Organismus von Grund auf selbst gestaltete und sich entwickeln ließ, fangen Rasmussen und sein Team mit einem eher rohen, ungeordneten «chemischen Chaos» an.

Betrachten wir nun die «Flüssigkeit» und die «Moleküle». Das digitale Fluidum besteht aus einem *Kern (core)*: einer langen Reihe von 3584 Adressen, die jeweils entweder einen Befehl enthalten oder leer sein können. Es gibt zehn verschiedene Anweisungen, die wie andere Maschinencode-Anweisungen Daten in den verschiedenen Adressen des aktiven Speichers verwalten sollen: MOV(A,B) beispielsweise bewegt die Information in der Adresse A nach B. ADD(A,B) fügt den Inhalt von A dem Inhalt von B hinzu und lagert das Ergebnis in B. Die aktivitätserzeugende Anweisung SPL(B) splittet ihre Ausführung zwischen B und der folgenden Anweisung auf; anders ausgedrückt: Sie gibt eine zusätzliche Rechenressource an eine vorab spezifizierte Anweisung. JMP(A) bewegt den *Pointer* auf die Adresse A (der *Pointer* ist die Funktion, die entscheidet, ob eine Anweisung ausgeführt werden soll oder nicht: Nur wenn eine Adresse einen Pointer und ausreichend «Platz» zum Rechnen hat, wird die Anweisung ausgeführt).

Nun ließ die Gruppe keinen physischen Computer seinen Kopf als Kern hinhalten – das wäre sehr unpraktisch. Statt dessen implementierte sie das Modell in einem Simulator, einem Programm, das den Kern der virtuellen Maschine simuliert, in dem die Evolution stattfindet (vgl. die Ausführungen über datalogisches Containment, S. 46). Dieses Programm wurde VENUS getauft, was sowohl auf die Schaumgeborene verweisen soll als auch auf «Virtual Evolutionary Non-deterministic Universe Simulator». Das Nichtdeterministische verdankt es einer eingebauten kleinen Chance für Mutationen in Verbindung mit der Ausführung der MOV-Anweisung. VENUS ist also ein Programm, das eine Reihe anderer kleiner Programme enthält, die untereinander, rein lokal, reagieren können; dabei verbrauchen sie die begrenzt verfügbare Menge an Energie und «Düngung» in Form von Rechenzeit und -platz. (Die Metaphern stammen nicht von mir. Sie motivierten die Entwicklung des gesamten Programms und gehören zur Darstellung der Ergebnisse aus den Versuchen, die mit VENUS gefahren wurden.) Was also geschah?

Nach zahlreichen Versuchen und kilometerlangen Ausdrucken der Evolution vieler Kerne konnten die Wissenschaftler allmählich Anzeichen für das Entstehen bestimmter Strukturen feststellen. Unter günstigen Bedingungen («jungle»), wenn der Kern ständig eine Unzahl von Berechnungs- und Reaktionsmöglichkeiten enthielt, tauchten kooperative Strukturen auf, die nicht von Beginn an vorgesehen waren. Ein Beispiel ist der «SPL-MOV-Organismus»: Die SPL-Anweisung verteilt Rechenzeit an sich selbst und an die MOV-Anweisung, während diese sich selbst und SPL kopiert. In den Organismus läßt sich noch eine SUB-Anweisung integrieren, was die Zuteilung von Rechenressourcen effektiviert. Übersetzt in die Sprache der feuchten Chemie, stellt Rasmussen sich hier ein selbstreproduzierendes Netzwerk vor, das sich entwickelt, indem es neue chemische Reaktionswege absorbiert – was wiederum durch die Diffusion neuer Stoffe in der Umgebung ermöglicht wird.

Hat die künstliche Chemie somit den Nährboden für echtes Künstliches Leben geliefert? Steen Rasmussen ist nicht der Meinung, daß es bisher irgend jemandem gelungen sei, Prozesse zu schaffen, die wir als lebend bezeichnen können (vgl. Anm. 77). Aber VENUS ist ein System, das im Rahmen des gesamten Möglichkeitsraums interessante stabile Muster entwickelt. Es kann uns etwas über Evolution und Selbstorganisation lehren. So zeigt sich etwa, daß historische Ereignisse, die im System durch zufällige Mutationen entstehen, eine sehr große Bedeutung für den Gang der Evolution haben. Manche sind langweilig und monoton, andere aber entwickeln äußerst spannende «Lebensformen», zum Beispiel die teilweise stabilen, kooperativen Strukturen, die sogar den größten Teil des Kerns dominieren können.

Optimale Umweltbedingungen reichen deshalb nicht aus, um die Entwicklung kooperativer Strukturen im Modell sicherzustellen, weil Zufälle und historische Ereignisse eine derart zentrale Rolle spielen. Bei Feldstudien mit VENUS hat die Gruppe Entwicklungs-«Epochen» identifiziert, verschiedene makroskopische Zustände, in denen das gesamte System unterschiedliche Eigenschaften aufweist: von Einförmigkeit über Phasen mit einfachen Anweisungsschleifen und solchen, in denen der Kern mit besonderen Anweisungstypen bevölkert ist, bis hin zur Entwicklung kooperierender Programme. Von einer wirklich offenen Evolution kann jedoch kaum die Rede sein, weil das System immer von irgendeinem Attraktor gefangen wird und der Zustand danach ziemlich festgelegt ist.

Aber wie gesagt: Der Einfluß der Anfangsbedingungen ist groß, und das könnte sehr wohl darauf hindeuten, daß das System chaotisch ist (wesentliches Kennzeichen chaotischer Systeme ist ihre Sensibilität gegenüber den Anfangsbedingungen). Hier handelt es sich nicht um des Schöpfungsaktes zweiten Teil. Und dennoch – Carsten Knudsen resümiert: «Wir haben ein kleines Universum aufgebaut, und wir wußten nicht im voraus, was geschehen würde. Es *ist* eine Art Leben.»[78] Steen Rasmussen formuliert es so: «Die Evolution, die zu unserem SPL-MOV-Organismus geführt hat, ist ebenso wirklich wie biologische Evolution. Der Weg von den primitiven Eigenschaften dieser Computerstruktur bis zu dem verzwickten Zusammenspiel von Funktionen in einer lebenden biologischen Zelle ist allerdings sehr weit. Ich möchte trotzdem behaupten, daß dies eine Frage der Quantität, nicht der Qualität ist» (vgl. Anm. 77).

Genetische Netzwerke

Stuart A. Kauffman von der University of Pennsylvania gilt als eine der Kapazitäten auf dem Gebiet der theoretischen Biologie. Er gehört zu der Generation, die die klassische theoretische Biologie aus der Mitte des 20. Jahrhunderts – Waddington, J. Needham, J.C. Woodger, Ernst Mayr und andere sind hier zu nennen – mit heutigen Ansätzen verbindet[79]: von der KL-Forschung über die Chaostheorie bis hin zum Studium komplexer dynamischer Systeme in Physik und Mathematik. Als ausgebildeter Biochemiker war Kauffman seit Beginn seiner Laufbahn an dem Problem interessiert, wie Zellen ihre Individualität erreichen: wie sich die gut 210 verschiedenen Zelltypen, aus denen unser Körper besteht, im Laufe der Embryonalentwicklung und der folgenden Wachstumsprozesse ausdifferenzieren. Da fast alle Zellen (mit Ausnahme der roten Blutkörperchen) die gleichen Gene enthalten, müssen die Unterschiede unter anderem davon abhängen, *welche* Gene in jedem einzelnen Zelltyp aktiv sind: Das Gen zur Bildung des Farbpigments im Auge existiert auch in der Leberzelle, ist hier aber «abgeschaltet».

Klar ist, daß der Prozeß genetisch gesteuert wird; doch ist es sehr schwierig zu erkennen, wie. Es gibt viele offene Fragen: Was ist ein Zelltyp eigentlich? Wodurch ist er stabil differenziert? Kann sich beispielsweise eine Zelle, die normalerweise Bindegewebe bildet, unter bestimmten Umständen in eine Knorpel- oder Knochengewebszelle verwandeln? Wie sieht der Entwicklungsweg eines Zelltyps aus? Differenzieren sich Zellen zunächst in einige wenige Zelltypen, die dann wiederum andere, wenige Typen bilden usw.? Und warum geschieht dies nicht direkter durch synchrone Differenzierung? Wo überlappen sich in der Genexpression verschiedene Zelltypen, das heißt: Welche Gene sind in beiden Zellen «angeschaltet»? Wenn ein Gen «abgeschaltet» wird, wie viele Gene ändern dann ihr Expressionsmuster? Die Molekularbiologie weiß viel über die Regulierung einzelner Gene, aber nur sehr wenig über das Zusammenspiel zwischen vielen Genen in einer Zelle.

Kauffman hat nie daran geglaubt, daß sich Fragen dieser Art auf der Ebene von Einzelgenen oder durch Verweis auf die natürliche Auslese beantworten lassen. Evolution ist eine Kombination aus natürlicher Auslese und anderen, «inneren» Faktoren, von denen man heute glaubt, sie entspringen der Fähigkeit komplexer Systeme zu spontaner Selbstorganisation. Jede menschliche Zelle enthält etwa hunderttausend Gene, inklusive einer unbekannten Zahl von Regulatorgenen, die sich gegenseitig in einem enorm komplizierten Netzwerk an- und abschalten können. Das scheint ein perfektes Rezept für babylonische Verwirrung zu sein. Das System müßte ständig umherflippen, aber das tut es nicht – abgesehen vielleicht von den Krebszellen. Vielmehr organisiert sich das Genom in stabilen Aktivitätsmustern, die den bestimmten Zelltypen entsprechen: Muskelzellen, Hautzellen, Schleimhautzellen, Hirnzellen, usw.

Neben dem gebahnten molekularbiologischen Weg – sich mit einem dieser Zelltypen befassen; eines seiner spezifischen Proteine identifizieren; es isolieren; feststellen, welches Gen das Protein kodiert; eine Sequenzanalyse des Gens durchführen; untersuchen, welche weiteren Gene, DNS-bindenden Proteine oder andere Faktoren seine Expression regulieren – wählte Kauffman einen Zugang, der in gewisser Weise das gesamte Problem formalisiert. Er baute ein mathematisches Modell, das ein die Genexpression regulierendes System als logisches Netzwerk idealisiert: Gen A schaltet Gen B an, das wiederum Gen C hemmt, das seinerseits auf Gen D wirkt usw. – bis zu Hunderten von Genen.[80] Wir wissen, daß ein Gen (oder eine Regulator-Instanz auf der DNS) über eine begrenzte Anzahl regulatorischer Inputs verfügt; zum Beispiel wird der sogenannte Lac-Operator auf jeden Fall von zwei Variablen kontrolliert: einerseits vom Repressormolekül, das die Operatorenstelle auf der DNS bindet, andererseits von der Allolactose, die den Repressor bindet und ihn vom Operator schiebt. Da die Regulator-Moleküle oft selbst von einem anderen Gen kodiert werden, kann man sagen, daß die Gene einander direkt beeinflussen. In seiner einfachsten Form hat Kauffmans Modell den Charakter eines binären Automaten (an/aus) oder eines sogenannten Booleschen Verbands (benannt nach dem Logiker George Boole). Aber warum Logik?

Das liegt an der Idealisierung. Stellen Sie sich ein extrem einfaches Netzwerk mit nur drei Genen vor (Bild 20 A), die, abhängig vom Zustand der beiden anderen Gene, jeweils an- oder ausgeschaltet sein kön-

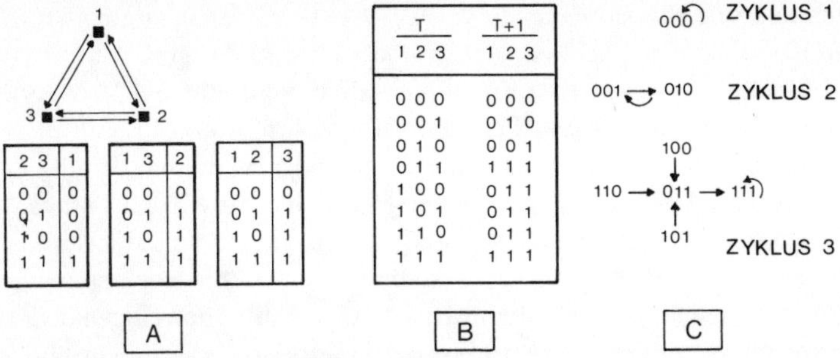

Bild 20: (A) Drei Gene, 1, 2 und 3, werden jeweils von den beiden anderen reguliert. Gen 1 erwacht im nächsten Zeitintervall nur dann zum Leben, wenn Gen 2 und 3 im gegenwärtigen Zeitintervall (unterste Reihe in der ersten kleinen Tabelle) aktiv sind (das entspricht der logischen AND-Funktion). Gen 2 wird im nächsten Zeitintervall aktiviert, wenn entweder Gen 1 oder Gen 3 oder beide gegenwärtig aktiv sind (die drei unteren Reihen in der nächsten kleinen Tabelle; entspricht OR). Auf die gleiche Weise wird Gen 3 aktiviert, wenn entweder Gen 1 oder Gen 2 oder beide aktiv sind (OR). *(B)* Die Booleschen Regeln von (A) wiedergeschrieben. Die linke Hälfte zeigt die acht Kombinationen von Aktivitätszuständen der drei Gene zum Zeitpunkt T, die rechte Hälfte den nächsten Zustand (Zeit T + 1). *(C)* Die Sequenz von Zuständen, die das System in der Zeit durchläuft, wie aus (B) geschlossen werden kann. («101» wird gelesen als «Gen 1 aktiv, 2 nicht aktiv, 3 aktiv».) Es gibt drei Zustandszyklen: Zyklus 1 und 3 sind Gleichgewichtszustände mit konstanter Genaktivität; Zyklus 2 ist eine Zwei-Zustände-Bewegung (nach Kauffman, *BioEssays* 6 (2); 1987).

nen. Gen 1 wird von der Booleschen AND(«und»)-Funktion gesteuert – seine Aktivität erfordert also die Aktivität von Gen 2 *und* Gen 3 –, Gen 2 und Gen 3 dagegen von der Booleschen OR(«oder»)-Funktion, das heißt, entweder von einem der anderen Gene oder von beiden. Zu einem bestimmten Zeitpunkt definiert das aktuelle Aktivitätsmuster von an- oder ausgeschalteten Genen einen *Zustand* des gesamten genetischen Netzwerks. Es gibt $2^3 = 8$ verschiedene Zustände, die wiederum den *Zustandsraum* für das Gen-Netz darstellen. Das System bewegt sich in jedem Augenblick von einem Zustand zum nächsten: Jedes Gen verändert sich, wenn es von einem Zeitintervall zum nächsten schreitet (Bild 20 B). Während einer bestimmten Periode durchläuft das System eine Sequenz oder eine *Bahn* von Zuständen (Bild 20 C). Da die Anzahl der Zustände endlich ist, sind es allesamt Zustände, in denen das System schon einmal war; es ist deterministisch und wird sich deshalb in einem geschlossenen *Zustandszyklus* bewegen.

Bild 20 C zeigt das dynamische Verhalten dieses kleinen Netzwerks. Jeder der Zustände (zum Beispiel 001) gehört zu einer Bahn, die zu einem Zyklus führt oder sich in einem befindet (in diesem Fall der Zyklus 001 → 010 → 001 → ...; der erste und der dritte Zyklus hingegen stellen jeweils einen einfachen Punkt im Zustandsraum dar). Wird das Netzwerk ein bißchen größer, entstehen viele verschiedene Teilmengen von Zuständen, die sich alle in Richtung auf ihren jeweiligen Zyklus bewegen, der deshalb als Attraktor wirkt. Eine solche Teilmenge bildet ein *Attraktor-Becken* im Zustandsraum: Der Verlauf einer Zustandssequenz läßt sich nämlich wie die Kugel in Waddingtons epigenetischer Landschaft betrachten, die abwärts auf ihren Attraktor zurollt (Kauffman hat selbst diese Metapher benutzt). Der Zustand des Netzwerks hat die Tendenz, in diesen «attraktiven» Teilen des Zustandsraums zu bleiben – nicht weil das Netzwerk irgendwelche Absichten verfolgte, sondern weil es gar nicht anders kann: Sein Zustand wird von einem Attraktor eingefangen. Das kleine Netzwerk in Bild 20 hat drei Attraktoren (C), der eine pendelt zwischen zwei Zuständen hin und her. Ein größeres Netzwerk hätte viele Attraktoren, die aber ebenso den Zustandsraum in Becken einteilen, die Aktivitätsmuster in eine bestimmte Bahn ziehen und in der Nähe von einem der vielen Attraktoren festgehalten würden.

Was ist also die Bio-Logik, der biologische Inhalt des Booleschen Verbands? Kauffman verleiht dem Ganzen einen Sinn, indem er jeden Zustandszyklus-Attraktor als Zelltyp deutet. Unser Mini-Netzwerk kann also mit den gleichen Genen drei verschiedene Zelltypen realisieren, von denen jeder durch eine charakteristische Verteilung an- und ausgeschalteter Gene bestimmt ist. Das ist eine gute Deutung (und ein gutes Modell), denn Zelltypen sind in der Tat stabile Muster von Genaktivität und keineswegs zufällig. Außerdem kennen gesunde Zelltypen keine beliebigen Zwischenformen, sondern teilen das abstrakte Kontinuum der Möglichkeiten in diskrete, natürliche Klassen ein. (Vorstellbar wären alle möglichen gleitenden Übergänge zwischen einer Leberzelle und einer Nervenzelle; sie existieren aber nicht.) Kauffman hat somit eine nützliche Form gefunden, um über Zelltypen zu sprechen und ihre Entwicklung zu modellieren.

Auf dieser Basis konnte Kauffman ein eher quantitatives realistisches

Modell definieren und die Frage stellen: Was können wir über das dynamische Verhalten eines großen genetischen Netzwerks von hunderttausend Genen aussagen, in dem jedes Gen durch einen Input von zwei anderen Genen reguliert wird, und wie sieht die Regulationsarchitektur eines solchen Netzwerks aus?

Nun gibt es extrem viele Möglichkeiten, wie hunderttausend verschiedene Gene sich untereinander verbinden können. Deshalb ließ Kauffman einen Computer die detaillierten Verbindungen «auswürfeln», so daß die Netzwerke zufällig aufgebaut wurden; nur die Bedingungen für die Gesamtzahl der Gene und der Inputs pro Gen waren festgelegt.

Das überraschende ist, daß sich sogar ein zufällig zusammengestelltes Netzwerk biologisch gesehen geordnet verhalten kann. Es sieht so aus, als sei die Erzeugung einer relativ kleinen Anzahl von Attraktoren eine unvermeidliche Eigenschaft solcher dynamischer Systeme. Kauffmans Simulationen ergaben, daß die Anzahl der Attraktoren ungefähr der Quadratwurzel der Anzahl der Gene entspricht, vorausgesetzt, jedes Gen wird von zwei anderen reguliert. Hunderttausend Gene ergeben also ungefähr 320, zehntausend Gene ungefähr hundert Attraktoren. Keine schlechte Formel, im Vergleich mit richtigen Lebewesen: der Mensch besitzt etwa 210 Zelltypen und gut hunderttausend Gene; einfachere Organismen haben entsprechend weniger Gene und Zelltypen – ein ähnliches Quadratwurzelverhältnis zwischen der Menge der DNS pro Zelle und der Anzahl der Zelltypen zeigt sich bei Bakterien, Algen, Pilzen, Würmern und Quallen. Läßt Kauffman dagegen jedes Gen von jedem anderen Gen regulieren, so daß die Anzahl der Gene der Anzahl der Regulator-Inputs pro Gen entspricht (ein sehr unrealistisches Modell), wird das System extrem instabil, und die geringste Störung kann das Netzwerk zu einem anderen Attraktor verschieben.

Modelle dieser Art können helfen, Kauffmans Fragen zu beantworten. Realistische Modelle deuten darauf hin, daß genetische *Homöostase* (Stabilität gegenüber äußeren Störungen) ins System eingebaut ist; es bedarf also nicht unbedingt einer äußerlichen Schreinerarbeit durch natürliche Auslese. Weiter fällt auf, daß sich ein vorhandener Zelltyp im Modell nur zu einigen wenigen anderen Zelltypen (nahegelegenen Attraktoren) ausdifferenzieren kann. Das typische Verzweigungsmuster der Zelldifferenzierung bei mehrzelligen Organismen scheint eine notwendige Folge der Systemstruktur zu sein. Das Verzweigungsmuster zeigt wie auf einem Stammbaum den Ursprung der verschiedenen Zelltypen in der Embryonalentwicklung: zum Beispiel eine Sehnervenzelle, die sich aus einer neuronalen Stammzelle bildete, die wiederum aus einer Ektodermalzelle hervorging, deren Zell-Linie sich bis zur befruchteten Eizelle zurückverfolgen läßt. So wird auch verständlich, warum eine befruchtete Eizelle nicht alle möglichen Zelltypen im Zustandsraum der verzweigten Bahnen direkt erzeugen kann: Die Attraktoren formen eine Landschaft aus Hindernissen mit schmalen Bergpässen und Sackgassen. Daraus ergeben sich auch Möglichkeiten zur Entstehung ungenutzter atavistischer Zelltypen (wie etwa die Zähne, die hin und wieder in Hühnerschnäbeln vorkommen) oder ungenutzter Zelltypen, die krebsartiges Verhalten zeigen.

Die genannten Eigenschaften in Kauffmans Modellen kommen keineswegs in jedem Netzwerk vor. Sie sind mathematisch gesehen nichttrivial. Nötig ist unter anderem eine *geringe* Anzahl von Regulator-Inputs pro Zelle (was *kanalisierend* wirkt); liegt ihre Anzahl über vier oder fünf, verschwinden viele der Eigenschaften. So ergibt sich die Schlußfolgerung, daß die von Kauffman modellierten komplexen Systeme eine Reihe innerer, generativer Eigenschaften aufweisen, die kraft der dynamischen Entwicklung selbst erzeugt werden.

Der Genetiker Theodosius Dobzhansky hat einmal gesagt, in der Biologie mache etwas nur Sinn, wenn es aus der Perspektive der Evolution gesehen werde. Damit hatte er völlig recht. Aber heute wissen wir sehr viel mehr über Entwicklung und Selbstorganisation, sowohl in physikalischen, chemischen, biologischen als auch in algorithmischen Systemen, und können deshalb die Evolution in einem erweiterten Blickfeld betrachten. Neodarwinisten haben Dobzhansky immer wieder dahingehend mißdeutet, daß sich alles als Ergebnis natürlicher Auslese erklären ließe. Arbeiten wie die von Kauffman zeigen aber, daß viele evolutionäre Phänomene innere und zwangsläufige Eigenschaften selbstorganisierender Systeme darstellen und daß die natürliche Auslese nicht für alle Strukturen verantwortlich sein muß, die Biologen in der Natur beobachten. Natürliche Auslese ist wahrscheinlich *ein* wesentlicher, mitgestaltender Faktor unter anderen, gleichrangigen.[81] Sie läßt sich jetzt außerdem als die Art und Weise verstehen, wie ein dynamisches System seine Bahnen und Entwicklungswege wählt.

Die Ökologie der Berechnung

Das charakteristische Universum des Künstlichen Lebens ist artifiziell – nicht nur im Sinne eines künstlich geschaffenen Kulturprodukts des menschlichen Erfindergeistes. Es ist auch eine Welt nicht entfalteter Möglichkeiten, eine Welt von Potentialen, die wir uns heute kaum vorstellen können. Und in diesem Sinne handelt es sich um eine *virtuelle*[82] und zudem immaterielle Welt, die sich als flüchtige Informationsstruktur in der Maschine realisiert. Eine Welt, der scheinbar jegliche Stofflichkeit fehlt.

Wir haben uns bisher an die Simulation bestimmter Modelle gehalten oder an abstrakte Berechnungssysteme wie zelluläre Automaten in einem Computer. Könnten aber die Programme der Alifer nicht auch in reale Maschinen eingebaut und mit Sensoren und einem Bewegungsapparat ausgestattet werden? Sind sie als materielle, körperliche Wesen realisierbar? Welche Beziehung besteht zwischen Robotern, Künstlichem Leben und den Systemen, die bereits in der KL–Forschung entwickelt worden sind?

Roboter und Animaten

Die heute an den Fließbändern der Autoindustrie und in anderen automatisierten Produktionsprozessen arbeitenden Roboter sind das Ergebnis jahrzehntelanger Forschungen auf dem Gebiet der Kybernetik, der Künstlichen Intelligenz und, in anderen, stärker technikorientierten Disziplinen. Es ist unglaublich schwierig, einen Roboter zu bauen, der mehr kann, als nur ein paar simple Operationen auszuführen (zum Beispiel Objekte mit einfachen, vorab spezifizierten Mustern voneinander zu trennen und sie in verschiedene Schachteln zu legen). Einen Roboter zu konstruieren, der sich selbständig in einem Raum bewegen kann, ohne an Möbel oder gar ihren Standort wechselnde Objekte, zum Beispiel Menschen, zu stoßen, bereitet der mit Künstlicher Intelligenz befaßten natürlichen Intelligenz großes Kopfzerbrechen. Das übergeordnete Ziel wie die Entwicklung aufmerksamer, selbstbewegender Maschinen wird zumeist in funktionelle Teilaufgaben zerlegt, die dann jede für sich bearbeitet werden. Eine Aufgabe kann zum Beispiel darin bestehen, komplexe visuelle Reize wiederzuerkennen; den Handlungskontext zu deuten; diesen wiederum in eine Zielhierarchie auf hoher Ebene zu integrieren; einen Handlungsplan zu generieren, der dynamisch die Positionsveränderung der Objekte berücksichtigt; den Plan in motorische Anweisungen umzusetzen usw.

Oft zersplittert ein solches Vorhaben in die einzelnen Teilprobleme, die dann zu selbständigen Forschungsgebieten innerhalb des großen Forschungsbereiches Künstliche Intelligenz werden – das Sehvermögen von Maschinen ist ein solches erfolgreiches Forschungsgebiet, Suchen, Repräsentation, Spielsimulation, Expertensysteme, der Beweis von Theoremen, Mustererkennung, Inferenz sind andere Beispiele. Man entwickelt spezifische Systeme, die spezifische Aufgaben bewältigen, aber es hapert noch daran, diese «intelligenten» Werkzeuge in ein Ganzes zu integrieren.[83]

Richard K. Belew, der seit langem auf dem KI-Gebiet des Maschinentrainings arbeitet, gehört zu der moderaten Gruppe von Wissenschaftlern in diesem Feld, die sich der Grenzen Künstlicher Intelligenz bewußt sind. Im Unterschied zum rein logischen Vorgehen bei der Entwicklung «denkender Maschinen» ist er zunehmend fasziniert von den neuen, biologisch inspirierten Gestaltungsprinzipien in der Soft- und Hardware-Architektur von Computern. Neuronale Netze sind ein Beispiel für biologische Programmierungsprinzipien, aber auch zelluläre Automaten, L-Systeme und die sogenannten genetischen Algorithmen, auf die ich zurückkommen werde, lassen sich als biologische Berechnungsarten verstehen. Below hofft, daß die Alifer dazu beitragen können, das Gestaltungsproblem der Robotik anders anzugehen. Organismen wurden nicht erst als funktional perfekte Einrichtungen in die freie Natur entlassen. Die Evolution arbeitet wie ein Kesselflicker, der sich bei seiner Arbeit an den vorhandenen Nähten orientiert, und Roboterkonstrukteure könnten etwas lernen von diesem evolutionären Spiel. Anstatt teure und komplizierte Maschinen für ein paar wenige, genau definierte Aufgaben zu entwerfen, könnten sie eine Herde billiger, einfacher und vielleicht weniger voraussagbarer Maschinen bauen, die sich selbst entwickeln. Rodney Brooks vom Roboter-Labor am Massachusetts Institute of Technology (MIT) hat seinen kopfschüttelnden Kollegen «Schnell, billig und außer Kontrolle» als neuen Slogan vorgeschlagen – die Methoden des Labors wären dann auf einer Linie mit der Evolution lebender Systeme.

Viele Tiere können etwas, was an logische Schlußfolgerung erinnert: Sie schließen von Einzelfällen auf eine allgemeine Regel (Induktion). Man vermutet, daß höhere Tiere über irgendeine Form von «Karten» oder Modellen der Umgebung in ihrem kleinen grauen Nervennetzwerk verfügen. Sollen Roboter autonom und angepaßt sein und auch nur primitive Formen von «Fingerspitzengefühl» erhalten, setzt dies das theoretische Verständnis von adaptivem und lernendem Verhalten voraus. Vermutlich wird dieser Ansatz zu völlig anderen Robotern führen als denjenigen, die wir heute aus den Fabrikhallen und Science-fiction-Filmen kennen. Wahrscheinlich ähneln sie eher Tieren: Sie werden *Animaten* – ohne sich deshalb «tierisch» zu verhalten.

Künstliches Leben als Vorform Künstlicher Intelligenz

Für die Kognitionsforschung, die Erforschung des Denkens, der Verarbeitung von Sinnesdaten in menschlichen und künstlichen Systemen, könnte die neue KL-Bewegung eine gewaltige Erneuerung bedeuten. Vielleicht läßt sich das Kognitionsproblem erst «knacken» und zu einer verständlichen wissenschaftlichen Theorie des Denkens verdichten, wenn klar ist, was «lebendig sein» überhaupt bedeutet. Leben gab es, bevor sich Intelligenz entwickelte, und es könnte sich herausstellen, daß KL ebenso vor der KI rangiert. Die Komplexe Anpassung und Entwicklung – Kernpunkte des Künstlichen Lebens – sind für intelligente Systeme mindestens ebenso wichtig. In beiden Fällen handelt es sich um Systeme, die ihr Verhalten aus den Informationsstrukturen ableiten, die sie in sich tragen. Das Problem der KI-Forschung ist, daß sie sich sofort das komplexeste Beispiel vorgenommen hat: die menschliche Intelligenz.

Nimm einen toten Vogel und wirf ihn in die Luft: Seine Bahn beschreibt eine Parabel, die den Bewegungsgesetzen entspricht (wir sehen von Luftwiderstand und Erdkrümmung ab). Nimm einen lebendigen Vogel und wirf ihn in die Luft: Es passiert etwas völlig anderes. Letztlich geht es um das Verständnis, wie in einem physikalischen Universum, das von Stoff und Energie dominiert ist, Systeme entstehen, die ihr

Verhalten mit Hilfe von Information und Berechnung bestimmen können.

Künstliches Leben und Künstliche Intelligenz sind auf dem besten Weg, ein Kontinuum von Projekten zu bilden, die adaptive Lern- und Denkfähigkeiten zu modellieren versuchen, und zwar in dem aus Biologie und Psychologie bekannten Komplexitätsgrad. Man kann die KL-Forschung als Wissenschaft bezeichnen, die sich mit der untersten Ebene des Denkens beschäftigt und der untersten Ebene der Zeichenverarbeitung und -«berechnung»: Wie einfach darf ein physikalisches System sein, damit wir es als rechnend (und lebend) bezeichnen können?

Die KL-/KI-These läßt sich auch so formulieren: Der fundamentalste Zweck der Intelligenz ist es, am Leben zu bleiben. Tiere tun es. Wir tun es auch. Bei Intelligenz handelt es sich nicht um ein Entweder-Oder, sondern allein darum, *wie* man etwas macht.[84]

Das offensichtlich hochentwickelte und komplizierte Verhalten von Organismen ist oft als recht einfache Wechselwirkung mit einer reichhaltigen und vielfältigen Umwelt zu erklären: Die Komplexität scheint zum großen Teil in der Umgebung zu liegen! Zum Beispiel eine Ameise: sie krabbelt über den Waldboden, vermeidet sorgsam größere Hindernisse, muß aber vielleicht kleine Umwege machen, damit sie Platz hat für das Stöckchen, das sie zum Bau schleppt; sie macht Pausen und tauscht mit einer Kollegin Informationen aus; sie geht einen ziemlich komplizierten Weg. So scheint es. Aber die Ameise als Verhaltenssystem ist ziemlich einfach – die Komplexität spiegelt im hohen Grad die Umwelt wider, in der sie sich befindet. Wenn wir die Vision verfolgen, angepaßte Roboter oder ähnliches zu konstruieren, müssen wir zunächst das Minimalrepertoire der Prozeduren finden, die einen Animaten befähigen, wenigstens in seiner nächsten Umgebung einigermaßen zurechtzukommen. Das klingt einfacher, als es ist. Eine Ameise kann nie sicher sein, was ihr alles auf dem Weg begegnet. Offenheit, die Fähigkeit zur Anpassung und Flexibilität sind wichtiger, als auf jede nur denkbare Situation eine Antwort parat zu haben – egal ob diese Antwort als Rahmen, Schema oder mit Hilfe einer anderen KI-Technik zur Wissensrepräsentation kodiert wird.

Genetische Algorithmen

Die Methoden, mit deren Hilfe eine Tierart in einer anspruchsvollen Umwelt zurechtkommt, sind die Methoden, mit denen die Evolution ein Problem löst. Eine Gruppe von KI-Forschern hat sich bei dem Versuch, Maschinen Problemlöseprozeduren beizubringen, *evolutionärer Prinzipien* bedient. Sie simulieren die Evolution und benutzen den Prozeß als anpassungstauglichen Algorithmus. Ein Algorithmus ist eine Folge von Rechenoperationen, die gebraucht wird, um ein Problem zu lösen, und ein Problem besteht aus der Beschreibung eines oder mehrerer Algorithmen. Das Besondere an evolutionären Algorithmen liegt in der *Wechselwirkung* zwischen verschiedenen Varianten von «Individuen», die jeweils einem Algorithmus entsprechen, der ein gegebenes Problem löst. Der relative Erfolg des Individuums gilt als «Fitness», die selektiv verwendet wird, um Nachkommensalgorithmen zu produzieren, welche dem Erzeuger gleichen, jedoch nicht identisch mit ihm sind.

Am bekanntesten sind die genetischen Algorithmen von John H. Holland, die dieser irgendwann in den sechziger Jahren entwickelt hat.[85] Sie sind besonders gut, weil Holland sich nicht damit begnügte, Änderungen in den Algorithmen durch zufällige Mutationen zu erreichen, denn davon wurden sie genauso selten besser wie ein echter Organismus. Vielmehr bediente er sich darüber hinaus der genetischen Rekombination: In biologischen Zellen kann das Erbmaterial auf unzählige Arten rekombiniert werden, weil sich die Chromosomen der Eltern bei der Vereinigung ihrer Geschlechtszellen «überkreuzen» – der Fachbegriff lautet Crossing-over –, so daß ein Teil eines Chromosoms aus Segmenten bestehen kann, die sowohl von der Mutter als auch vom Vater stammen (Bild 21). Die Varianten des Chromosoms (in lebenden Zellen) oder des Algorithmus (in Hollands Computer), die das Ergebnis eines solchen Crossing-over darstellen, haben größere Überlebenschancen als Ergebnisse einer zufälligen Mutation. Und so kann man die Evolution vor den Karren seines Problems spannen – Ausgangspunkt ist eine Population von Algorithmen, die nur näherungsweise imstande sind, Lösungen eines Problems zu liefern:

1. Wähle ein Programm-Paar danach aus, wie gut es eine Aufgabe gelöst hat (man benötigt also ein Maß für Tauglichkeit oder Fitness). Je besser die Lösung, desto größer die Chance, ausgewählt zu werden.
2. Wende den genetischen Operator (Crossing-over, eventuell kom-

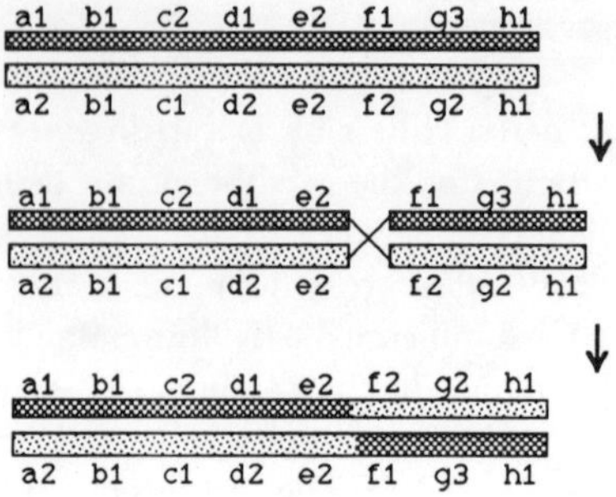

Bild 21: Das Crossing-over-Prinzip. Biologisch: Zwei homologe Chromosomen von der Mutter und vom Vater werden überkreuzt und Gene (Buchstaben) in leicht unterschiedlichen Kopien (Zahlen), die sogenannten allelen Gene, durch das Crossing-over neu kombiniert. Kopplungen von Genen, die gut zusammengewirkt haben, bleiben bis zu einem gewissen Grad erhalten. Algorithmisch: Befehle aus zwei Programmen werden auf entsprechende Weise zusammengesetzt.

biniert mit einer kleinen Mutationschance) auf das ausgewählte Programmpaar an, um in der nächsten Generation Nachkommen zu erzeugen.

3. Ersetze die am wenigsten erfolgreichen Programme durch Nachkommen aus Schritt 2.

Empirische Untersuchungen zeigen, daß dieses Crossing-over-Schema besonders gut bei Problemen wirkt, die Programmierer üblicherweise für besonders schwierig halten. Der genetische Algorithmus ist imstande, die «Erfahrung» der Population optimal auszunutzen, so wie sie in der Verteilung der Allele beziehungsweise Programmvarianten aufbewahrt wird. Ein Beispiel für eine sehr schwer zu berechnende Aufgabe ist das «Problem des Handelsvertreters», das darin besteht, den kürzesten Weg zwischen *n* Städten zu finden, die jeweils einmal besucht werden sollen. Das klingt nach einer einfachen Optimierung, aber wenn *n* sehr groß wird, wächst die Zahl der erforderlichen Rechenoperationen explosionsartig an. Der genetische Algorithmus kann das Problem nicht hundertprozentig lösen, aber die Kesselflickermethode führt relativ leicht und schnell zu Angaben über gute Routen, die vermutlich ziemlich nahe bei der optimalen Lösung liegen. Die KL-Forschung ist mittlerweile in eine Phase gekommen, in der man versucht, die verschiedenen Berechnungsprinzipien zu kombinieren, die die Natur beim genetisch oder neuronal verankerten Lernen verwendet. Richard K. Belew, John McInerney und Nicolaus Schraudolf von der University of California, San Diego, schufen Hybriden von neuronalen Netzen und genetischen Algorithmen, «weil», wie sie sich ausdrücken, «die Natur es auch so gemacht hat».[86] Doch auch wenn sich die Natur populationsgenetischer wie neuronaler Methoden bedient, ist es nicht immer ganz einfach, ihr gegenseitiges Verhältnis, ihre Grenzfläche, zu bestimmen. Eines der Probleme besteht darin, zu entscheiden, wo genau die Struktur des Netzwerks und die Gewichtungen der einzelnen Verbindungen in den genetischen Algorithmus einkodiert werden müssen, der in jeder Generation ein neues Netz generieren soll. Das ist schwer im voraus zu entscheiden, man muß es erst durch Experimente herausbekommen. Genau wie die biologische Evolution! Im Gegensatz zu menschlichen Designern aber verfügt sie über jede Menge Zeit und die breiteste nur denkbare Perspektive. Sie hat auch Verwendung für unvorhergesehene Nebenwirkungen, die Systemkonstrukteure stets zu vermeiden suchen. Ohne auf technische Details einzugehen, läßt sich sagen, daß heute die globale Form des genetischen Algorithmus, nämlich Erfahrung zu verwenden und zu sammeln, eine vielversprechende Ergänzung zu den neuronalen Netzwerken liefert, die die Strukturen der Inputs, mit denen sie konfrontiert werden, eher auf lokaler Ebene absuchen.

Biochips

Allmählich bekommen wir einen Überblick über einige der Möglichkeiten, Biologie mit Informationstheorie, Mathematik und Physik zu verbinden. Aber wie steht es mit dem «biologischen Computer»: Könnte der *Biochip* die Maschine nicht lebendiger machen? Heutige Computer haben Chips aus Silizium. Werden sie irgendwann durch Chips aus biologischem Material ersetzt?

Entsprechende Meldungen tauchen immer mal wieder in Zeitungen und Zeitschriften auf. Ich glaube nicht, daß der Biochip eine direkte Bedeutung für das Künstliche Leben bekommen wird, zumindest nicht in den nächsten zehn Jahren. Die ganze Biochip-Forschung zielt darauf ab, die Hardware der Computer zu effektivieren und noch mehr Speicher- und Rechenkapazität auf noch weniger Platz unterzubringen. Die Möglichkeiten der Siliziumchips sind noch keineswegs ausgeschöpft, und vor der Jahrtausendwende ist damit auch nicht zu rechnen. Dann allerdings werden die kleinen Löcher im Silizium, die das Speichern ermöglichen, schon die Größe von 0.1 Mikrometern erreicht haben. Das entspricht vierhundert Siliziumatomen – nicht sehr viel, wenn die Fehlerquote klein gehalten werden soll. Ohne das Silizium ganz zu ersetzen, untersucht man deshalb inzwischen Möglichkeiten, organische Moleküle zu verwenden. Die Forschung in den Labors der amerikanischen Kriegsmarine und in großen japanischen Wissenschaftszentren unterliegt strengster Geheimhaltung, so daß wir nicht sehr viel darüber erfahren. Aber ganz im Vertrauen: Bei den sogenannten organischen Molekülen handelt es sich um Polymere, um lange, kettenförmige Moleküle mit einem Kohlenwasserstoffrückgrat, und die sind auch nicht «organischer» als die Moleküle einer Plastiktüte. Der Biochip ist nicht lebendig; er wird den Computer nicht plötzlich weich und langhaarig oder «biologisch» machen. Deshalb nennen die meisten Wissenschaftler den Biochip lieber «molekulare elektronische Vorrichtung» (Molecular Electronic Device).

Immerhin gibt es eine Reihe anderer Projekte in Japan, die – auf der Ebene der Hardware – Möglichkeiten erforschen, das Datalogische mit dem Biologischen zu verbinden. Kann man zum Beispiel ein neuronales Netzwerk in einem Reagenzglas erzeugen? Es lassen sich ja durchaus Kulturen aus Nervenzellen anlegen, und die Möglichkeiten eines gesteuerten Wachstums sowie eine Kopplung an mikroelektronische Kreisläufe werden ebenfalls untersucht. Das könnte der Beginn der Entwicklung eines Neurochips sein. Dennoch fragen sich viele Ingenieure in der traditionellen Computerhardware-Industrie, was biologische Moleküle wohl haben, das sich nicht auch mit Halbleitern, Supraleitern und anderem synthetischen Material erreichen ließe. Solange es um effektiv kontrollierbare Berechnung geht, ist die Antwort darauf schwierig.

Das japanische «Bio-Electronic Device Project»[87] befaßt sich zur Zeit mit Fragen, die Informationsprozesse in lebenden Organismen – unter anderem visuelle Informationsverarbeitung und Bewegungskontrolle im Gehirn – genauso betreffen wie die Entwicklung anderer Formen von molekularen elektronischen Vorrichtungen, darunter *Biosensoren.* Ein Biosensor könnte beispielsweise ein Apparat sein, der

Gerüche wiedererkennen, die Konzentration bestimmter Stoffe im Blut messen oder optische Information auf molekularer Ebene bearbeiten kann: hochspezialisierte Technik in kleinem Maßstab mit vielerlei Anwendungsbereichen, sowohl in der Industrie als auch im Gesundheitswesen.

Könnte man nicht die DNS als Grundmaterial für einen Biochip verwenden? Die DNS ist ja das Molekül, das in lebenden Zellen die Information speichert, und dank gentechnischer Verfahren, die es heute ermöglichen, sie mittels sogenannter Restriktionsenzyme zu zerschneiden, wird das doch nicht so schwer sein, sollte man meinen. Die DNS ist natürlich in Erwägung gezogen, aber schnell wieder verworfen worden: Was man braucht, sind einfache organische Moleküle, die zwischen zwei Zuständen wechseln können und deren Zustandsänderung sich mit einfachen Mitteln von außen steuern läßt. Die DNS ist ein sehr schweres und relativ stabiles Molekül. Dort etwas «hineinzuschreiben», also Informationen zu ändern, die in den vier verschiedenen Basen kodiert sind, welche ihrerseits integraler Bestandteil des Moleküls sind, erfordert eine hochkomplexe enzymatische Maschinerie, die es nirgends gibt – außer in der lebenden Zelle. Sicherlich kann man kleine, kurze RNS- und DNS-Sequenzen synthetisieren, und diese Synthese (von Oligo-Nukleotiden) läßt sich auch automatisieren – Molekularbiologen können heutzutage eine «Gen-Maschine» kaufen, die kleine Genfragmente herstellt. Und auch das «Lesen», die Sequenzanalyse, das heißt die genetische Feinkartierung des Erbmaterials, wird zur Zeit automatisiert – ein Nebenprodukt des Forschungsprojekts, das das gesamte menschliche Genom zu kartieren versucht (Human Genome Project). Aber dies ist ein ganz anderer Vorgang, als die DNS technisch als Bit-Behälter zu verwenden, wie einen Siliziumchip oder ein Magnetband. Der DNS-Chip wird vermutlich niemals Wirklichkeit werden.

Die Berechnung, bitte!

Bilder von Chaos und Fraktalen zeigen eine eigene Welt faszinierender Muster in Mustern. Die sanften Spiralformen, die in der Mandelbrot-Menge auftauchen, sind besonders beeindruckend, weil sie so organisch aussehen. Manche haben poetische Namen erhalten und wecken biologische Neugier. Wer jemals seinen Blick ins «Seepferdchental» hat tauchen lassen oder dem immer stärker werdenden Sog der Computerbilder gefolgt ist zu Formen wie Mini-Mandelbrots, verzweigten Filamenten und «Elefanten», die die Herzkurve hinuntermarschieren, weiß, was gemeint ist. Der Computer ist die Voraussetzung dafür, daß die Mathematik uns einen unerwarteten Reichtum an Strukturen zeigt; manche sind häßlich, andere sind schön und lebensähnlich.

Wir wissen sehr wohl, daß die Seepferdchen in der Mandelbrot-Menge und ihre unendliche Vielfalt anderer Figuren mit Hilfe einer sehr einfachen Formel entstehen, die ein Computer mit Myriaden von Werten abgearbeitet hat. Wir wissen auch, daß richtige Seepferdchen eine Knochenfischart darstellen, daß sie von anderen, natürlichen Seepferdchen gezeugt wurden und aus Zellen mit der ihnen eigenen Biochemie bestehen. Die Ähnlichkeit zwischen beiden ist oberflächlich. Fraktale Seepferdchen sind *Kinder der Berechnung*, genau wie die Computerorganismen, die wir kennengelernt haben. Werden sich unsere Erfahrungen mit richtigen und mit berechneten Tieren je treffen?

Die stärkste KL-These, die alle sieben Gebote umfaßt (siehe S. 24–27), könnte als Beitrag zu einer neuen computationalen Naturphilosophie betrachtet werden mit dem zentralen Begriff der Berechnung – *computation* – in physikalischen und biologischen Systemen. Wenn natürliche Prozesse letztlich auf Berechnung beruhen, können wir sie auch studieren, indem wir die gleichen oder entsprechende Prozesse in einem Computer hervorrufen. Die Prozesse lassen sich von ihrem materiellen Substrat trennen. In ihrer radikalen Ausprägung wird diese Naturphilosophie deshalb auch als Wissenschaftsform von Physik, Biologie und Psychologie unterschieden, die auf der Beobachtung konkreter Systemtypen basieren. Mit ihr lassen sich Objekte konstruieren, die die Dinge unserer Alltagswelt transzendieren, aber dennoch zu ihnen in Relation gesetzt werden können.

Der Begriff der Berechnung ist ein zweischneidiges Schwert: Einerseits empfinden wir Berechnungen als etwas beinahe Natürliches; es erfordert kein großes Nachdenken, zwei Zahlen zusammenzuzählen oder eine Gleichung umzuformen – und sei es mit einem Taschenrechner oder Computer. Andererseits herrscht Unklarheit über die semantische Abgrenzung von Begriffen wie Kalkül, Berechnung und Algorithmus, das heißt, für welche Dinge oder Prozesse sie jeweils stehen. Diese philosophische Unklarheit bedeutet glücklicherweise nicht, daß die computationale Erforschung nichtlinearer dynamischer Systeme (Chaos, Künstliches Leben oder neuronale Netze) ins Stocken kommt. Im Gegenteil: Ständig werden neue Erkenntnisse produziert, die helfen können, Selbstorganisation zu verstehen – nicht nur die des Lebens, sondern auch die der Berechnung in der Natur. Wie entsteht Rechenaktivität?

Man kann hier, je nach Temperament oder fachlichem Hintergrund, verschiedene Blickwinkel wählen. Anthropozentrisch gesehen setzt Berechnung immer einen Menschen voraus, der Symbole verknüpfen kann. Auch wenn eine Maschine rechnet, sind letztlich wir es, die dem Input und dem Output die Bedeutung von Zahlen, von mathematischen Symbolen, zuschreiben. Woher kommen die Symbole? Sie sind die Bedeutung, die das menschliche Subjekt intentional (kraft seines Vorstellungsvermögens und mit mehr oder weniger bewußter Absicht) in die physischen Zeichen hineinlegt, könnte man sagen. Damit ist aber das Geheimnis, woher die ursprüngliche «subjektive» Bedeutung kommt, immer noch nicht gelöst.

Hier könnte man aus biologischer Sicht darauf verweisen, daß Intentionalität – eine bewußt zielgerichtete Einstellung zur Umgebung – sowohl eine spezifisch menschliche Seite hat wie eine eher «zoologische». Sie ist an körperliche Wahrnehmung und Orientierung in der Umwelt gebunden. Diese Aufmerksamkeit, die die Voraussetzung dafür ist, daß wir uns zweckmäßig in unserem Lebensmilieu bewegen können, finden wir auch bei anderen Organismen mit gut ausgebildetem Nervensystem. So läßt sich das menschliche Denken vielleicht mit einem biologisch inspirierten Begriff der Berechnung verbinden. Letztere entsteht danach aus der Symphonie informationaler Wechselwirkungen im Nervennetz. Ein Informationsbegriff dieser Art setzt nicht voraus, daß die kleinsten Informationseinheiten als solche Referenz und Bedeutung besitzen: Ein echtes «Symbol» (mit Referenz und Bedeutung) gehört zu einer Menge von Makroeigenschaften im Zusammenspiel der einzelnen Einheiten und ihrer Verbindungen im neuronalen Netzwerk.[88]

Ein Symbol wird damit gewissermaßen zu einem «virtuellen Muster» mit einem bestimmten Verhalten, genau wie die Muster im «Spiel des Lebens» virtuelle Maschinen darstellen (beispielsweise zur Produktion von Gleitern). Denn nirgendwo in der «Life-Physik» – den Zellen und ihren einfachen Update-Regeln – war die «reale» physische Existenz dieser Maschinen spezifiziert. Man kann gerade die zellulären Automaten als Modell benutzen, vielleicht auch als Theorie für die Bedingungen, unter denen sich Berechnung in physikalischen und biologischen Systemen realisieren läßt. Sehen wir uns ein Beispiel an.

Leben und Berechnung am Rand des Chaos

Man kann gegen die sieben KL-Gebote einwenden, daß sie nichts darüber aussagen, worin sich Lebendes von Unbelebtem unterscheidet. Es könnten ebensogut sieben Gebote für eine künstliche Physik sein! Darauf gibt es zwei Antworten. Mit der ersten wird eingeräumt, daß wir noch einige Kriterien benötigen, um die Gebote auf das Leben, das wir kennen, anwenden zu können (vgl. Tabelle S. 49). Sie taugen zwar dazu, KL-Forschung von traditioneller biologischer Forschung zu unterscheiden, aber nicht künstliches Leben von künstlicher Physik! Die zweite Antwort lautet, daß der Witz schließlich gerade in der Möglichkeit eines fließenden Übergangs von der künstlichen Physik zum künstlichen Leben besteht, weil das Leben selbst so entstanden zu sein scheint: durch Selbstorganisation anorganischer Stoffe zu autonomen Einheiten mit der Fähigkeit, Information zu speichern und zu verarbeiten. Der Gedanke der Evolution beinhaltet, daß das Neuentstandene mit dem Alten verbunden bleibt und nicht radikal von ihm getrennt werden kann. Aber ebenso wie ein biologisches System normalerweise nicht halblebendig sein kann, begreift man Berechnung üblicherweise als ein Alles-oder-nichts-Phänomen – entweder es handelt sich um die Manipulation von Symbolen, oder es handelt sich eben nicht um Berechnung.

Chris Langton hat die Bedingungen untersucht, unter denen in einem physikalischen System spontan Berechnung entsteht – mindestens aber Zustände, die als Voraussetzung für Berechnung gelten können. Diese Voraussetzungen sind erstens die Möglichkeit zur Speicherung von Information; zweitens die Möglichkeit zur Übertragung von Information; und drittens die Möglichkeit zur eigentlichen «Berechnung», also zur Modifizierung von Information, wenn sie mit anderen Informationen in Wechselwirkung tritt (wie beim Kopfrechnen: im Beispiel 167 + 985 = 1152 nehmen wir 167 und 985 als Input und modifizieren ihn im eigentlichen Prozeß zum Output 1152). Das System, das Langton untersucht, ist eine von zellulären Automaten geschaffene künstliche Physik; er hat die Frage deshalb umformuliert: Unter welchen Bedingungen unterstützen zelluläre Automaten fundamentale Operationen der Informationsübertragung, -speicherung und -modifikation? Er möchte herausfinden, wann und wie Berechnung spontan in der Natur entsteht.

In einer umfassenden Untersuchung[89] läßt Langton jede Menge eindimensionaler zellulärer Automaten mit verschiedenen Regeln Simulationen und Analysen durchführen (vgl. Wolframs Studien, Bild 16). Das Ergebnis der Untersuchung wird sofort verraten: es scheint tatsächlich so zu sein, daß Berechnung in physikalischen Systemen spontan entstehen kann, nach Langton nämlich auf der messerscharfen Grenze zwischen Automatenregeln, die eine in hohem Maße *geordnete* und einförmige Dynamik erzeugen, und Regeln, die eine äußerst *ungeordnete*, chaotische Dynamik für die Entwicklung des zellulären Automaten liefern. Diese Grenze, behauptet Langton, entspricht bei physikalischen Systemen dem Übergang zwischen der festen und der fluiden Phase eines Stoffes. Die Phasenübergänge für H_2O sind bekanntlich das Schmelzen von Eis zu Wasser und das Verdampfen. Langton ist der Meinung, daß auch das Leben in der Nähe des Phasenübergangs von fest und fluid entstanden sein muß: «Wenn wir uns eine lebende Zelle anschauen, sehen wir überall Phasenübergänge.»[90] Es sieht also so aus, als seien Leben und Berechnung eng verwandte Phänomene: Leben kann damit als eine Form der *emergenten Rechenaktivität* angesehen werden, erzeugt am Rand des Chaos!

Langton kam erst zu dieser Schlußfolgerung, nachdem er eine große Menge verschiedener zellulärer Automaten und ihre Entwicklung untersucht und dabei herausgefunden hatte, daß in der schmalen Übergangsregion zwischen Ordnung und Chaos sowohl statische als auch vorwärtsdrängende Strukturen unterstützt werden; letztere erinnern an die «Life»-Gleiter. Nach seiner Meinung liegt das im Unterschied zu seinen eigenen Automaten zweidimensionale «Life» genau in dieser kritischen Übergangsregion. (Sie läßt sich objektiv durch einen bestimmten Parameter charakterisieren, der sich aus der Regeltabelle ergibt, nach der ein gegebener zellulärer Automat sich entwickelt.) Die statischen und vorwärtsdrängenden Strukturen, die in Langtons künstlichem physikalischen System auftauchen, können also die Basis bil-

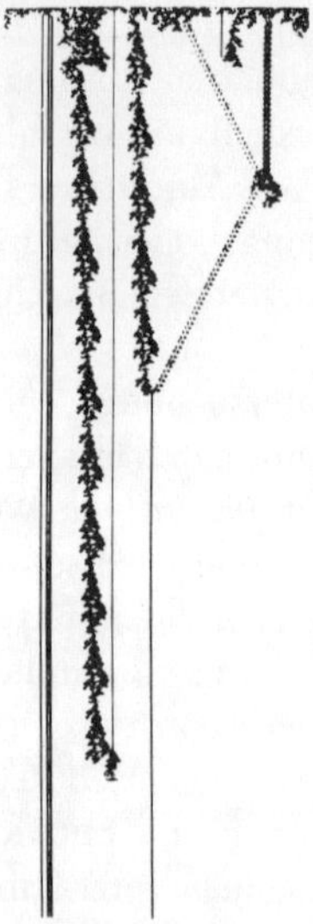

Bild 22: Langtons Anwendung einer der Automatenregeln, die eine dynamische Entwicklung vorwärtsdrängender Strukturen oder «Signale» liefert, die während der Entwicklung des Automaten miteinander in Wechselwirkung treten; Langton zufolge entspricht dies der «Informationsverarbeitung» (der im Text genannte Parameter ist 0.45; aus Langton, *Physica D* 42, 1990, S. 12–37).

den für Informationsspeicherung und -übertragung. Beobachtete «Zusammenstöße» zwischen den Mustern (Bild 22) deutet Langton als Modifikation dieser «Signale».

Information wird damit zu einem wichtigen Faktor in der Nähe der Phasenübergänge zwischen periodischem und chaotischem Verhalten in zellulären Automaten. In den sehr geordneten Gebieten werden die von den Zellen erzeugten Muster in hohem Maße voneinander abhängig und können in keine Berechnungsaufgaben einbezogen werden. In den chaotischen Gebieten werden die Zellen zu unabhängig und können ebenfalls rechnerisch kooperieren. Nur in der Nähe der «kritischen» Übergänge kann Information über lange Abstände ausgesandt werden, ohne abzusterben. Das erlaubt «Tänze» langgezogener, gemeinsamer Variationen der Muster im dynamischen Raum, eine notwendige Voraussetzung für Berechnung: «Korrelationen im Verhalten implizieren eine Art gemeinsamen Code oder ein Protokoll, mit dessen Hilfe Zustandsveränderungen in der Zelle von einer anderen wiedererkannt und als *sinnvolles Signal* verstanden werden können. Ohne Korrelationen im Verhalten gibt es keinen gemeinsamen Code zum Kommunizieren von Information.» Liest man Langton genauer, dann behauptet er nicht direkt, daß irgendein Muster dieser Automaten *tatsächlich* berechnet, aber er glaubt gezeigt zu haben, daß die Möglichkeit dazu besteht. Er deutet die Untersuchung lediglich dahingehend, «daß Berechnung, wie wir sie kennen, in Wirklichkeit nur der Spezialfall eines viel universelleren physikalischen Phänomens ist».[91]

Semiotische Fragen

Wenn Langtons Deutung richtig sein sollte, wäre sie von fundamentalem semiotischen Interesse. *Semiotik* ist die Lehre von den Zeichen und dem Entstehen von Bedeutung. Viele meinen, Semiotik befasse sich nur mit menschlichen Zeichen und subjektiver Deutung. Aber unter dem Eindruck einer neuen Tendenz in dieser Disziplin, unter anderem inspiriert durch den amerikanischen Zeichentheoretiker Charles Sanders Peirce, ist man heute bereit, Zeichenphänomene als etwas zu verstehen, das überall in der Natur vorkommen kann, auch dort, wo der Mensch seine Spuren noch nicht hinterlassen hat. Die Biosemiotik beschäftigt sich also mit Zeichen in biologischen Systemen: von der Kommunikation der Tiere bis zum genetischen Code einer einzelnen Zelle als einem Zeichensystem ganz eigener Art.[92] Schon Peirce hat versucht, Zeichen als Teil der natürlichen Evolution zu sehen, aber er starb schon 1914, als die Biologie noch sehr jung war. Heute sind wir besser dafür gerüstet, die *Naturgeschichte der Zeichen* zu verstehen, eine Geschichte, die sich wahrscheinlich bis zur Entstehung des Lebens zurückdatieren läßt, denn lebende Zellen müssen, um als komplexe Systeme zu überleben, über einen «Code» oder eine partielle Beschreibung ihrer eigenen Struktur verfügen, damit sie darin Erfahrungen für das Überlebensprojekt sammeln können. Deshalb ist eine physikalisch inspirierte Theorie der natürlichen Realisierung von Berechnungsphänomenen von großem Interesse – wobei Berechnung geradezu als Paradefall der Zeichenverknüpfung gelten kann. Auch in der Kognitionsforschung werden Theorien über die physikalischen und biologischen Bedingungen der Realisierung von Rechenprozessen dringend benötigt. Langtons Frage «Wie wird dynamisches Verhalten in einem physikalischen System zu Berechnung?» entspricht der Frage der Semiotiker: «Wie entstehen Information, Zeichen und Bedeutung in der Natur?» Wir beginnen zu ahnen, daß es interessante Übereinstimmungen zwischen Semiotik, KL-Forschung und der eher traditionellen wissenschaftlichen Auseinandersetzung mit dem menschlichen Denken gibt. Natürlich würde man Langton gern viele Fragen stellen. Ist Berechnung notwendigerweise mit Phasenübergängen verbunden? Der Vergleich zwischen dem Übergang von periodischen zu chaotischen Attraktoren in der Dynamik zellulärer Automaten und den Phänomenen des Phasenübergangs in der der Natur ist spannend, aber ist er auch stichhaltig? Und wenn plötzlich Signale – Information, wie Langton sie freimütig nennt – in einem zellulären Automaten entstehen, der sich am Rand des Chaos befindet und «kocht», worin besteht dann die Information?

Es ist eine Sache zu behaupten, zelluläre Automaten und ihre Regeln können als «Physik» dienen, in die sich virtuelle Computer einlagern (emulieren) lassen, so daß etwa eine universelle Turing-Maschine ins «Spiel des Lebens» implementiert werden kann. Eine ganz andere Sache ist die Behauptung, in einem solchen System tauche spontan Berechnung aus dem (an der Grenze zum) Chaos auf. Im einen Fall handelt es sich um eine spezielle, aber durchaus mögliche Art und Weise, eine Rechenmaschine zu bauen, nämlich nach der Von-Neumann-Methode: um ein Produkt menschlichen Gestaltens – und deshalb ein Produkt, das nur als intentionales System verstanden werden kann. Im anderen Fall handelt es sich um Emergenz, das spontane Auftauchen von etwas Neuem in einem komplexen Medium, das in keiner Weise geplant oder in sich selbst als Berechnung zu deuten wäre. Die aus der chaotischen Dynamik eines zellulären Automaten hervorbrechenden Signale sind nicht unbedingt intentional zu betrachten.

Hier sind *zwei ganz verschiedene Begriffe von Berechnung* im Spiel, und die Frage ist, ob es uns in den nächsten zehn Jahren gelingen wird, sie zum Kommunizieren zu bringen: Erstens gilt Berechnung als logische Operation mit Symbolen, die zwar rein syntaktisch definiert werden können, aber doch bestimmte Zahlen bedeuten, mit denen wir im Rahmen eines bestimmten mathematischen Problems zu rechnen beabsichtigen. Auch wenn die eigentliche Berechnung mechanisch geschehen kann, erhalten die Zeichen erst dann einen Sinn, wenn sie kognitiv als zur Mathematik, zur Logik oder zu einer anderen Domäne gehörend gedeutet werden. Die physischen Zeichen repräsentieren Zahlen: Dies ist der *repräsentationale* Begriff von Berechnung. Zweitens bezieht sich Berechnung auf Prozesse, die nicht nur in einem trivialen Sinne in physikalischen Systemen (oder Modellen davon) ablaufen und deshalb von deren Dynamik abhängen, sondern diesen Prozessen essentiell innewohnen und keiner weiteren Deutung oder Zuschreibung von Sinn bedürfen. Berechnung wird ein Teil der «physikalischen Ökologie» des Systems; sie beschreibt den Makrozustand der Systeme. Das ist der *physikalische* oder nichtrepräsentationale Begriff von Berechnung. Ich habe den Eindruck, daß die Semiotik, zusammen mit anderen Disziplinen, dazu beitragen kann, beide Begriffe zu einem generalisierten Konzept zu verbinden.

Das On/off-Universum

Die biologische Ökologie behandelt das Zusammenspiel zwischen Organismen und ihrer anorganischen Umwelt; die Ökologie der Berechnung betrachte ich dagegen als Studium all jener Verhältnisse, die das Phänomen der Berechnung in physikalischen, lebenden und künstlichen Systemen berühren: Was ist erforderlich, damit ein Berechnungssystem in Gang bleibt? Worin bestehen die «biotischen und abiotischen Faktoren» der Berechnung? Welche Grenzen werden der Berechnung durch ihren Verbrauch an Energie und Materie gesetzt? Zum Beispiel weiß man seit langem, daß es physikalische Grenzen der Effektivität von Berechnungen gibt. Ein Computer entwickelt Wärme, die man ableiten muß. Das kommt daher, daß jeder Rechner aus Elektronik und Mechanik besteht (einer rotierenden Festplatte, Lese-/Schreibköpfen, Leitungen, Bildschirm, Lautsprecher etc.) und wie alle Maschinen aufgrund von Reibung Wärme entwickelt, wenn er benutzt wird. Aber auch die eigentlichen Rechenprozesse – die im Computer in der Übertragung und im Löschen von Information bestehen – verbrauchen Energie und entwickeln Wärme. Geschwindigkeit und Energieverbrauch der Maschinen lassen sich daher nicht beliebig herabsetzen – zumindest nicht im Rahmen jener Prinzipien, nach denen heutzutage Computer gebaut werden.[93]

Nach derartigen Überlegungen kann es einem ganz hegelianisch zumute werden. Wer die physikalischen Grenzen der Berechnung studiert, tut das in Anerkennung der Tatsache, daß sein Gegenstand, ebensowenig wie Meßvorgänge in der Physik, nicht völlig idealisierbar oder meta-physisch, sondern den normalen Naturgesetzen unterworfen ist. Gleichzeitig werden diese Gesetze mit Hilfe der Mathematik beschrieben, und was liegt dann näher als die Schlußfolgerung, daß physikalische Gesetze eine *Form* haben müssen, die es zuläßt, daß sie sich in Zeit und Raum entfalten können? Gesetze, die unser Universum beschreiben, müssen auf Algorithmen beruhen, die tatsächlich in diesem Universum realisierbar sind, und was realisierbar ist, hängt von den Mauersteinen und dem Mörtel dieses Universums ab. So ist es uns beispielsweise nicht möglich, einen Computer mit unendlich großem Speicher zu bauen, der uns helfen könnte, π (Pi) von einer beliebigen Nachbarzahl zu unterscheiden. Rolf Landauer[94] hat auf diesen Zusammenhang hingewiesen (Bild 23). Das alles klingt für mich wie eine moderne Version des Hegelschen Diktums aus der Vorrede zur *Rechtsphilosophie*: «Was vernünftig ist, das ist wirklich, und was wirklich ist, das ist vernünftig.»

Manche Alifer berichten, daß ihnen hin und wieder ein Kribbeln über den Rücken läuft, ein Gefühl, als würden sie beobachtet werden, während sie vor ihren Computern sitzen und ihr kleines Universum mit irgendwelchem künstlichen Leben erschaffen. Was, wenn sie nun selbst Teil eines solchen Universums wären? Sie müßten sich umdrehen und nach einem noch größeren «Designer» Ausschau halten, der seinerseits dasitzt und sie auf einem riesigen zellulären Automaten in einem Supercomputer «laufen» läßt.

Wir alle sind den fundamentalen Naturgesetzen unterworfen: den Formen, in denen die Natur sich bewegt. In diesem Sinne trifft es vielleicht zu, daß die Natur in jeder Nanosekunde unseren nächsten Zustand berechnet. Sind diese Berechnungen deterministisch, dann wäre dies die Wiederbelebung des Laplaceschen Dämons, der gerade als Wesen mit unendlicher Information über sämtliche Zustände sowie mit unendlicher Berechnungskapazität gedacht war und der deshalb den Zustand des Universums zu jedem beliebigen Zeitpunkt vorhersagen könnte. Doch die Komplexität macht dem Dämon einen Strich durch die Rechnung: Die Weltformel ist genauso unmöglich, wie es Vorhersagen sind.

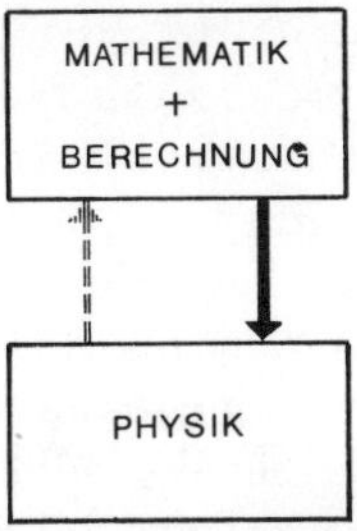

Bild 23: Die Informationsverarbeitung im oberen Bereich hängt davon ab, was das wirkliche Universum physikalisch zuläßt. Die physikalischen Grenzen der Berechnung werden durch den rechten Pfeil dargestellt. Aber die Gesetze der Physik sind Landauer zufolge «Rezepte der Informationsverarbeitung» und deshalb ihrerseits abhängig von den ausführbaren Algorithmen; das drückt der linke Pfeil aus. (Nach Landauer, *Physica Scripta* 35, 1987, S. 88.)

Galilei hat einmal gesagt, das Buch der Natur sei in der Sprache der Mathematik geschrieben. Wenn das stimmt, muß Gott Mathematiker gewesen sein. Physiker nehmen es oft als selbstverständlich hin, daß die mathematische Formensprache wirklich die effektivste Art und Weise ist, das Universum zu beschreiben; aber wenn man darüber nachdenkt, wird es rätselhaft: Es gibt keine philosophischen oder wissenschaftlichen Garantien dafür, daß diese künstliche Sprache, die in gewissem Sinne von den Menschen selbst geschaffen wurde, die Natur korrekt abbildet. Gleichwohl leisten die verschiedenen Differentialgleichungen, die die Naturgesetze beschreiben, glänzende Arbeit und halten die Dinge unter Kontrolle. Was aber gibt den Gleichungen diese Kraft? Warum tut ein Apfel im freien Fall genau das, was wir von ihm erwarten? Die Physiker wissen es nicht, und die meisten wollen auch nicht darüber diskutieren. Bestimmte Sprachphilosophen wiederum glauben, wir brächen die Regeln der Sprache, wenn wir solche tumbe Fragen stellten, oder wir wechselten vom wissenschaftlichen zu einem metaphysischen Sprachspiel. Dagegen räumte zum Beispiel der Physiker Richard Feynman das Geheimnisvolle ein: In der Einleitung zu seinen Vorlesungen über «das Wesen physikalischer Gesetze» kündigt er an: «Wir werden unser Augenmerk weniger darauf richten, wie klug wir, die wir all das herausgefunden haben, doch sind, als vielmehr darauf, wie klug die Natur ist, die es befolgt.»[95]

Edward Fredkin ist ein Mann, der das oben erwähnte Kribbeln ernst genommen hat. Er behauptet, das Universum sei ein großer Computer – ein zellulärer Automat! Wenn ein Eiskristall durch ein zusätzliches Stückchen Eis wachse, dann entspreche dies dem Einschalten einer weiteren Zelle im Automatengitter. Fredkin weiß selbstverständlich, daß solche zellulären Automaten keine Eiskristalle *sind*, sein Gedanke aber besteht darin, daß zelluläre Automaten die Realität immer befriedigender abbilden, je kleiner die Teile des Stoffes sind, für den sie benutzt werden. Die Regeln entsprechen also den Bewegungen der Moleküle und auf tieferer Ebene denen der Atome, Elektronen, Quarks und all der anderen Mitglieder des Teilchenzoos. Auf der fundamentalen Ebene, sagt Fredkin, wird der Automat die Bewegungsformen der physikalischen Welt mit perfekter Präzision beschreiben, weil das Universum «hier unten» ein zellulärer Automat *ist*. Dreidimensional, versteht sich. Die Welt ist zellulär: ein riesiges Gitter, bestehend aus fundamentalen Körnern oder logischen Einheiten, die lokal ihren Zustand in der nächsten Pikosekunde als Funktion des Zustands ihrer Nachbarzellen berechnen. Die hier bearbeitete Information ist die Fabrik der Wirklichkeit, der Stoff, aus dem die Materie und Energie der Physik bestehen.

Fredkins Universum ist Ausdruck einer speziellen Ontologie (Seinslehre), und anfangs nahm ihn niemand ernst. Als autodidaktischer Dataloge wurde Fredkin reich mit einer Firma für Bildverarbeitungscomputer. Vielleicht hat er hier gelernt, die Wirklichkeit als Informations-Bits zu betrachten. Allerdings hatte er schon immer kreative Ideen und ist inzwischen Professor am MIT. Er hat selbst kaum etwas veröffentlicht, aber er inspiriert andere; und viele seiner Kollegen, unter ihnen Wolfram, begreifen allmählich, daß seine Ideen gar nicht so verrückt sind, wie sie zunächst klingen. In Fredkins Universum ist ein Elektron nichts anderes als ein Informationsmuster; und ein Elektron in einer Bahn ist ein Muster, das sich bewegt – obwohl es sich eigentlich nicht bewegt, denn die Bewegung ist ebenso virtuell wie die eines «Life»-Gleiters oder die Bewegung der Buchstaben in einer Leuchtreklame: illusorisch und geschaffen allein durch ein Muster blinkender Birnen. Fredkins Universum ist ein virtuelles Universum!

Das gibt natürlich Anlaß zu gewissem Unbehagen und vielen Fragen. Das Automatenuniversum kann zwar erklären, wie die mathematischen Naturgesetze «die Welt bewegen», denn die Gesetze sind ja als Regeln in einen großen Automaten implementiert. Aber wenn das Universum ein Computer ist und die physikalischen Gesetze sind seine Software, werden wir für immer der Möglichkeit beraubt sein, die Hardware kennenzulernen! Turing wußte, daß Computer universelle Maschinen sind, so daß ein Programm in essentiellem Sinne nicht von der Realisierung in einer bestimmten Art von Hardware abhängt. Da wir in Fredkins Version von vornherein selbst die virtuellen Metagrößen in einem solchen kosmischen Programm darstellten, könnten wir nie etwas über die primäre Maschine erfahren – nur hoffen, daß sie nicht «abstürzt».

Doch ist dies kein Argument dafür, daß das Universum auf der Mikroebene nicht aus diskreten kleinen Körnchen, aus Raum-Zeit-Einheiten, bestehen und ein großer Parallelrechner sein *könnte.* Ich bezweifle jedoch, daß Fredkin irgendwann die große Regel finden wird, die einen zellulären Automaten wie unser eigenes Universum funktionieren läßt. Eines der Probleme, auf die der Physiker Heinz Pagels hingewiesen hat, besteht darin, daß die zellulären Automaten sich in klassischen Maschinen realisieren lassen, also in Einrichtungen, die voll und ganz von der klassischen Physik beschrieben werden können und deshalb in bezug auf ihre Möglichkeit begrenzt sind, bestimmte quantenmechanische Phänomene zu simulieren – Phänomene, die die klassische Beschreibung überschreiten. Das ist quantenmechanischer Sand in Fredkins Getriebe.

Eine schleimige Sache

Schnecken sind nur ein Beispiel für die Seltsamkeiten des Lebens. Wir alle kennen die Gartenschnecken mit ihren hübsch gefärbten Häusern; nach einem Regen kriechen sie auf den Gartenwegen umher. Auch die glänzenden Waldschnecken sind prächtige Geschöpfe: das schwarze Gold des Waldes. Es gibt so viele Schnecken, daß kein Mensch alle Arten kennt – sie sind etwas ganz Besonderes.

Mich haben Schnecken schon immer fasziniert. Ich weiß nicht warum, ich mag sie einfach. Meine Freunde sagen, weil sie so langsam sind. Das ist bestimmt nicht böse gemeint. Schnecken haben eine eigene Ausstrahlung, und sie können sich auch beeilen. Als Kind versuchte ich, auf der Terrasse Wettrennen zu veranstalten. Das war ein imponierender Anblick, auch wenn die Athleten sich strikt weigerten, in dieselbe Richtung zu kriechen. Natürlich haben Schnecken auch ihre Grenzen – aber wer hat die nicht?

Und dann ihr Aussehen. Gibt es ein schöneres Tier? Sie können die unglaublichsten Farben und Formen haben. Besonders einige der im Meer lebenden nackten Hinterkiemenschnecken gehören zu den

Bild 24: Zwei Weinbergschnecken treffen sich.

schönsten Geschöpfen der Erde. Aber auch die unscheinbare graubraune Weinbergschnecke, *Helix pomatia*, besitzt eine sublime Schönheit.

Im übrigen hat eine Hinterkiemenschnecke, die *Aplysia*, ihren Kopf für unzählige neurophysiologische Untersuchungen hinhalten müssen, weil sie so große, leicht zu identifizierende Nervenzellen hat. Wenn man eines Tages das vernetzte Diagramm ihres Nervensystems erforscht haben wird, könnte man durchaus versuchen, es künstlich nachzuahmen. Doch vergißt man dabei leicht, daß jede einzelne Nervenzelle eine derart komplexe Informationsverarbeitung ausführt, daß bestimmt zehn neuronale Netze nötig wären, um nur eine einzige Aplysia-Zelle zu simulieren. Und das wäre dann immer noch eine Simulation.

Künstliche Schnecken? Daran glaube ich nicht.

Wird das Leben grüner?

Künstliches Leben ist der Versuch, einen uralten Traum der Wissenschaft zu verwirklichen: die Lebensprozesse vollständig zu verstehen und damit zu beherrschen. Der Traum hat mythologische Aspekte. Man braucht nur an Namen wie Frankenstein, Golem, Pygmalion zu denken oder an das ganze Science-fiction-Genre. Heute betrifft dieser Traum nicht nur die Biotechnik, sondern ist an den Computer als Verlängerung des Verstands gebunden – oder Verkürzung, wie Skeptiker sagen. Unsere Bewertung des Künstlichen Lebens erhält unwillkürlich dadurch eine bestimmte Bedeutung, daß Computer selbst zum Symbol für die Künstlichkeit des modernen Lebens geworden sind.

Der Computer ist ein Werkzeug und ein Medium. Wie andere Werkzeuge erleichtert er uns die Beherrschung unserer Umwelt, entfernt uns aber gleichzeitig von der Natur. Nun ist die Natur, die durch den Computer beherrscht wird, nicht so sehr die rohe, primäre, sondern vielmehr die vermittelte, andere Natur: Symbole, Sprache und das menschliche Universum der Zeichen. Und hier zeigt sich auch sein Charakter als Medium für Kommunikation, Simulationen, für Spiele jeglicher Art, auch für naturwissenschaftliche, logische und mathematische Spiele. Wie andere Medien ist der Computer ein Instrument der Entfremdung, das gleichzeitig die Grenzen unserer Kultur und Zivilisation erweitert. Mit anderen Informationstechnologien verknüpft, bietet er Möglichkeiten zu Machtmißbrauch und zur Beherrschung menschlicher Beziehungen. Er stellt inzwischen selbst ein vieldeutiges kulturelles Symbol dar, das es verhindert, seinen Produkten ohne Vorurteile zu begegnen. Im Schisma zwischen der zielgerichteten, kalkulierenden Rationalität des Systems und der prüfenden und wertgebundenen Vernunft der Lebenswelt gehört der Computer eindeutig zur Domäne des Systems.

Deshalb läßt sich auch die KL-Forschung als weiterer Versuch der Systemseite bezeichnen – allerdings vorerst noch auf theoretischer Ebene –, sich einen der Zufluchtsorte anzueignen, die herkömmlicherweise den «grünen Seiten» des Lebens vorbehalten sind. Macht KL das Leben vielleicht grüner? Darauf deutet nicht sehr viel hin. Künstliches Leben ist allzu viereckig, flach, dimensionslos und kalkulierbar. Nur die größten *Far-out-Freaks* diskutieren ernsthaft über die Rechte dieser Art von «Leben». KL hat nichts mit Leben zu tun, im Gegenteil, es ist ein weiterer Schritt in Richtung auf Sterilisierung der Umwelt und Einschränkung unserer Möglichkeiten, ein unmittelbares und sinnliches Verhältnis zum Rest der Natur zu unterhalten.

Nun gibt es eine Reihe weiterer Dinge, die das Leben auch nicht grüner machen und auf die kritische Energien mit größerer Berechtigung zu verwenden wären: die Treibhausgase, der saure Regen, die Verschwendung der Rohstoffe – um nur einige der Phänomene zu nennen, die weitaus lebensbedrohlicher sind als Künstliches Leben. Ich glaube aber, das Unbehagen gegenüber den geschilderten Forschungen rührt daher, daß KL, wie der Computer, als Symbol oder Metapher für etwas Größeres steht. Man hat das Gefühl, eine Dimension des Lebensbegriffs selbst sei bedroht, auch wenn das Künstliche Leben ein rein naturwissenschaftliches Projekt darstellt und auch wenn diese Dimension des Lebensbegriffs außerhalb der wissenschaftlichen Domäne liegt.

Diese Bedrohung spielt auch in der Diskussion um die Geburts- und Todestechnologie der Medizin eine bedeutende Rolle. Das sei etwas ganz anderes, könnte man einwenden; aber das stimmt eben nicht. Allein der Gedanke, das Leben könnte als biologisches Phänomen zum Gegenstand endgültiger, objektiver Beschreibung gemacht werden, wirkt abstoßend. Die Systemwelt respektiert die Grenzen zur menschlichen Lebenswelt nicht mehr, sondern versucht rücksichtslos ihre Vorstellung von kalkulierender Objektivität durchzusetzen.[96]

Gebt uns den Tod zurück!

Wenn Biologen das Künstliche Leben mit dem «richtigen» vergleichen, springt ihnen ein Unterschied sofort ins Auge: Künstliches Leben ist ein Leben ohne Tod. Zumindest aber handelt es sich um einen sehr klinischen, einen digitalen Tod, einen momentanen Zustandswechsel von *on* nach *off*, der nichts mit einem guten Tod im biologischen Sinne zu tun hat. Der biologische Tod ist ein Prozeß, der selbst wieder neues Leben in sich trägt: Leben setzt Tod voraus. Computerorganismen aber sterben eben nicht im biologischen Sinne, sie hören einfach auf zu existieren. Der physische Tod ist dagegen Teil des lebenden Spiels. Auch hier besteht ein Problem in der Organismus-Umwelt-Relation, weil der Tod die Grenzen des Organismus zu seiner Umwelt langsam verwischt. Dieser gibt Substrate, Nährsalze, Wasser und andere Stoffe, aus denen er besteht, an die Umgebung ab, so daß sie wieder im Ökosystem zirkulieren können. Das ließe sich in weiterentwickelten KL-Modellen vielleicht darstellen, würde aber bedeuten, daß man jedes einzelne Atom oder Molekül modelliert. Worin läge dann noch der Sinn eines Modells? Leben ist auch: Tod, Auflösung, Dung, Erde. Dieses Problem zeigt mehr als nur andeutungsweise, daß das Künstliche Leben sich innerhalb einer menschlichen Konstruktion bewegt, die Sprache heißt, und daß es jenseits von biologischem Leben und Tod steht.

Das klinische und digitale Wesen der Computerorganismen wird dazu führen, daß die Biologen den Tod für die Biologie zurückfordern. Leben als Form setzt konkrete Materie voraus, eine schleimige Substanz, die sich auflösen und zu neuer Gestalt formen kann. KL ist nur die künstliche Abhilfe für die alte westliche Manie, alles zu verdrängen, was mit dem Körper und den Sinnen zu tun hat. So schreibt der amerikanische Zivilisationskritiker Theodore Roszak: «Mit welchen Vorstellungen verbinden wir von Kindesbeinen an den Inbegriff von Ekel und Abscheu? Worin suhlen sich Horror- und Science-fiction-Literatur, wenn sie uns Gänsehaut machen wollen? In allem, was lebendig und klebrig, was matschig, sabbernd, feucht, stinkend, schleimig, gurgelnd, vermodert, breiig, madig ist... In Dingen, die amöbenartig sind oder schleimig, die kleben oder hängen bleiben... In Dingen wie Speichel und Kot, Rotz oder Pisse, Schweiß oder Eiter oder Blut... Mit einem Wort, in allem, was *organisch* ist, so widerlich wie Geburt, Sex, Tod und Verfall. Wir weichen zurück vor allem, was an das Innere unseres Körpers erinnert, und wir suchen Sicherheit im Klinisch-Ordentlichen, Hartkantigen, Trockenen, Steifen, Festen, Geruchlosen, Aseptischen, Dauerhaften. Mit anderen Worten, in allem, was *leblos* ist – so leblos und funkelnd steril wie Glas und Aluminium, rostfreier Stahl und Plastik in der Hochhausarchitektur und den dazugehörenden Einrichtungen, die heute die städtisch-industrielle Welt füllen.»[97]

Künstliche Forschung

Aber wie wurde denn die Nachricht vom Künstlichen Leben tatsächlich bei den Biologen aufgenommen? Es wäre doch interessant, wenn die KL-Forschung wirklich die Biologie generalisieren, das Rätsel der Morphogenese lösen, das Verständnis für die Entwicklung komplexer lebender Systeme verbessern würde und wenn man eine konsistente Theorie über Organismen und ihre synthetische Konstruktion erhielte. Stehen wir also vor einem entscheidenden Durchbruch in der theoretischen Biologie oder einfach nur vor einer Kuriosität?

Die erste KL-Konferenz fand 1987 statt. Der fachübergreifende Zusammenschluß zu einem Forschungsprogramm für synthetische lebende Systeme ist noch jung, und bisher haben nur wenige Biologen, die nicht selbst an einem der KL-Projekte arbeiten, Reaktionen gezeigt. Doch das ist nur eine Frage der Zeit. Als in den fünfziger Jahren Logiker, Informatiker, Philosophen, Psychologen und Sprachforscher ihre Zusammenarbeit auf dem Gebiet der Künstlichen Intelligenz beschlossen, entstand eine heftige Debatte. Viele Psychologen betrachteten – und tun es noch heute – das Projekt mit dem größten Mißtrauen. Die Geschichte der KI-Forschung ist deshalb auch die Geschichte einer ständigen Diskussion zwischen Enthusiasten, die schnelle Fortschritte versprechen, und Kritikern, die die grundsätzliche Unmöglichkeit des gesamten Projekts proklamieren. Man übersieht dabei die große Zwischengruppe in der Disziplin selbst, die unverdrossen und pragmatisch an dem arbeitet, was der Wissenschaftshistoriker Thomas Kuhn «puzzle solving» nennt: das mühselige Handwerk der Forschung, das darin besteht, die kleinen Probleme mit den verfügbaren Methoden zu lösen, die sich aus dem Blickwinkel der betreffenden Disziplin ergeben, und die Teillösungen danach wie ein Puzzle zu einem Bild zusammenzufügen.

Die Kritik, die Biologen am Künstlichen Leben üben werden, gleicht in gewisser Weise der Kritik an der KI-Forschung, aber die Diskussion hat sich inzwischen verändert: KL-Forschung selbst ist nämlich inzwischen zu einem Beitrag in der KI-Debatte geworden. Sie steht für den Ansatz, auch die Künstliche Intelligenz «von unten», also ausgehend von den einfachsten biologischen oder bio-logischen Prinzipien, aufzubauen. Einige Biologen werden sicher behaupten, daß eine so verstandene KL-Forschung aus naturwissenschaftlicher Sicht reichlich künstlich erscheint. Ob jedoch die Kritik am Künstlichen Leben genauso heftig ausfällt wie die an der Künstlichen Intelligenz, wird davon abhängen, welche Ergebnisse die Alifer in den nächsten fünf bis zehn Jahren vorlegen können, sowie von den Mitteln, die den Forschungsprogrammen zur Verfügung stehen.

Sehen wir uns noch einige weitere Einwände[98] und offene Fragen biologischer und philosophischer Art an. Es ist noch zu früh, eine endgültige Bewertung abzugeben; dennoch ist es meine Absicht, die Diskussion über einige zentrale KL-Probleme in Gang zu bringen.

Neo-Behaviorismus?

Es gibt unterschiedliche Argumente gegen Künstliches Leben – nicht alle sind gleich stark. Nehmen wir als Ausgangspunkt die «sieben Gebote» (vgl. S. 24–27):

1. *Unmögliche Biologie.* Künstliches Leben ist nicht die Biologie des Möglichen (erstes Gebot); es ist möglicherweise Informatik und Mathematik, aber als Biologie ist es unmöglich! Der Grund besteht ganz einfach darin, daß die Biologie an die Erforschung des tatsächlich auf unserem Planeten existierenden Lebens gebunden ist, dessen wichtigster Wesenszug seine Einmaligkeit ist. Wir können zwar Leben nicht definieren, aber wir können eine unvollständige Liste von Eigenschaften lebender Prozesse aufstellen. Ernst Mayr, einer der Begründer der «modernen Synthese» beziehungsweise des Neodarwinismus in der Biologie, hat eine solche Liste skizziert[99], und wir können uns mit dem Punkt der Einzigartigkeit begnügen. Das *chemisch Einzigartige* am Leben besteht darin, daß wir nirgendwo sonst in der Natur die Makromoleküle finden, aus denen die Zellen bestehen: Nukleinsäuren, verschiedene Arten von Proteinen, Membranlipide usw. Zu glauben, man

könne all das wegabstrahieren und immer noch etwas Lebendiges zurückbehalten, ist eine Illusion. Außerdem ist Leben *biologisch einzigartig*, weil keine zwei Organismen in jeder Beziehung identisch sind; das Leben weist eine enorme Variabilität auf, was in einem sehr radikalen Sinne Organismen von Gegenständen der physikalischen oder mathematischen Wissenschaft unterscheidet. Hier findet sich nichts, was den drastischen Veränderungen, von der Geburt bis zum Tod, gleicht, die lebende Wesen kennzeichnen. Mayr meint, daß sich die Biologie an diesem Punkt, der mit der Historizität des Lebens zusammenhängt, radikal von den Dingen unterscheidet, mit denen sich die physikalisch-chemischen Disziplinen befassen.

Ein Problem dieses Einwandes beruht auf der teilweise veralteten Auffassung von Physik und Mathematik als Mechanik und Logik. Viele der Züge, die Mayr als charakteristisch für Leben bezeichnet (etwa der «Indeterminismus», der das Entstehen neuer, unvorhersehbarer Qualitäten auf einer höheren Ebene betrifft), sind eben gerade Gegenstand der Nichtgleichgewichtsthermodynamik, der Chaostheorie und der KL-Forschung. Wer die chemische Einzigartigkeit hervorhebt, wird von Alifern des «Kohlenstoffchauvinismus» geziehen, der darin besteht, die Möglichkeit von Leben in einem anderen Medium ohne Argumente zu leugnen. Statt dessen sollte man lieber nach der *Relevanz* fragen: Welchen Sinn macht es, Ressourcen dafür zu opfern, Leben in fremden Medien zu untersuchen, wo wir doch auf so vielen Gebieten noch sowenig über das irdische Leben wissen.

2. *Asynthetisch.* An eine holistische Methode zu appellieren, indem man behauptet, KL würde Leben *synthetisieren* (zweites Gebot), während die traditionelle Forschung es nur *analysieren* und destruieren könne, ist mehrfach irreführend: Erstens gibt es in der modernen Biologie nicht nur analytische Wissensfragmente; sie verfügt vielmehr durch die breiteren Theoriebildungen auf den Gebieten der Evolution, Zellbiologie und der Ökologie über eine ganze Reihe zusammenhängender Erkenntnisse. Zweitens läßt sich eine so komplexe Ganzheit wie ein Organismus nicht auf eine äußerliche Art und Weise «synthetisieren». Es ist gerade seine organische Autonomie, oder mit Maturanas Begriff: seine Autopoiese, die ihn als lebende Einheit definiert, und nicht die Frage, wie weit er eventuell auf eine mehr oder weniger ganzheitliche Art studiert werden kann.

3. *Unechtes Leben.* Die sogenannten Computerorganismen, von de-

nen in den verschiedenen Modellen die Rede ist, sind kein Leben und werden auch nie richtiges Leben werden (entgegen dem dritten Gebot). Doch die Alifer behaupten nicht, daß beispielsweise einfache Maschinencodes in VENUS oder die «boids» in Craig Reynolds' Simulation eines Vogelschwarms echt sind; sie behaupten, daß das *Verhalten*, das im Wechselspiel der einzelnen Teile im Modell entsteht, genauso genuin ist wie echtes Verhalten oder echte Entwicklung, echtes Leben: eine rein äußerliche Betrachtung allerdings, ein Neo-Behaviorismus, der von der Ähnlichkeit auf die Identität schließt. Wenn nur das Input-Output-Verhältnis eines vorhandenen Organismus und seines Blackbox-Modells übereinstimmen, dann ist die Black box lebendig. Und das ist ein sehr oberflächliches Kriterium für Leben – nicht viel besser als die animierten mechanischen Tiere aus Schrauben und Zahnrädern.

Alan Turing hat einmal als Gedankenexperiment einen Test vorgeschlagen, mit dem man entscheiden könne, ob eine Maschine intelligent sei: Man lasse eine Person mit einer Maschine kommunizieren (etwa per Brief), ohne daß diese Person weiß, ob es sich um eine Maschine oder einen anderen Menschen handelt. Kann die Person anhand der Antworten, die sie auf die Fragen erhält, nicht entscheiden, ob sie von einer Maschine oder einem Menschen kommen, dann hat die Maschine den Test bestanden. Die umfassende Diskussion des Turing-Tests, die mit der KI-Kritik folgte, hat inzwischen klar gezeigt, daß ein solcher Verhaltenstest nicht zufriedenstellend ist. Beispielsweise fällt es relativ leicht, Programme zu schreiben, die Fragen so beantworten, daß sie menschlichen Antworten ähneln, ohne daß das Programm auch nur das geringste Sprachverständnis besäße oder anderes «intelligentes» Verhalten aufwiese. Analog dazu ist ein reiner Verhaltenstext für KL nicht besonders aufschlußreich. Es gehört nicht sehr viel dazu, ein Programm nach den KL-Prinzipien herzustellen und interessantes Verhalten zu erzeugen, das zwar komplex ist, aber nicht viel mehr Biologie enthält als ein Billardspiel.

4. Alles Leben ist Stoff. Diese halbe Wahrheit ist ebenso gut wie der Gedanke, daß alles Leben Form ist (viertes Gebot). Einerseits muß die Biologie Leuten wie Langton und Farmer recht geben, daß der spezielle Stoff nicht wesentlich für die biologische Form ist: Die Moleküle in unserem eigenen Körper, von der Haut bis zu den Knochen, befinden sich im ständigen Austausch, so daß nicht sie die Form bestimmen können. Andererseits können Embryologen und Molekularbiologen gemeinsam darauf verweisen, daß die Form etwa des Körpers einer Fruchtfliege unter anderem von Genen bestimmt wird, die «morphogene» Stoffe kodieren, und daß man unbedingt die spezifische Struktur dieser Stoffe kennen muß, um die eigentlichen Mechanismen der Formerzeugung zu verstehen (die allerdings noch so gut wie unbekannt sind). Man darf außerdem eines nicht vergessen: Um zu erklären, daß ein bestimmter biochemischer Bestandteil im Körper überhaupt eine besondere biologische Funktion erfüllt, reichen nicht die Funktionen selbst, man muß auch die spezifische Struktur des betreffenden Stoffs kennen. Auch eine lebende Zelle läßt sich nicht in totaler Abstraktion von den stofflichen Teilen, Atomen und Molekülen verstehen, aus denen sie aufgebaut ist. Hierauf gründet die gesamte Molekularbiologie ihren Erfolg. Hier hat auch von Neumann, wie wir gesehen haben, seinen Vorbehalt gegenüber einer reinen Formalisierung von etwas so Organischem wie Selbstreproduktion ausgedrückt.

Der Biochemiker Jesper Hoffmeyer beschreibt es wie folgt: Leben ist gerade dadurch charakterisiert, daß es sowohl eine digitale Selbstbeschreibung (in genetischer Form) besitzt als auch analoge Aspekte, die nicht sprachlich sind, aber doch mit der physischen Umwelt in Wechselbeziehung stehen. Und auch der amerikanische Physiker Howard H. Pattee beurteilt eine lebende Zelle mit Hilfe dieser beiden Argumente; er spricht von der Komplementarität zwischen dem linguistischen (DNS-Code, Selbstbeschreibung) und dem dynamischen Aspekt (der physikalisch-chemischen Arbeit, die die Zelle leistet).

Dennoch bekräftigt die Molekularbiologie auf eine verdrehte Weise die These vom Leben als Form: Wollen wir nämlich die materiellen Grundlagen der Lebensprozesse mit Hilfe der Biochemie und der Molekularbiologie verstehen, sind wir immer noch darauf angewiesen, Formen zu studieren – nur auf einer niedrigeren Ebene. Was auf einer Ebene (zum Beispiel der Zelle) als «Materie» auftritt, die die spezifische Form der Zelle unterstützt, erscheint auf der darunterliegenden Ebene als neue Form (die spezifischen Formen der Makromoleküle, die unter anderem die Affinität der Enzyme für bestimmte Reaktionen bestimmen). Diese Formen haben ihrerseits eine stoffliche Grundlage auf einer noch niedrigeren Ebene und so weiter. Am Ende können wir trotz allem die Materialität in eine Reihe von Organisationsformen auf unterschiedlichen Ebenen auflösen. Schon für Aristoteles waren Form und Materie zusammengehörige, relative Begriffe: der Stoff (Holz), der zu einem bestimmten Ding geformt ist (Stuhl), hat selbst eine Form (die «Holzheit»). Man kann deshalb immer fragen, auf welchem Stoff (Kohlenstoff) eine Form (Holzheit) basiert und was wiederum dessen Form darstellt – aber im Gegensatz zu Aristoteles sind wir vorsichtig mit der Behauptung, daß wir bis zur «ersten Materie» vordringen werden, die ganz ohne Form ist.

5. *Leben bricht Regeln.* Als Prinzipien für mathematische Modelle lebender Systeme betrachtet, kann man kaum etwas biologisch Vernünftiges gegen die letzten drei Gebote einwenden (5: Aufbau von unten nach oben; 6: paralleler Aufbau; 7: emergentes Verhalten). Hier lautet der kritische Einwand, daß es nur sinnvoll sei, diese drei Prinzipien zu beachten, *wenn* man Künstliches Leben konstruieren will; daß es *aber* aus anderen Gründen zweifelhaft ist, ob rein digital implementiertes Leben überhaupt Leben genannt werden kann.

Der spontanistische Biologe kann noch hinzufügen, daß Leben in zellulären Automaten, ganz egal ob es sich um Stilleben, qualmende Dampfloks oder glatte Gleiter handelt, immer denselben deterministischen Regeln folgt. Das echte biologische Leben dagegen – das die Alifer gern zum B-Life degradieren (und die dazugehörigen Biologen zu B-Forschern?) – ist gerade dadurch charakterisiert, daß es Regeln *bricht.* Das Leben ist zwar ein Spiel, aber es wird nicht nach festen Regeln gespielt; die Regeln selbst entwickeln sich weiter, und während der Entwicklung werden alte Regeln verworfen. Die Modelle der Alifer sind eben nur Modelle; sie fangen nicht die anarchistische Tendenz des Lebens ein, Regeln zu brechen... jedenfalls nicht diejenigen, die die Biologen selbst als generelle Gesetzmäßigkeiten aufzustellen versucht haben: Die Biologie gehört zu den Wissenschaften, die jede Regel gleich durch eine Reihe von Ausnahmen ergänzen (diese Regel ausgenommen).

6. *Emergenz ist vielerlei.* Es ist möglich, daß Künstliches Leben emergent ist (siebtes Gebot), aber was soll das eigentlich bedeuten? Das Leben als biologische Ganzheit ist ein offener Prozeß, in dem sich neue Eigenschaften entwickeln, sowohl aus der evolutionären Perspektive, wenn neue Arten entstehen, wie in der Entwicklung des einzelnen Individuums, wenn der Genotyp (um es einmal ganz simpel auszudrücken) sich zum Phänotyp entfaltet. Neue Arten lassen sich nicht deduktiv aus alten «ableiten», und die phänotypischen Eigenschaften sind nicht explizit im Genotyp kodiert. Emergenz ist also ein Faktum in biologischen Systemen. Doch auch in rein physikalischen Systemen entstehen neue

oder übergeordnete Eigenschaften, die nicht direkt auf die Eigenschaften der darunterliegenden Ebene zurückgeführt werden können. Emergenz ist ein unklares und unzulängliches Kriterium für die Echtheit Künstlichen Lebens.

In den folgenden Abschnitten des Kapitels werden wir uns etwas detaillierter mit diesen Argumenten befassen. Wer will, kann aber auch gleich zum nächsten Kapitel springen; es enthält eine übergreifende, abschließende Diskussion.

Das Auge des Betrachters

Die Behauptung, man könne die logische Form eines Organismus von seiner materiellen Konstruktionsbasis trennen, und die Fähigkeit des Organismus, zu leben und sich zu reproduzieren, sei allein eine Eigenschaft der Form, wird einem Molekularbiologen nicht einleuchten. Der empirisch reichhaltige Begriff von der Zelle als biologischer Einheit bringt es mit sich, daß *Form* und *Stoff* keine getrennten Realitäten darstellen. Und wenn die These vom Leben als reiner Form nicht für die Zelle als fundamentale biologische Einheit gilt, ist ihre Gültigkeit auf anderen Gebieten der Biologie sicher ähnlich begrenzt.

Oft drücken sich Kritiker nicht sehr präzise aus, wenn sie etwas so Metaphysisches wie Künstliches Leben bekämpfen. Ich werde also versuchen, ihre Argumente zu präzisieren. Zunächst präsentiere ich ein Argument gegen die starke KI-These, die von der Medium-Unabhängigkeit des Phänomens Leben ausgeht und dies durch die folgende Behauptung untermauert: Wenn Künstliches Leben durch die Rechenoperationen bestimmter Programme realisiert wird und emergente, lebensähnliche Eigenschaften entstehen, handelt es sich tatsächlich um die *Realisierung* neuer Lebensformen (in einem anderen Medium) und nicht nur um Simulationen.[100]

Zuerst einmal muß gesagt werden, was das Gegenargument nicht behauptet. Es leugnet nicht, daß auch in anderen physikalischen Medien (beispielsweise auf anderen Planeten) Phänomene entstehen können, die wir nach allen Kriterien lebend nennen würden. Leben ist möglicherweise nicht an eine bestimmte Kohlenstoffchemie gebunden; aber es ist wahrscheinlich so, daß die *Art und Weise*, wie Leben sich in anderen physikalischen Medien selbst organisieren wird, von der bestimmten Physik abhängt, die typisch für das betreffende Medium ist. Geleugnet wird also die Unabhängigkeit der Lebensformen von ihrem Medium im starken Sinne, ohne die mögliche Realisation von Leben in anderen physikalischen Medien auszuschließen. Diese anderen Medien, die auch durch physikalische Größen wie etwa Gravitation charakterisiert sein müssen, werden den Lebensformen, die sich entwickeln könnten, nur andere Grenzen setzen. Eine schwächere Schwerkraft zum Beispiel würde größere Tiere ermöglichen.

Das Gegenargument leugnet ebenfalls nicht, daß es jederzeit möglich ist, Selbstreproduktion und Aspekte lebender Systeme zu simulieren, ähnlich wie das Wetter oder die Volkswirtschaft. (Man muß selbstverständlich immer fragen, ob eine solche Simulation oder ein solches Modell die wesentlichen Züge des Systems einfängt.) Hingegen wird der Behauptung widersprochen, daß Modelle vollgültiges und genuines Leben realisieren, nur weil sie nach bestimmten Berechnungsprinzipien aufgebaut sind.

Das eigentliche Gegenargument [101] ist einfach und beruht auf einigen relativ unumstrittenen Prämissen: 1. Computerprogramme manipulieren distinkte Symbole nach formalen Regeln; sie verfügen über eine diskrete, digitale Syntax. Das gleiche gilt für zelluläre Automaten, die auf normalen sequentiellen Maschinen laufen können. 2. Biologische Zellen existieren unter der Bedingung einer Selbstreproduktion, die jedoch nicht identisch ist mit dem Kopieren von Information. Die Teilung der Zelle ist ein materieller Prozeß, der unter anderem die Verdopplung des genetischen Materials beinhaltet (Beispiel: die DNS-Replikation, bei der die genetische Information kopiert wird). Das Leben als Gesamtphänomen setzt Selbstreproduktion voraus. 3. Syntax oder Digitalität als solche sind weder hinreichende noch notwendige Bedingungen der Selbstreproduktion.

Diese Prämissen führen direkt zur Schlußfolgerung A: Programme als solche reichen nicht aus, um Selbstreproduktion zu realisieren. Ein Programm kann sich nicht selbst reproduzieren. (Ob es sich selbst kopieren kann, ist eine andere, ebenso zweifelhafte Frage.) Die Schlußfolgerung besagt nicht, daß Menschen nicht eines Tages in der Lage sein könnten, ein künstliches System zu erschaffen, das lebt und zur Selbstreproduktion fähig ist; sie besagt, daß dies nicht allein auf der Basis von Rechenmanipulationen und formalen Symbolen geschehen kann (was kaum überrascht). Ob das Ganze seriell abläuft wie auf klassischen

Computern oder parallel, ist zweitrangig, denn mathematisch gesehen sind diese unterschiedlichen Architekturen formal äquivalent.

Die vierte einfache Annahme lautet, daß das biochemische Netzwerk verschiedener Stoffwechselprozesse und ihrer Hüllen, der biologischen Membranen, ausreicht, um eine funktionale selbstreproduzierende Einheit zu bilden (die Zelle) – und damit einen einfachen Organismus.

Hieraus folgt die triviale Behauptung B: Jedes andere System, das Selbstreproduktion verursachen kann, muß im Besitz von kausalen Kräften sein, die wenigstens denen einer Zelle entsprechen. Das gilt ebenso für ein artifizielles System. Somit verstehen wir auch die Schlußfolgerung C: Ein künstlich geschaffenes selbstreproduzierendes System kann nicht nur im Ablauf eines formalen Programms bestehen, und Schlußfolgerung D: Die Art und Weise, wie Zellen sich tatsächlich selbst reproduzieren oder andere essentielle biologische Eigenschaften realisieren, findet nicht in einem einfachen Computerprogramm statt.

Die Aktivität einer Zelle beinhaltet mehr als den Vollzug eines Programms – und letzten Endes erreicht Langton nichts anderes, wenn er seinen zellulären Automaten laufen läßt. Ganz sicher sind Langtons Schleifen ein Beispiel für parallele Berechnung und rein lokale Interaktion im Gegensatz zu Programmen, die Intelligenz nach der «Von-oben-nach-unten»-Methode der KI-Forschung simulieren. Dennoch ist es immer noch Berechnung. Aber haben wir denn nicht *gesehen*, wie neue Muster gewachsen sind und sich immer wieder geteilt haben? Waren wir nicht überrascht, wie lebensähnlich sie sich verhielten? Doch, aber wir müssen unterscheiden zwischen der «Emergenz», die die Simulationen *in uns* auslösen, wenn wir sie beobachten, und dem Phänomen als solchem. Daß die Muster, die zelluläre Automaten erzeugen, uns real vorkommen, besagt nicht, daß sie Prozesse realisieren, die die gleichen Eigenschaften besitzen wie die Prozesse der Natur, deren Modelle sie sind. Ein Gleiter oder ein Schleifen-Muster ist immer noch virtuelle Realität. Es ist wichtig zu unterstreichen, daß – bei allem Respekt vor Langtons Modellen – noch niemand eine selbstreproduzierende Maschine gebaut hat.

Das letzte Argument gilt nicht nur für Selbstreproduktion, sondern für alle Formen computationaler Emergenz. Der Systemtheoretiker Peter Cariani hat zu erklären versucht, warum.

Die vielen Formen der Emergenz

Im April 1990 tauchten auf den Bildschirmen der Alifer, die dem elektronischen KL-Mailbox-Netzwerk angeschlossen waren, drei Fragen auf. Der Absender war Cariani; die Fragen lauteten: Was unterscheidet eine emergente Berechnung von einer nichtemergenten? Was unterscheidet eine «künstlich lebende Simulation» von einer, die das nicht ist? Hängen diese Unterschiede vom formalen Verhalten der ausgeführten Berechnungen ab oder von der Deutung eines außenstehenden Beobachters/Programmierers?

Auslöser für die Fragen war die lakonische Bemerkung, bevor wir nicht eine eindeutige Definition für «Leben» hätten und eine Methode, mit der wir Lebendes von Unbelebtem unterscheiden könnten, wäre Künstliches Leben nur ein spezialisierter Zweig der Computerprogrammierung und kein selbständiges Forschungsgebiet mit weitreichenden Konsequenzen für die anderen Wissenschaften.

Die Argumente, die Cariani für seinen eigenen Standpunkt vorbringt, sind aufschlußreich, nicht nur für unser Verständnis von «lebenden Maschinen», sondern auch von «denkenden Menschen», neuronalen Netzen usw.[102] Ihr Kernpunkt ist, daß lebende Organismen in einer Beziehung zu ihrer Umwelt stehen, die nicht nur auf Berechnung beruht, sondern auf «Messung» (Wahrnehmung der Umgebung) und operativer Tätigkeit (aktivem und kontrolliertem Verhalten). *Berechnung* läßt sich von ihrem physikalischen Substrat abstrahieren, *Messung* jedoch nicht. Berechnungen, insoweit wir sie als deterministische Zustandsübergänge beschreiben können (und das gilt per definitionem für berechenbare Phänomene), gestatten uns, vom materiellen Substrat zu abstrahieren, und sind somit offen für einen gewissen Platonismus. Messungen hingegen sind stets indeterministisch: Wir haben nie die volle Kontrolle über das Verhältnis zwischen dem Gemessenen und dem Instrument, mit dem wir messen. Das würde auch den Meßvorgang als solchen sinnlos machen. Diesen Aspekt der Meßsituation betonten zum Beispiel Niels Bohr und die «Kopenhagener Deutung» der Quantenmechanik. Messungen sind nichtdeterministisch und relativ zu einem Beobachter und dem Beobachteten. Wir können nicht in der Art rein mathematischer Beschreibungen das Substrat wegabstrahieren (deshalb steht ein aristotelisches Stoff-Form-Denken besser im Einklang mit der «Philosophie des Messens»). Durch «Messen», Wahr-

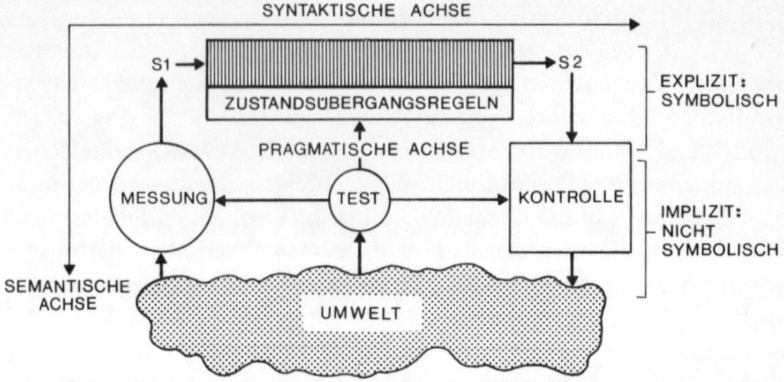

Bild 25: Die basalen Zeichen-Funktionen in einem Organismus oder die Modellrelationen in einer Maschine, etwa einem Roboter mit Sensoren und einem Steuerprogramm. Die Berechnung erfolgt rein syntaktisch. Messung und Kontrolle berühren das Verhältnis zur Umwelt und sind deshalb semantisch. Bei der Messung oder der Wahrnehmung wird ein nichtsymbolischer Input in einen symbolischen umgesetzt. Umgekehrt werden die symbolischen Ergebnisse der Berechnung in nichtsymbolische Interaktionen mit der Umwelt umgesetzt, die allerdings auch kontrollierender Art sein können. In der Evolution oder in menschlichen Design-Situationen wird die Wahl bisheriger Meß-, Berechnungs- und Handlungsoperationen getestet und verändert: das ist der pragmatische Aspekt (nach Cariani 1992, vgl. Anm. 102).

nehmung und Aktivität stehen wir in einer offenen und pragmatischen Beziehung zur Umwelt.

Das ist ein fundamentaler Unterschied zum Computerleben, dessen Umwelt ebenfalls simuliert ist: Es steht nicht in der gleichen offenen, unbestimmten Beziehung zu seiner Umwelt, weil auch sie auf seiner Berechnung beruht – digital und determiniert. Diese grundlegende Einsicht hat Cariani zu folgender These verfeinert:

Die interne Zeichenrelation in einem Organismus oder einer künstlichen Einheit und das Verhältnis zwischen Organismus und Umwelt lassen sich folgendermaßen skizzieren (Bild 25): Dreierlei Prozesse sind beteiligt. Die *nichtsymbolischen Interaktionen* sind rein «analog», nicht gemessen und laufen in der physikalischen Umwelt ab (weder «Input» noch «Output» des Prozesses schließen den Gebrauch von Symbolen ein). *Berechnungen* sind rein formale, auf Regeln basierende Manipulationen von Symbolen (sowohl Input als auch Output sind symbolisch). *Messungen* und *Kontrolloperationen* setzen die Symbole im formalen Teil des Systems in Beziehung zur Außenwelt als solcher (bei der Messung ist der Input nichtsymbolisch und der Output symbolisch, bei der Kontrolloperation ist es umgekehrt).

Man kann auch sagen, daß Berechnungen logisch-notwendige, konventionell bestimmte *syntaktische* Operationen sind. Messung, operative Tätigkeit oder Handlung hingegen stellen empirisch-kontingente, materiell gesteuerte *semantische* Operationen dar, weil sie biologisch Sinn für den Organismus machen; sie schreiben der Berechnung eine Bedeutung für die betreffende Einheit oder den Organismus zu (was dem Überleben und der Leistung dient, sofern die Semantik geeignet ist). Die Wahl der passenden Messungen, Kontrollhandlungen und Berechnungen, die entscheidend dafür ist, inwiefern das Welt-«Modell» dieser Einheit ihre funktionalen Bedürfnisse befriedigt, bestimmt schließlich die zweckmäßigen *pragmatischen* Operationen.

Dieses Modell der syntaktischen, semantischen und pragmatischen Relationen eines gegebenen physikalischen Systems ermöglicht es, präzise Bedingungen für Emergenz zu nennen: Cariani nennt dies den «Gesichtspunkt der Emergenz im Verhältnis zu einem Modell» und stellt ihn dem unpräziseren Begriff der computationalen Emergenz der Alifer gegenüber sowie dem von bestimmten Physikern verwendeten Begriff der «thermodynamischen Emergenz». Nach Carianis Meinung ist *Emergenz* die Verhaltensabweichung eines physikalischen Systems vom Modell, das ein Beobachter von diesem System hat. Wenn wir ein physikalisches System beobachten, das seine innere Struktur und damit sein Verhalten radikal ändert, müssen wir unser Modell verändern, damit wir das Verhalten des Systems weiter beobachten (und eventuell Vorhersagen treffen) können. Können wir dem System aber mit dem alten Modell «folgen», dann ist eben nichts essentiell Neues entstanden – Emergenz liegt nicht vor.

Ein System ist *syntaktisch-emergent*, wenn sich das Muster syntaktischer Zustandsübergänge verändert. Ein neuronales Netzwerk modifiziert zum Beispiel durch Training seine computationalen Zustandsübergänge im Verhältnis zur Umwelt. Wählt der Beobachter ein Modell des Netzwerks, das mit dem Rechenzustand der Maschine zusammenfällt, wird das Muster der Übergänge sich nach jeder Trainingsrunde verändern, und das Verhalten des Netzwerks würde emergent erscheinen.[103] Ein System ist *semantisch-emergent*, wenn (im Verhältnis zum

Modell des Beobachters) neue Messungen oder Kontrolloperationen vorgenommen werden. Eine Messung ist emergent, wenn der Organismus sich die Fähigkeit angeeignet hat, Qualitäten in der Welt wahrzunehmen, die zuvor im Modell des Beobachters nicht vorhanden waren. Cariani meint, daß kybernetische Einheiten mit semantischer Emergenz derzeit unbekannt sind; abgesehen von denen, die die Natur selbst erfunden hat.

Die allgemeinsten computationalen Systeme sind digitale Rechner mit Programmen, die auf präspezifizierte Regeln und elementare Berechnungszustände begrenzt sind. Unser Referenzrahmen als Beobachter umfaßt die möglichen Maschinenzustände. Auch wenn es sich um unglaublich viele handelte, wäre unser Modell von der Maschine völlig zustandsdeterminiert. Solange es keinen verborgenen Input gibt, der nicht zu unserem Modell gehört, wird die Maschine sich, bei gleichem Anfangszustand, weiterhin genau gleich verhalten. Neue Zustandsübergänge können nicht emergieren, wenn wir die Maschine mit den gleichen Input-Daten laufen lassen; sie wurde ja absichtlich und bewußt so entworfen, daß sie unabhängig von Temperaturschwankungen und anderen Umweltstörungen funktioniert. Das gilt auch für Simulationen, die eine Teilmenge des gesamten Maschinenzustands als Zustandsraum haben. Solange wir das totale Programm beobachten, den totalen Input und die Gesamtmenge zugelassener Zustände, wird die Simulation jedesmal exakt das gleiche Verhalten liefern, ohne jede Emergenz im Verhältnis zu einem Beobachter. Das Simulationsmodell des Beobachters wird nicht abweichen vom eigentlichen Computer, auf dem die Simulation abläuft.

Das gilt selbstverständlich auch für KL-Simulationen oder Systeme wie Langtons «emergente Berechnungen» an der Grenze zum Chaos in der künstlichen Physik. Alle Computersimulationen lassen sich als endliche Zustandsautomaten beschreiben, als formale Systeme zur Symbolmanipulation. Als Beobachter können wir prinzipiell immer einen Referenzrahmen finden, der unsere Simulation nichtemergent macht – weil nämlich zelluläre Automaten äquivalent sind mit universellen Turing-Maschinen oder finiten Zustandsautomaten. Wenn wir die Variablen, die wir beobachten, zusammenfallen lassen mit ebenjenen stabilen Maschinenzuständen im Automaten, werden wir immer ein nichtemergentes, zustandsdeterminiertes System sehen.

Mag man von «offener und unbestimmter Evolution» sprechen und von der Emergenz neuer Eigenschaften auf höherem Niveau in dieser Art von Modellen; von Versuchen, die Größe der Simulation zu steigern, zufällige oder chaotische Prozesse zu simulieren, das Verhältnis zwischen Genotypen und Phänotypen zu repräsentieren – all dies ändert nichts an der grundsätzlichen Wiederholbarkeit der Simulationen. Auch die Rede von Mustern, die aus dem Chaos entstehen, ist leicht irreführend: Wer Emergenz untersucht, kann nicht plötzlich den Referenzrahmen wechseln, indem er von Mikrozuständen wie Bildschirmpunkten plötzlich zu Gleitern und wogenden Signalen oder anderen Makrozuständen übergeht.

Die interessanten emergenten Ereignisse, die bei der Simulation von Leben künstlich erzeugt werden, liegen nicht in den Simulationen selbst, sondern darin, daß sie die Art und Weise verändern, wie *wir* über die Welt nachdenken und in ihr handeln. Laut Cariani sind Simulationen weniger in sich selbst emergent, als daß sie emergente Prozesse *in unseren eigenen Sinnen* auslösen.

Carianis Skepsis gegenüber dem Künstlichen Leben hier und heute beruht also nicht darauf, daß Selbstreproduktion etwas Essentielles am Leben sei, was noch nicht in Form autonomer selbstreproduzierender Maschinen nachgeahmt worden sei. Auch nicht darauf, daß das Leben als solches «eine schleimige Angelegenheit» ist, das essentiell auf eben die entsprechende schleimige Biochemie angewiesen ist, die wir heute kennen. Aber Leben ist in einem anderen Sinn schleimig: Es steht in einem beständigen *nichtdeterministischen* Verhältnis zu seiner Umwelt. Ein Verhältnis, das deswegen «eklig» ist, weil es uns nicht gelingt, auf rein syntaktisch-formale Weise das messende Verhalten einzufangen – genau wie die biologischen Prozesse, das Anpassen von Handlungen, die ganze *Flexibilität*, die durch eine veränderliche Umwelt notwendig wird. Sowohl für uns als Beobachter als auch für die Organismen selbst ist es unmöglich, das Verhältnis zur Umwelt vollständig zu kontrollieren. Im Prinzip ist es diese *Unbestimmtheit*, die es einem Tier in kritischen Sekunden ermöglicht, um sein Leben zu laufen.

Regeln und Gesetze

Vielleicht sollten wir Kant wiederbeleben (oder seine medium-unabhängigen Gedanken) und die Unterscheidung, die er in einem anderen Zusammenhang gebrauchte[104]: die Unterscheidung zwischen erstens Systemen, die *einer Regel folgen*, das heißt: die eine Repräsentation, Symbole konsultieren, Berechnungen mit ihnen anstellen etc., wobei die Art dieser Repräsentation entscheidend ist für die jeweilige Aktivität; und zweitens Systemen, die *sich in Übereinstimmung mit einer Regel bewegen*, die sich also so benehmen, *als ob* sie eine Regel konsultiert hätten. Letztere Regelmäßigkeit beruht jedoch nicht auf gespeicherter Repräsentation, sondern auf naturgesetzlicher Kausalität. Auch wenn meine Verdauung normalerweise ziemlich regelmäßig arbeitet, ist mein Magen kein Computer, der bei jedem neuen Beefsteak in einem Datenbestand nach einer Prozedur für Beefsteakverdauung sucht. Aber man kann es sicherlich so beschreiben.

Ein Apfel fällt auf die Erde. Der Fallweg in den ersten t Sekunden ist entsprechend Newtons Gesetzen gleich der halben Schwerebeschleunigung mal dem Quadrat von t. Der Apfel folgt dennoch keiner Regel, er bewegt sich in Übereinstimmung mit dem Fallgesetz. Wir können keine «computationale Theorie» des Falls aufstellen, ohne den Berechnungsbegriff zu trivialisieren (als würde der Apfel seinen Fall aufgrund der Anziehungskraft der Erde «ausrechnen»). Das gleiche kann für die Verdauung und viele andere biologische Prozesse gelten. Dieses Argument ist wichtig, denn aus ihm folgt auch die Zurückweisung eines rechnerischen, computationalen Zugangs zur Physik im starken Sinne, der nämlich wie Fredkin das Universum als einen einzigen großen zellulären Automaten betrachtet: Die physikalischen Prozesse im Universum «aktualisieren» sich nicht, indem sie eine Zustandsübergangstabelle oder ähnliche Repräsentationen der Naturgesetze konsultieren.

Dennoch lädt Künstliches Leben ein zu einem radikalen Überdenken unserer Auffassungen. Das Risiko besteht darin, daß sich die Theorien als auf schlammigem Grund stehend erweisen. Die Chance liegt in einer Ausweitung des Schneckenhauses unserer Erkenntnisse. Wir sollten keine Angst haben, die Finger in den Schleim zu stecken.

Es simuliert

Wer auf einer KL-Konferenz dem Raritätenkabinett möglicher und unmöglicher Computerorganismen begegnet, die vom Computer auf die Leinwand vor dem Publikum projiziert werden, kann leicht wirr im Kopf werden. Nach einer fünfstündigen Präsentation meldet sich der Drang, echtes Obst oder ein echtes Beefsteak zu sich zu nehmen, um den keineswegs simulierten Hunger zu stillen. Es ist ein Gefühl, als würde man in ein immaterielles Universum aus möglichen Welten entführt und hätte keine Karte des Labyrinths, die einen wohlbehalten in die Cafeteria von Welt Nummer eins zurückbringen könnte.

Manche der Fragen, die KL-Forschern oft gestellt werden, wenn sie ihre Modelle und virtuellen Organismen einer Schar erstaunter Biologen vorführen, lauten: «Woher weißt du, ob die Simulation richtig ist?» – «Welches sind die Kriterien für gültige Modelle, für die Wahl der richtigen Parameter?» oder einfach: «Was sagt das über die Evolution richtiger Tiere und Pflanzen aus?»

Einige Wissenschaftler machen sich offenbar Sorgen, daß die *Referenz zur Wirklichkeit* verschwinden könnte, jedenfalls die, die KL als Beitrag zur Biologie oder zu anderen Bereichen der Erforschung komplexer Systeme akzeptieren. Der Bezug zur Wirklichkeit besteht üblicherweise darin, daß die Naturwissenschaften in der experimentellen Situation einen Kontext herstellen, in dem die symbolische Sprache theoretischer Begriffe – durch Messungen und Beobachtungen – mit den natürlichen Zeichen verbunden wird: mit der Wirklichkeit, von der die Theorien handeln. Diese realistische Auffassung von Theorien basiert nicht auf einer bestimmten philosophischen Doktrin; viel eher handelt es sich um eine fundamentale Intuition, daß die Welt da ist und wir sie in einer Sprache beschreiben können, die es uns erlaubt, sie abzubilden. Die *realistische Intuition* sagt, daß Theorien nicht bloß menschliche Konstruktionen sind, sondern daß sie eine Grundlage in der Wirklichkeit haben und wissenschaftliche Fortschritte unser Verständnis der Natur stetig vertiefen. Das wird von den meisten Naturwissenschaftlern als grundlegendes Element des Forschens betrachtet.

Kritische Philosophen haben diesen Ansatz mit der recht naiven Behauptung gleichgestellt, daß die Sprache «ein Spiegel der Natur» sei; aber Realismus taucht auch in weit weniger naiven Formen auf.

Genau wie ein guter Metzger einen Ochsen zerlegt, indem er das Messer den Öffnungen und Höhlungen folgen läßt, die der natürliche Bau des Tieres vorgibt, ohne zu hacken und Knochen durchzuschneiden, sondern mit wenigen kräftigen Schnitten – genau so muß der Wissenschaftler die Kategorien und Zusammenhänge finden, die den Typen der Natur entsprechen, sowie die einfachste mögliche Erklärung für die fraglichen Phänomene.

Die realistische Intuition läßt sich vielleicht am besten durch folgendes Beispiel veranschaulichen: Die Wissenschaft fertigt eine Karte (eine Kopie) von der Wirklichkeit an, die etwas über die Welt aussagt, so wie sie ist – nicht nur so, wie sie der unmittelbaren Erfahrung erscheint. Die Biologie etwa soll die Mechanismen und Gesetzmäßigkeiten untersuchen und darstellen, die dem oft chaotischen Gewimmel in der biologischen Sphäre zugrunde liegen (Bild 26).

Wenn man diese Auffassung als naiv bezeichnet, will man damit nur andeuten, daß sie die natürliche Einstellung zum Ausdruck bringt. Sie läßt sich dann modifizieren, wenn man mehr erkenntniskritische Fragen stellt – ob beispielsweise die gesammelten Daten nicht von der Theorie abhängen, die man im voraus schon hatte; dann wäre die Information, die man ins theoretische Feld «kopiert», gefärbt durch die Fragen, die man der Natur stellt. Die meisten werden zugeben, daß es sich so verhält (und deshalb kann man den intuitiven Realismus in die philosophischen Versionen des Realismus, Pragmatismus, Instrumentalismus usw. überführen). Dennoch hält man in der Regel an der Auffassung fest, daß die Theorie ein Bild der Wirklichkeit liefert, sei es auch leicht verschleiert, angenähert, verzerrt, fraktal (vgl. S. 20) oder auf andere Weise unvollständig.

Das Unbehagen gegenüber dem Künstlichen Leben rührt daher, daß man nicht weiß, ob es wirklich das Spiel der Natur ist, das in den verschiedenen Simulationen abgebildet wird, oder ob es sich um das autonome Spiel einer selbständigen mathematischen Sphäre handelt – ohne jegliche Referenz zur Wirklichkeit. Der Naturalismus der Naturwissenschaft fühlt sich bedroht! Die Entwicklungen in der Computer- und Informationstechnologie bedrohen den Naturalismus jedoch nicht nur auf wissenschaftlichem Feld.

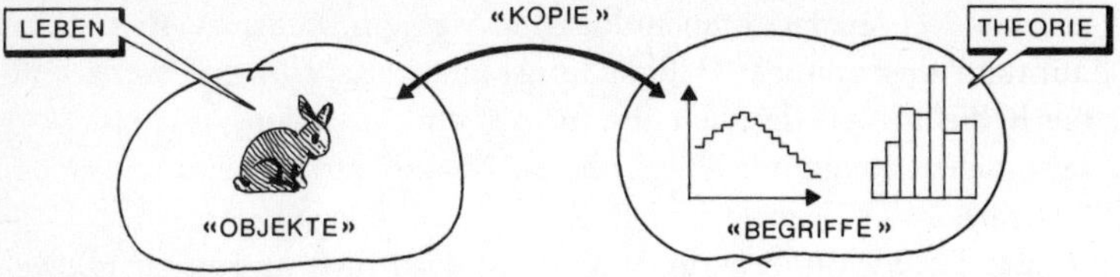

Bild 26: Traditionelle Auffassung von der Biologie (als wahrheitssuchender Wissenschaft) und ihrem Gegenstand (dem Leben, wie es ist). Theorien über das Lebendige sind wie eine Art Karte, deren Funktion es ist, zentrale Aspekte der «Landschaft» zu «kopieren». Die Karte ist nicht die Landschaft, aber wenn die Theorie gut ist, taugt sie als Wegweiser.

Eine postmoderne Wissenschaft?

Es ist erstaunlich, wie gut sich die Forschung auf dem Gebiet des Künstlichen Lebens auf Tendenzen beziehen läßt, die in der Philosophie, der Literatur, Kunst, Politik und überhaupt im sozialen Leben der industriellen Informations- und Massengesellschaft als «postmoderner Zustand» diskutiert wurden. KL bestätigt indirekt die Gegenwartsdiagnose[105], die Philosophen, Kunsttheoretiker und Mediensoziologen wie François Lyotard, Mario Perniola und Jean Baudrillard skizziert haben.

In allen Lebensbereichen haben wir es mit einer Art Entfernung vom Realen und Materiellen zu tun; einer *Derealisierung*, wenn man so will. Kommunikationstechnologien ersetzen den direkten Kontakt mit der Umwelt. Massenmedien schaffen eine eigene Welt, eine Hyperrealität, in der sich Unterschiede zwischen Bild und Wirklichkeit verwischen, weil alles vermittelt ist, alles durch die Mühlen der Kommentatoren, Nachrichtenbüros, Bilder, Standardanalysen, Talkshows gedreht wurde. Die Darstellung eines Ereignisses in den Medien gerät zur Simulation des Ereignisses; ein kompliziertes Spiel, das für alle Parteien wirklicher wird als die Wirklichkeit selbst. Wir haben keinen Zugang mehr zur «rohen Wirklichkeit», weil auch sie eingesponnen ist in das Netz aus Bildern, Botschaften, Zeichen und Vermittlungen der Informationsgesellschaft. Die Substanz schwindet.

Auch die Wissenschaft selbst entmaterialisiert den Stoff, wenn sie die kleinsten Grundbestandteile der Welt auf immaterielle Energiezustände zurückführt, die ihrerseits durch mathematische Formeln beschrieben werden. Hochtechnologische Meßapparaturen verlieren den Charakter unschuldiger Informationskanäle zur Welt und werden zu Filtern, die uns von der Welt abschirmen und Mitteilungen von schwer begreiflichen Realitäten überbringen, die nur als Objekte auf einem Bildschirm erscheinen.

Einige Entwicklungen auf dem Gebiet der Kunst sind als eine Bewegung zu betrachten, die von den wirklichen Gegenständen weg- und hin zur Form und zum Immateriellen führt. Die Kunst hat sich schon lange von der klassischen Idee der naturalistischen Abbildung verabschiedet, für die das Bild nur eine getreue *Kopie* des Wirklichen war (Kunst als *Mimesis*). Jetzt überschreiten die postmoderne Kunst und Architektur auch die moderne Vorstellung vom schöpferischen künstlerischen Subjekt, das souverän *Originale* kraft seiner natürlichen Kreativität hervorbringt (Kunst als *Poiesis*). Statt dessen wird die Kunst zur Simulation, die die Kopien in ein Geflecht von Bedeutungen verwandelt, welche eigentlich nicht neu sind, sondern kleine Spiele repräsentieren, die weitergesandt werden können in einer zeitlosen Unendlichkeit zirkulierender Zeichen.

Das Bild wird ein *Simulakrum*: ein Bild ohne Vorbild, das keinerlei Ansprüche auf Wahrheit, Individualität oder utopische Hoffnungen stellt. Diese metaphysischen Forderungen an das Bild lösen sich auf in Ritualen, die die fortgesetzte Simulation von Kunst in den universellen Medien der Massengesellschaft organisieren. Bauen wird zu einem Mosaik aus losgelösten Stilzitaten – eine rein simulierte Ästhetik, die sich jeglicher Forderung nach Zweckdienlichkeit in Auseinandersetzung mit der funktionalistischen Architektur verweigert.

Simulakrum ist also der Begriff für alles, was mit der Referenz zu einer primären Wirklichkeit gebrochen hat und losgelöst ist von jeglichem ursprünglichen Sinn oder einer Substanz materiellen Charakters. Als Bild ist es weder eine Kopie noch ein Original, es hat jedes Vorbild hinter sich gelassen und ist keine Repräsentation von etwas *anderem* als sich selbst. Als Medienstrom ist das Simulakrum der Ort, wo persönliche Erfahrung, Nachrichten- und Multimedia-Informationen sich vermischen und eins werden. Die Bildmedien stellen die Wirklichkeit nach ihren eigenen Regeln dar und lösen sie auf. Die gleiche Tendenz zur Auflösung des Unterschieds zwischen Kopie und Original zeigt sich auch in den «neuen Wissenschaften», die auf computationaler Technik basieren.

Es ist eben gerade charakteristisch für die Simulationen des «Lebens», die die Alifer produzieren, daß sie nicht von einem natürlichen Territorium ausgehen, geschweige denn von einem experimentellen *physikalischen* System. Substantielle Referenz ist, wenn nicht verlorengegangen, dann an andere übergeben worden. Statt dessen produzieren die Bilder eine fiktive Realität, bei der der Unterschied zwischen Kopie und Original, Beschreibung und Wirklichkeit, sinnlos geworden ist. Das Modell versucht gar nicht mehr, sich durch irgendwelche Ansprüche auf Wahrheit oder Richtigkeit zu legitimieren. Es erschafft ein Simulakrum, ein eigenes Universum, in dem Kriterien rechnerischer Leistungsfähigkeit Wahrheit ersetzen und nur innerhalb ihrer künstlichen Realität selbst Sinn machen.

Die Beziehung zu den Gegenständen – ein Ansatz, den die moderne Naturwissenschaft von der Naturphilosophie und der Mythologie geerbt hatte – ist nicht länger Voraussetzung für die forschende Auseinandersetzung mit einer von uns unabhängigen Natur. Damit verliert Wissenschaft ihre mimetische Funktion. Statt dessen führt die Simulationskapazität zu einer gesteigerten Produktion neuer immaterieller Realitäten, die in ihrer Komplexität scheinbar nicht von der ersten Natur übertroffen werden. Die Erforschung dieses Universums ähnelt zwar den traditionellen empirischen Naturwissenschaften, hat sich aber gleichzeitig von ihrer Fixierung auf eine vorgegebene und gesetzmäßig organisierte Materie gelöst. Künstliches Leben und künstliche Physik ermöglichen den Wissenschaftlern, selbst Mitproduzenten der Gesetze oder Spielregeln zu sein, die sie untersuchen wollen, weil sich im Prinzip beliebige Universen simulieren lassen – mit anderer Schwerkraft, einem anderen Verhältnis zwischen den starken und den schwachen Kernkräften, einer anderen Lichtgeschwindigkeit usw. Die Wissenschaftler schaffen eine *virtuelle Natur*, die die Grenzen des Möglichen erweitert. Das ist sicherlich kein realer, zu erforschender Raum im empirischen Sinne, und die Modelle haben immer noch rein lokalen Charakter, aber sie können Wirklichkeiten auf jedem Niveau simulieren und damit Antworten liefern auf Fragen wie: «Könnte dieses Universum, in dem wir leben, eine andere Struktur haben?» und «Könnten wir diese Frage stellen, wenn das bekannte Universum nicht genau diese Naturkonstanten, diese Masse und diese Asymmetrie zwischen Energie und Stoff besäße?».[106]

Aus dieser Perspektive ist KL als Zeichen für die Entstehung einer neuen Gruppe von Wissenschaften zu werten, die postmodern sind, weil sie die Forderung, ein wahrhaftiges Bild von der Welt zu liefern, entweder aufgegeben oder stark zurückgeschraubt und sich statt dessen darangemacht haben, die Möglichkeiten und Unmöglichkeiten virtueller Welten zu erforschen. Es sind *modale* Wissenschaften: Sie wechseln frei zwischen den Modalitäten von Notwendigkeit und Möglichkeit. So wird Wissenschaft zur «Kunst des Möglichen», weil sie nicht mehr fragt, wie die Welt *ist*, sondern wie sie *sein könnte* – und wie sich andere Universen am effektivsten erschaffen lassen.

Dekonstruktion der Biologie

Wer die KL-Forschung als postmoderne Wissenschaft sieht, in der Computer für den Forscher das sind, was die Natur für den klassischen Naturwissenschaftler war, hat eigentlich nur dem naiven Realismus ein umgekehrtes Vorzeichen gegeben. Er erhält ein Spiegelbild, bei dem die Theorie – die Theorien des simulierten Lebens – eine Konstruktion darstellt, die ebenso willkürlich ist wie die virtuelle Realität im Cyberspace. Damit wäre jedes «Wissen» möglich und gültig – im elementaren Sinne eine Antiwissenschaft.

Man sollte daher das Künstliche Leben und die komplexen Systeme lieber als ein Mittel betrachten, eine Reihe von Annahmen in den etablierten Naturwissenschaften von innen her aufzubrechen, denn diese Forschung zwingt uns, das gesamte Projekt der traditionellen Biologie neu zu überdenken. Diese ist geprägt von teilweise metaphysischen Gegenüberstellungen wie: Form und Funktion, Teil und Ganzheit, Erbe und Umwelt, Organismus und Umwelt, historische Zufälligkeit und milieubedingte Notwendigkeit, Energie und Information, Reduktion und Synthese, Mechanismus und Vitalismus, Begriff und Metapher – Gegenüberstellungen, die sowohl die Methode betreffen als auch den komplexen Gegenstand selbst. Die KL-Konstruktion kann auf einer übergeordneten Ebene dazu beitragen, einige dieser Scheingegensätze aufzulösen oder anders zu kombinieren und ein neues Licht auf die Frage zu werfen, was lebende Organismen sind. Sie kann vielleicht sogar die Gegenüberstellungen von Leben und Tod, organisch und anorganisch kritisieren, die historisch gesehen konstituierend für die Biologie als Disziplin waren. Künstliches Leben kann – indem es organische

Simulakren schafft und durch die Instabilität, die diese im Vergleich zu traditionellen biologischen Begriffen aufweisen – einerseits zu einem tieferen Verständnis der Logik des Lebens beitragen, andererseits zu einer kritischen Neubewertung der Forschungslogik, der sowohl die experimentelle als auch die theoretische Biologie unterliegen: KL als Mittel zur, wie man sagen könnte, *Dekonstruktion* des Gegenstands und des Ziels der Biologie.[107]

Zuerst einmal geht es darum, die naive Auffassung von der Biologie (und der Naturwissenschaft ganz allgemein) als direkter Abbildung zu dekonstruieren. Theorien sind niemals reine Kopien, sondern immer mitkonstituierend für die «Objekte», die sie zu einem rationalen Ganzen verknüpfen.[108] Theorien verwenden Modelle jeglicher Art, um sie in die Domäne des Objekts hinüberzuprojizieren und ihr Verhalten mit der «Wirklichkeit» zu vergleichen – gleichgültig, ob es sich um rein verbale oder um physikalische, formalisierte Modelle handelt, die sich eventuell simulieren lassen.

Weder die Theorie noch das Modell sind als isolierte Simulakren zu verstehen. Man kann allerdings sagen, das wissenschaftliche Sprachspiel erzeuge Simulakren erster Ordnung, das heißt Theorien als Gruppe von Beschreibungen bestimmter, im voraus ausgewählter und theoretisch gefärbter Weltstrukturen. Schon ein so unschuldiger Begriff wie «Ökosystem» ist Ausdruck einer Bio-Logik, die auf ein bestimmtes Phänomen projiziert wird. Die verschiedenen Weltstückchen werden in einem Medium dargestellt, das bezeichnenderweise technische Kunstsprache heißt. Das besondere am Forschungsprogramm KL und anderen computationalen Wissenschaften ist dagegen die Schaffung von Simulakren zweiter Ordnung, die wir unter den oben erwähnten Einschränkungen Kopien der Kopien nennen können. Was unser Urteil über diese Modelle erschwert (in Bild 27 durch ein Fragezeichen angedeutet), ist, daß sie sich auf eine abstraktere Art auf den Gegenstand beziehen als die «normalen» Simulationsmodelle bestimmter physikalisch-biologischer Systeme. Sie haben sich sozusagen beherzter, als wir es gewohnt sind, der Aufgabe angenommen, die Gegenstände, die sie «nachahmen», zu konstituieren, wodurch alte Fragen nach Modellen zur Formbildung, Evolution oder zum Verhalten in einen neuen biotheoretischen Raum eingeschrieben werden.

Die Referenz auf eine «biologische Wirklichkeit» läßt sich in der einen oder anderen Form wohl kaum vermeiden, aber KL fordert uns

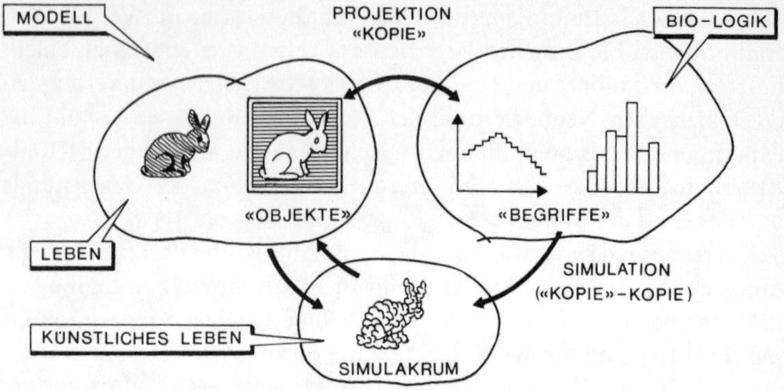

Bild 27: Die Biologie als Modell-Leben oder: Künstliches Leben als Dekonstruktion des traditionellen Gegenstands der Biologie

gleichzeitig dazu auf, die Wirklichkeit der Biologie grundsätzlich zu hinterfragen. Wir haben gesehen, daß auch hier Probleme auftauchen (vgl. S. 132–146), die mit einem noch ungeklärten Begriff von Berechnung zusammenhängen. Nichtsdestoweniger kann man KL als dreisten Forschungsentwurf bezeichnen, der einerseits transzendental ausgerichtet ist – nämlich auf die Möglichkeitsbedingungen von Informationsverarbeitung und biologischen Prozessen in Systemen jeglicher Art –, andererseits empirisch in dem Sinn, daß er diese Bedingungen in Modelle implementiert, die sich auf eine Reihe operationaler Eigenschaften hin testen lassen.

In seiner konstruktiven Form verspricht KL eine Demontage des Streits zwischen Holisten und Reduktionisten. Gleichzeitig enthält es selbst Tendenzen in beide Richtungen, indem es lebende Ganzheiten auf Fragen rein äußerlichen Verhaltens reduziert oder die technische Synthese komplexer Entitäten zum einzigen Kriterium für ihr Verständnis macht. Grenzüberschreitungen zwischen einer flachen, empirischen und einer dunklen, metatheoretischen Biologie sind gefragt. Wir brauchen neue Verbindungen zwischen Mikroskopen und Computern. Das erfordert zunächst eine gewisse «fachliche Promiskuität»; Perioden der Übergriffe von einem Fach auf ein anderes, des Austausches und des Diebstahls von Begriffen, Methoden und Auffassungen. Gleichzeitig muß man skeptisch bleiben angesichts einer kritiklosen

Vermischung unterschiedlicher fachlicher Traditionen. Eine Dekonstruktion der Biologie muß die Mannigfaltigkeit und die irreduziblen Unterschiede respektieren – eine Strategie, die einerseits die Ausweitung der möglichen Zugänge zum Lebenden fordert, andererseits auf gar keinen Fall die traditionelle Biologie und ihr Methodenarsenal hinter sich lassen will.

Die Dekonstruktion des Gegenstands der Biologie beinhaltet ein erneutes Mißtrauen gegenüber der Frage nach einem homogenen «Wesen», einem «kohärenten» Objekt oder einer «Lebensessenz». Das ist Gedankengut der Vitalisten, das der Mechanismus auszutreiben versuchte; die organizistische Biologie (Waddington, Needham, Woodger u. a.) stellte hier eine Art Kompromiß dar. Heute läuft die Erforschung komplexer Systeme selbst Gefahr, in eine avancierte Form des Essenzdenkens zu geraten, mit der ständigen Behauptung, daß Leben eine kollektive Eigenschaft komplexer selbstorganisierender Systeme sei, die aus vielen Medien emergieren könne. Die Studien auf dem Gebiet Künstlichen Lebens und simulierter Selbstorganisation können vielleicht dazu beitragen, einige der Annahmen zu zerpflücken, denen sie selbst entspringen. In gewissem Sinne fand die traditionelle Biologie mit ihrer Vielfalt an Unterdisziplinen immer schon Platz für Argumente gegen allzu metaphysische Auffassungen ihres Gegenstands. Die Dekonstruktion der Biologie hat bereits mit der Biologie selbst begonnen.

KL ist also möglicherweise ein Beitrag zu einer neuen Biologie, deren Konturen wir bisher nur erahnen und in der Bezeichnungen wie «Biologie des Möglichen», «synthetische Biologie» oder «computationale Biologie» sich als irreführend erweisen können. Sie basiert einerseits auf der Erfahrung mit dem Leben, das wir kennen, und reicht andererseits über diese Erfahrung hinaus. Es handelt sich um die sowohl empirische wie logische, auf Berechnung basierende Erforschung derjenigen Bedingungen, die erfüllt sein müssen, damit sich lebende Strukturen realisieren lassen. Und diese Forschung wird hoffentlich selbstkritisches Nachdenken über die Voraussetzungen der Biologie als Wissenschaft insgesamt auslösen. Vielleicht ist Leben ein großer Begriff in einer großen Erzählung, deren Ende wir noch nicht kennen. Vorher aber haben wir noch reichlich damit zu tun, das Leben, das wir kennen, zu erhalten.

Wir haben lebende Spiele in biologischen und künstlichen Versionen gesehen. Etwas ganz anderes ist das Leben selbst. KL hat kaum Auswirkungen auf unser Erleben einer Nachtigall. Der Kaiserliche Spielmeister hatte nicht unrecht, der bemerkte: «Bei der richtigen Nachtigall kann man niemals berechnen, was da kommen mag, aber bei dem künstlichen Vogel ist alles festgelegt! So wird es und nicht anders! Man kann alles erklären, man kann ihn aufmachen und die menschliche Erfindergabe zeigen, wie die Walzen liegen, wie sie laufen und wie eins sich aus dem anderen ergibt!» Und bekanntlich schrieb der Spielmeister fünfundzwanzig Bände über den künstlichen Vogel; die waren so gelehrt und so lang und voll von den allerschwersten chinesischen Wörtern, daß alle Leute sagten, sie hätten sie gelesen und verstanden, denn sonst wären sie ja dumm gewesen und man hätte ihnen auf den Bauch geklopft.

Anmerkungen

1 Eine Reihe von Personen hat mich auf verschiedene Weise bei der Arbeit an diesem Manuskript unterstützt. Ich möchte mich für Hilfe und Inspiration bei der Arbeit bedanken, nicht zuletzt bei Niels Engelsted, Jacob Erle, Jesper Hoffmeyer, Hans Siggaard Jensen, Mogens Kilstrup, Carsten Knudsen, Chris Langton, Benny Lautrup, Michael May, Erik Mosekilde, Birte Olsen, Ib Ravn, Robert Rosen, Jakob Skipper, Eliott Sober, Ib Ulbæk und Jakob Zeuthen Dalgaard. Der Vortrag «Licht und Leben» aus dem Jahr 1932 von Niels Bohr ist abgedruckt in Niels Bohr, *Atomphysik und menschliche Erkenntnis*, Band 1, Vieweg, Braunschweig 1958.

2 Zu Computerviren siehe Steen Rasmussens Artikel «Er computervirus levende?», in *Omverden* Nr. 2, 1990. Thomas Rays Organismen beschreibt Ray 1992, vgl. Anm. 31.

3 Das Spiel «Life» ist detailliert beschrieben in: Elwyn R. Berlekamp, John H. Conway & Richard K. Guy; *Gewinnen: Strategien für mathematische Spiele*, Band 4: *Solitärspiele*, Vieweg, Braunschweig 1985. Das erste Mal erwähnt wurde es von Martin Gardner in seiner beliebten Rubrik «Mathematical Games» im *Scientific American* 223(4), S. 120–123 (Oktober 1970) und später unter anderem in Nr. 224(2), S. 112–117 (Februar 1971). Eine detailliertere Untersuchung des Spiels und seiner philosophischen Konsequenzen findet sich in William Poundstone, *The Recursive Universe: Cosmic Complexity and the Limits of Scientific Knowledge*, Morrow, New York 1985. Der Philosoph Daniel C. Dennett benutzt das Spiel als Beispiel in einer interessanten Abhandlung über den erkenntnistheoretischen Status von Mustern: «Real Patterns», *The Journal of Philosophy*, 88(1), S. 27–51, 1991.

4 *Implementieren* (von lateinisch *implere*, anfüllen, erfüllen, vollbringen): ein Datenverarbeitungssystem installieren, ein Programm an die bereits laufenden in einem Computer anpassen.

5 Man kann es so sagen: Die Existenz von Organismen ist Ausdruck einer besonderen Art und Weise, ein physikalisches System zu realisieren, das eine ganze Serie von Aspekten einschließt (einen biochemisch-physiologischen, einen genetischen, einen ökologischen etc. und außerdem den ganzheitlichen Aspekt des Organismus selbst). Diese lassen sich nicht mit den Begriffen der Physik beschreiben und legen somit den Schluß nahe, daß es sich ontologisch gesehen um eine spezifische Ebene der (biologischen) «Gewohnheiten» oder Gesetzmäßigkeiten der Materie handelt; siehe Simo Køppe, *Virkelighedens niveauer* [Die Ebenen der Wirklichkeit], Gyldendal, Kopenhagen 1990.

6 Zum Zusammenhang von Information und der Entstehung des Lebens siehe Freeman Dyson, *Die zwei Ursprünge des Lebens*, Rasch und Röhring, Hamburg 1988, und Bernd-Olaf Küppers, *Der Ursprung biologischer Information:*

Zur Naturphilosophie der Lebensentstehung, Piper, München/Zürich 1986. Zum Charakter des Lebens als besonderen Typs von Information oder Zeichen siehe Claus Emmeche, *Information i naturen* [Information in der Natur], Nyt Nordisk Forlag, Kopenhagen 1988, und ausführlicher Claus Emmeche, *Det biologiske informationsbegreb* [Der biologische Informationsbegriff], Forlaget Kimære, Århus 1990.

7 Die überarbeiteten Vorträge des Kongresses sind veröffentlicht in Christopher G. Langton (Hg.), *Artificial Life: The Proceedings of an Interdisciplinary Workshop on the Synthesis and Simulation of Living Systems Held September 1987 in Los Alamos, New Mexico* (= Santa Fe Institute Studies in the Sciences of Complexity, Proceedings, Band VI), Addison-Wesley, Redwood City, 1989. Dieser Band muß bis auf weiteres als «Bibel» für jeden gelten, der sich auf hohem Niveau einen Gesamtüberblick über das Gebiet verschaffen will. Der 2. internationale Workshop über künstliches Leben, der im Februar 1990 in Santa Fe, New Mexico, stattfand, ist in einem weiteren Band dokumentiert: Christopher G. Langton, Charles Taylor, J. Doyne Farmer, Steen Rasmussen (Hg.), *Artificial Life II* (= Santa Fe Institute Studies in the Sciences of Complexity, Proceedings, Band 10), Addison-Wesley, Redwood City 1992.

8 Sie ließe sich als «strong claim of AL» bezeichnen, ähnlich wie John Searle von «strong AI» spricht (und sie kritisiert) – also der Interpretation von Künstlicher Intelligenz (Artificial Intelligence), die nicht nur Modelle mentaler Prozesse, Computersimulationen des Gehirns, herstellen will, sondern behauptet, daß das Gehirn die Hardware des Geistes *ist*, daß ein KI-Programm intelligente, sinnvolle Prozesse etc. *realisiert* (John R. Searle: «Minds, Brains, and Programs», *Behavioral and Brain Sciences* 3, 1980, S. 417–424, und Emmeche 1991, vgl. Anm. 98). Man kann sich durchaus mit einer etwas moderateren Version des Forschungsprogramms begnügen, die sich den Formeln «echtes (Künstliches) Leben» und «alles Leben ist Form» *nicht* anschließt.

9 *Emergenz:* Der Umstand, daß das Ganze Eigenschaften entwickelt, die sich nicht aus den Eigenschaften der einzelnen Teile erklären lassen. Das Wort Emergenz wurde unterschiedlich gebraucht, seit C. Lloyd Morgan 1927 das Buch *Emergent Evolution* (Williams & Northgate, London) veröffentlichte und Stephen Pepper den Artikel «Emergence» im *Journal of Philosophy* 23, 1926: S. 241–245; siehe auch R. L. Klee, «Micro-determinism and concepts of emergence», *Philosophy of Science* 51, 1984, S. 44–63; und Simo Køppe 1990 (vgl. Anm. 5).

10 Oft sind mathematische Hilfsmittel erforderlich, um die ganzheitlichen Aspekte der Entwicklung eines Systems präzise zu beschreiben. So kann sich in der nichtlinearen Dynamik («Chaostheorie») die Bahn des chaotischen Systems durch den Phasenraum der Parameter extrem empfindlich gegenüber den Anfangsbedingungen usw. verhalten.

11 Es handelt sich um eine Unentscheidbarkeitsbedingung, äquivalent dem sogenannten Turingschen Halteproblem: Turing zeigte, daß sich für jedes beliebige Programm mit beliebigem Input nicht entscheiden läßt, ob die Maschine zu einem Endpunkt ihrer Berechnungen kommen und einen definitiven Output geben oder ewig weitermachen wird; vgl. Wolfram, Anm. 68.

12 J. Doyne Farmer & Aletta d'A. Belin, «Artificial life: The coming evolution», Working Paper 90–003 from Santa Fe Institute, 1990.

13 Vgl. die Diskussion im Themenheft von *Psyke & Logos*, Jg. 9 (Nr. 2), 1988, besonders Michael May, der in seinem Artikel «Kognitions- og kunstig intelligensforskning mellem logik og psykologi» [Kognitions- und KI-Forschung zwischen Logik und Psychologie] zwischen KI als psychologischer Theorie und KI als Teil einer generellen logisch-semiotischen Theorie über die allgemeinen Möglichkeiten des Denkens unterscheidet.

14 Denis Diderot, «D'Alemberts Traum» (1796), hier zitiert nach Ilya Prigogine und Isabelle Stengers, *Dialog mit der Natur*, Piper, München 1990, S. 87.

15 Der Begriff einer artspezifischen «subjektiven» *Umwelt* stammt von dem estnisch-deutschen Biologen Jakob von Uexküll und wurde von seinem Sohn Thure weiterentwickelt, zum Beispiel in dessen Vorwort zu: Jakob von Uexküll und Georg Kriszat, *Streifzüge durch die Umwelt von Tieren und Menschen. Bedeutungslehre*, Fischer TB, Frankfurt a. M. 1983; sowie in dem von ihm herausgegebenen Band *Kompositionslehre der Natur*, Propyläen/Ullstein, Berlin 1980, und dem Aufsatz «The Sign Theory of Jakob von Uexküll», in Martin Krampen *et al.* (Hg.) *Classics of Semiotics*, Plenum, New York/London 1987.

16 Ich kann dies nicht mit Sicherheit sagen, glaube aber, daß die Möglichkeiten des von Menschen gestalteten Künstlichen Lebens ein Problem in der Philosophie Maturanas aufzeigen, wie sie zum Ausdruck kommt in Humberto R. Maturana und Francisco J. Varela, *Autopoiesis and Cognition*, Reidel, Boston/Dordrecht (deutsch teilweise in Humberto R. Maturana, *Erkennen: Die Organsiation und Verkörperung von Wirklichkeit*, Vieweg, Braunschweig/Wiesbaden 1982); von denselben: *Der Baum der Erkenntnis*, Scherz, Bern/München/Wien 1987. Für Kritik an Maturana siehe mein Buch *Det biologiske informationsbegreb* (vgl. Anm. 6) oder Volker Riegas/Christian Vetter (Hg.), *Zur Biologie der Kognition*, Suhrkamp, Frankfurt a. M. 1990.

17 Aristoteles' Physik (254b), 2. Halbband, Meiner, Hamburg 1988, S. 165.

18 Der dänische Psychologe Niels Engelsted zieht unter anderem den interessanten, von Aristoteles inspirierten Schluß, daß *psychê*, lebendige Intentionalität etc. keine kollektiv-emergente Eigenschaft großer informationsverarbeitender Systeme bildeten, sondern die Qualität, die das aktive, *teleologische* Verhältnis zwischen einem System («allgemeines Subjekt») und seiner Umgebung («Objekt») kennzeichnet – daß das System zum Beispiel eigene Energie verbraucht, *um* seinen Zugang zu Energie zu steigern (siehe etwa Engelsteds Beitrag in L. Hem und J. Mammen [Hg.], *Essays in General Psychology*, Aarhus University Press, Århus 1989.

19 Auch Peter Simon Pallas, Johann Blumenbach, A. L. de Jussieu, F. de Vicq d'Azyr, Goethe und Jean-Baptiste Lamarck vertraten diese Auffassung; vgl. Kapitel 2 in François Jacob, *Die Logik des Lebenden*, S. Fischer, Frankfurt a. M. 1972; Claus Emmeche, «Kroppen, dyret og organismen – biologihistoriske spørgsmål» [Der Körper, das Tier und der Organismus – biologiehistorische Fragen], *Den Jyske Historiker* 53, 1990.

20 Stephen Jay Gould, *Zufall Mensch: Das Wunder des Lebens als Spiel der Natur*, Hanser, München 1991.

21 Zu SETI siehe M. D. Papagiannis, «Recent progress and future plans on the search for extraterrestrial intelligence», *Nature* 318, 1985, S. 135–140; oder James S. Trefil und Robert Rood, *Sind wir allein im Universum?*, Goldmann, München 1988. Zur Exobiologie siehe Carl Sagans Artikel (vgl. Anm. 22) sowie Gerald Feinberg und Robert Shapiro, *Life beyond the Earth*, William Morrow, New York 1980.

22 Carl Sagan, «Life», in *The New Encyclopaedia Britannica*, 15. Auflage, Band 10, William Benton, London 1943–1973.

23 Chris Langton, «Artificial Life», in Langton (Hg.) 1989 (vgl. Anm. 7).

24 Claude Bernard, *Leçons sur les phénomènes de la vie commune aux animaux et aux végétaux* (1879); englische Ausgabe: *Lecture on the Phenomenon of Life Common to Animals and Plants*, Ch. C. Thomas, Springfield 1974.

25 Pasteur glaubte fälschlicherweise, daß die Moleküle mit asymmetrischen Kohlenstoffatomen, die aufgrund ihrer Schraubenstruktur die Polarisationsebene von linear polarisiertem Licht drehen, ausschließlich durch «vitale» Prozesse erzeugt werden könnten, die für Leben typisch sind, und daß die Asymmetrie mit einem kosmologischen Prinzip zusammenhänge, das sich in den lebenden Organismen widerspiegle; siehe Nils Roll-Hansen, *Forskningens frihet og nodvendighet* [Freiheit und Notwendigkeit der Forschung], Gyldendal Norsk Forlag, Oslo 1974.

26 Vgl. Erwin Schrödinger, *Was ist Leben?*, Piper, München 1987 (Neuausgabe), und James D. Watson, *Die Doppel-Helix*, Rowohlt, Reinbek 1973.

27 Die folgende, leicht modifizierte Liste stammt von Carl Sagan, vgl. Anm. 22.

28 Fragen dieses Forschungsgebiets und ihre naturphilosophischen Konsequenzen diskutieren Prigogine und Stengers (vgl. Anm. 14). Zu bemängeln wäre, daß sie nicht klar zwischen abiotischer und biotischer Selbstorganisation unterscheiden und somit den Anschein erwecken, die Theorie könne die Komplexität des Organisationsniveaus erklären, das für eine Bakterienzelle kennzeichnend ist. Es ist jedoch keineswegs sicher, ob thermodynamische Prozesse in offenen Systemen *ohne* Replikation (das heißt ohne eingebaute «symbolische» Selbstrepräsentation, zum Beispiel in Form genetischer Information) zu der Komplexität führen können, die man bei lebenden Organismen antrifft.

29 Dies ist in einem gewissen Sinne eine sechste Definition von Leben, die jedoch die gleichen Probleme aufwirft wie die thermodynamische: Auch sie schließt einige «rein physikalische» Phänomene mit ein. Vielleicht sollten wir allerdings überhaupt nicht mehr von «rein physikalischen» Phänomenen sprechen; siehe Lautrup 1990 und Langton 1990 (für beide vgl. Anm. 89).

30 *Vage* ist hier im Sinne von Charles S. Peirce zu verstehen, also realistisch; wenn zwischen dem Anorganischen und dem Lebenden ein reales Kontinuum besteht, sollte die Logik Grenzfälle nicht eliminieren; vgl. Claudine Engel-Tiercelin, *Peirce's Logic of Vagueness*, IMFUFA-tekst Nr. 205, Roskilde Universitetscenter, Roskilde 1991.

31 Thomas S. Ray, «An approach to the synthesis of life», in Langton *et al.* (Hg.) 1992 (vgl. Anm. 7).

32 Claus Emmeche und Jesper Hoffmeyer, «From language to nature: The semiotic metaphor in biology», *Semiotica* 84 (1/2), 1991, S., 1–42.

33 Lautrups Definition betrifft nicht den Realitätsstatus von Künstlichem Leben in einem weiteren Sinne (zur Unterscheidung zwischen *echtem* Künstlichem Leben und *simuliertem* [und somit Künstlichem] Leben vgl. S. 25 und Anm. 8), sondern die Ebene im Computer, auf der es sich entfaltet, und die Konsequenzen, die sich für unsere Möglichkeiten ergeben, es zu kontrollieren. Deshalb verwende ich im folgenden «real/virtuell», um Lautrups Unterscheidung zu bezeichnen. Computerviren lassen sich etwa als reales (in Lautrups Sinne) Künstliches Leben ansehen, das nur echte Viren simuliert, die virtuellen Organismen dagegen als Beispiele für echtes Leben (was eine «starke» Interpretation des Forschungsparadigmas nahelegt, vgl. Anm. 8).

34 Rays Deutung des Stoffwechsels setzt voraus, daß diese Viren nicht «rein digital» definiert werden (also nicht nur als symbolischer Code), was einerseits Rays eigener Definition seines Organismus zu widersprechen scheint und andererseits der üblichen Einordnung von Computerviren.

35 Einen semiotisch inspirierten Blick auf das Leben als Eigenschaft, bei der die Code-Dualität zwischen dem Analogen und dem Digitalen so ausschlaggebend ist wie die selektive Fähigkeit, auf Zeichen aus der Umwelt zu reagieren, werfen Jesper Hoffmeyer und Claus Emmeche in dem Aufsatz «Code-duality and the semiotics of nature», in Myrdene Anderson und Floyd Merrell (Hg.), *On Semiotic Modeling*, Mouton de Gruyter, Berlin 1991.

36 Oder, wie die industrialisierte Landwirtschaft fragen könnte: Brauchen Hühner überhaupt Flügel, um Eier zu legen? Auch wenn der Organismus keine von Menschen geschaffene Maschine ist, zeigt die Existenz von Batteriehühnern und Boxenkälbern doch die Kraft der reduktionistischen Metapher: einen Organismus, reduziert auf ein Anhängsel einer landwirtschaftlichen Maschine!

37 «Organismus» stammt wie «Organ» von lat. *organum*, griech. *organon* ab: Werkzeug; Aristoteles gab seinen logischen Schriften diesen Titel, um zu unterstreichen, daß die Logik nur ein Hilfswerkzeug für andere Wissenschaften darstellt. Ein Organismus ist laut Wörterbuch ein Organsystem... ein System von Werkzeugen. Das ursprünglich französische *organisation* ist eine weitere Ableitung (siehe auch S. 32). Das Wort Maschine kommt über lat. *machina* von griech. *mechané* und bedeutet ebenfalls Werkzeug, Maschine. Aber kein unschuldiges Werkzeug! Die Hauptbedeutung von *mechané* ist Instrument (oft im negativen Sinne), etwa um etwas Schweres zu heben, ein Kran oder auch eine Kriegsmaschine, etwas, das sich gegen andere wenden läßt. Möglicherweise steckt *mëxos* dahinter: künstliches Mittel, besonders gegen Unfälle; magisches Abwehrmittel, so Aischylos, ca. 500 v. Chr.), später (um das 5. Jahrhundert v. Chr.) in der Hauptbedeutung: mechanische Einrichtung zur Hervorbringung von Unglücken, Vorrichtung zum Ränkeschmieden, vgl. *mëchanikos*: erfinderisch, geschickt, listig, besonders im Ersinnen von Bösem. Der heutige Bedeutungsunterschied zwischen Organismus und Mechanismus – und damit der Unterschied zwischen der Klugheit der Natur und dem Erfindergeist des Menschen – reicht also sprachlich weit zurück. (Ich danke Laurits Lauritsen für diese Auskünfte, sie stammen u. a. aus C. Berg, *Græsk-Dansk Ordbog*, 2. forogede udg., 1885, genoptryk 1950).

38 Beschrieben in «D'Alemberts Traum» (vgl. Anm. 14). Denis Diderot war sich

als mechanistischer Materialist und Aufklärer genauestens der Grenzen bewußt, die für die Anwendung des Mechanismusbegriffs auf Lebewesen bestehen.

39 Siehe besonders «Fifth Lecture» vom Dezember 1949, abgedruckt in John von Neumann, *The Theory of Self-Reproducing Automata* (herausgegeben und vervollständigt von Arthur W. Burks), University of Illinois Press, Urbana 1966. Diese Ausgabe enthält auch das große, unvollendete Manuskript über das 29-Zustände-Modell für zelluläre Automaten und Burks ausführlichen Kommentar. Zur weiteren Diskussion vgl. *Essays on Cellular Automata*, hg. von Arthur W. Burks, University of Illinois Press, Urbana 1970.

40 Auch wenn Avery, MacLeod und McCarty schon 1944 Ergebnisse publiziert hatten, nach denen sich die DNS als «transformierender Faktor» erwies, der die stammesspezifische Oberfläche («coat») der Pneumokokken verändern konnte, zogen nur wenige daraus den Schluß (der auch nicht logisch aus diesen Experimenten folgte), Gene bestünden *nur* aus DNS – bis Watson und Crick der erstaunten Öffentlichkeit 1953 ihr berühmtes Doppelhelix-Modell präsentierten.

41 Weitere Einzelheiten in A. Chapuis und E. Droz, *Automata: A Historical and Technological Study*, B. T. Batsford, London 1958.

42 Für einen Getränkeautomaten könnte ein einfaches Programm lauten: «Wenn Input gleich DM 2,–, öffne Klappe S, gib DM 0,– zurück und drehe das Rad eine Einheit weiter; wenn Input kleiner, gib ganzen Betrag zurück; wenn Input gleich DM 2,– plus X, öffne Klappe S, gib DM X,– zurück.» Bayard Rankin und R. J. Nelson geben eine hübsche kleine Einführung in «Automata Theory» in der *Encyclopaedia Britannica*.

43 Die Stärke eines Mikrocomputers besteht darin, eine andere Maschine, eine Schreib-, Rechen-, Zeichenmaschine etc., simulieren zu können. Anders ausgedrückt: Ein PC ist eine *Maschine zweiter Ordnung*, die, wenn man ihr die Spezifikation einer *Maschine erster Ordnung* gibt, selbst zu dieser Maschine erster Ordnung wird (sie simuliert/realisiert).

44 Es ist darauf hinzuweisen, daß die Analogie in Wahrheit nicht ganz so klar ist, unter anderem weil die «Selbstbeschreibung» in der DNS nicht formallogischer Art ist (wie bei von Neumann), sondern selbst als integraler Teil zum Stoffwechsel gehört. Außerdem nimmt die Komponente A die Konstruktion ausgehend von einer bestimmten Sequenz von Operationen vor, die in genau einem symbolischen Code formalisiert sind; in einem lebenden Organismus explizit kodiert ist dagegen nur die Aminosäuresequenz in den einzelnen Proteinen, die die Gene kodieren. Die eigentliche «Konstruktion» des Organismus beruht auf Prozessen mit einem wesentlich selbstorganisierenden Element. Die kritische Frage kann daher lauten, bis zu welchem Grad von Neumann «biologische» Selbstreproduktion formalisiert hat oder ob es sich lediglich um einen abstrakten Oberbegriff von Selbstreproduktion handelt; siehe auch S. 133–146 und Anm. 61.

45 ... der wohlgemerkt deshalb nicht selbstreproduzierend wird: Es wäre ein Modell des von Neumannschen Modells! In seinem ersten der *Essays on Cellular Automata* (vgl. Anm. 39) legt Burks plausibel und einfach den Bau der ver-

schiedenen «Organe» in dem 29-Zustände-Automaten dar. Er zeigt, wie man finite Automaten und Turing-Maschinen einlagert, und skizziert schließlich die universelle Konstruktion sowie – als Spezialfall – die Selbstreproduktion.

46 C. G. Langton, «Self-reproduction in cellular automata», *Physica D* 10, 1984, S. 135–144.

47 Langton (Hg.) 1989 (vgl. Anm. 7), S. 11.

48 Von Neumann 1966 (vgl. Anm. 39), S. 77.

49 Martin Gardner, «The fantastic combinations of John Conway's new solitaire game ‹Life›», *Scientific American* 223(4), Oktober 1970, S. 120–123 (vgl. Anm. 3).

50 Bill Gosper, hier zitiert nach «Signs of Life: Transcript of the Programme transmitted 11th June 1990», producer John Wyver, *Horizon*, BBC, London 1990.

51 *Scientific American* 224(2), Februar 1971, S. 112–117.

52 Einen Algorithmus zur Untersuchung von Problemen des Typs «puffer train» (Dampflok) präsentiert R. William Gosper in seinem Aufsatz «Exploiting regularities in large cellular spaces», *Physica D* 10, 1984, S. 75–80.

53 Alexander K. Dewdney, *Spektrum der Wissenschaft*, Mai 1987, S. 6–11.

54 Poundstone 1985 (vgl. Anm. 3), Kap. 12.

55 Zur Mathematik als experimenteller Disziplin siehe David Campbell, Jim Crutchfield, Doyne Farmer und Erica Jen, «Experimental mathematics: The role of computation in nonlinear science», *Communications of the ACM* [Association for Computing Machinery] 28(4), 1985, S. 374–384.

56 D'Arcy Wentworth Thompson, *On Growth and Form*, Cambridge University Press, Cambridge 1917 (Neuausgabe 1942, Macmillan, New York); siehe auch Stephen J. Gould, «D'Arcy Thompson and the science of form», *Boston Studies in the Philosophy of Science* 27, 1976, S. 66–97.

57 Eine detaillierte Beschreibung der L-Systeme geben Aristid Lindenmayer und Przemyslaw Prusinkiewicz in ihrem Aufsatz «Developmental models of multicellular organisms: A computer graphics perspective», in Langton (Hg.) 1989 (vgl. Anm. 7), sowie Przemyslaw Prusinkiewicz und Aristid Lindenmayer, *The Algorithmic Beauty of Plants*, Springer, New York 1990.

58 Programmierung durch den Gebrauch rekursiver Regeln, das heißt Regeln zur Erzeugung eines Objekts, etwa einer bestimmten Formel, die mehr als einmal verwendet werden können. Dies ist auch aus der Logik bekannt: «Wenn F eine wohlgeformte Formel ist, dann ist auch $-F$ eine wohlgeformte Formel» beispielsweise stellt eine rekursive Regel dar; oder aus der Mathematik: «$n! = n \times (n-1)!$; $0! = 1$» ist eine rekursive Definition der Funktion der Fakultät – man berechnet n!, indem man n mit $(n-1)!$ multipliziert, und den letztgenannten Ausdruck wiederum, indem man dieselbe Regel einsetzt, $(n-1)! = (n-1) \times (n-2)!$ usw.; das Ergebnis ist also $5! = 5 \times 4 \times 3 \times 2 \times 1 = 120$.

59 Der Computerwissenschaftler Charles Bennett hat vorgeschlagen, als Gradmesser der Komplexität einer Struktur ihre logische Tiefe zu verwenden, das heißt die Zeit, die das kürzeste Programm benötigt, um den Zustand zu generieren (Bennett 1986: *Foundations of Physics*. 16(6), S. 585–592). Ein solch tiefer Zustand läßt sich auf keinem anderen Computer schneller erzeugen.

60 Peter Oppenheimer: «The Artificial Menagerie», in: Langton (Hg.) 1989 (vgl. Anm. 7).

61 Der *genetische* Code sind Tripletts, also dreibuchstabige «Wörter», Gruppen aus drei nebeneinanderliegenden Nukleotiden in der DNS oder RNS, die eine Aminosäure kodieren (die Teil des Proteins ist, welches das Gen kodiert). Es ist ein kolossaler Sprung vom Code eines Gens für ein Protein (das experimentell auffindbar und dessen Sequenz bestimmbar ist) zum Code für die Strukturen, die die Zellen hervorbringen – zum Beispiel eine Tannennadel oder einen ganzen Organismus. Letzteres wird oft *epigenetischer* Code genannt: Er kann eine partielle «Beschreibung» der Epigenese (Embryonalentwicklung: Wachstum, Zelldifferenzierung und Morphogenese) enthalten; aber dieser Prozeß beruht auf selbstorganisierenden wie auf zellbiologischen Prozessen, deren genaues Verhältnis zur intrazellulären Kodierung der einzelnen Proteine noch keineswegs erforscht ist. Auch die Selbstaufteilung des einzelnen Proteins ist nicht explizit in der DNS «beschrieben» (wie etwa die primäre Sequenz der Aminosäuren), und deshalb kann die Algorithmus-Idee zur Beschreibung der Pflanzenentwicklung nur als Metapher gelten. Das Problem der Formrepräsentation in der Biologie ist eindeutig analog dem Problem der Wissensrepräsentation in der Kognitionsforschung. Zur biologischen Informationsökonomie vgl. Rupert Riedl, «A systems-analytical approach to macro-evolutionary phenomena», *The Quarterly Review of Biology* 52(4), 1989, S. 351–370.

62 Der Ausdruck «als Ganzes kodiert» ist eine Metapher für ein System I mit einer dynamischen Emergenz von «Makroeigenschaften», die auf der Basis lokaler Interaktionen zwischen Elementen auf der «Mikroebene» entstehen. Voraussetzung dafür ist nicht ein System II, das aus einem Objekt, seiner Beschreibung und dem Code besteht, der die Regeln zum Schreiben (zum Herstellen der Beschreibung) und zum Lesen (zur Deutung der Beschreibung) angibt. Daß eine lebende Zelle beiden Klassen angehört, sowohl der ersten Klasse dynamischer Systeme mit Emergenz als auch der zweiten, deren Systeme ihre eigene Beschreibung enthalten, ändert nichts an der Notwendigkeit dieses Vorbehalts.

63 Es gibt jedoch «Life»-Versionen, in denen Zellen mit zunehmender «Lebensdauer» eine dunklere rötliche Farbe annehmen.

64 Über die Verwendung zellulärer Automaten zur Simulierung physikalischer Prozesse siehe Tommaso Toffoli und Norman Margolus, *Cellular Automata Machines: A New Environment for Modelling*, MIT Press, Cambridge 1987; sowie Alexander K. Dewdneys Artikel in *Scientific American*, August 1989, S. 88–91.

65 Zur Geometriemetapher vgl. Conrad H. Waddington, «The basic ideas of biology», S. 1–32, in Waddington (Hg.), *Towards a Theoretical Biology*, Band 1: *Prolegomena*, Edinburgh University Press, Edinburgh 1968; zur genetischen Landschaft vgl. Waddington, *The Strategy of the Genes*, Allen & Unwin, London 1957.

66 Andere Elemente entziehen sich der Analogie zwischen «Automatenregel + Anfangszustand» und «DNS-Programm + Zellularstrukturen (epigenetisches Substrat)». Erstens ist die Trennung zwischen programmierten Regeln und Daten in der Zelle nicht eindeutig, weil das epigenetische Substrat teils den Cha-

rakter von Input-Daten besitzt, mit denen die DNS arbeiten soll, teils aber selbst die Maschine ist, die die DNS «deuten» und lesen soll: Die Hierarchie in der Zelle ist «ungenau». Zweitens ist die Analogie insofern nicht zwingend, als man die Automatenregeln auch mit den biozellulären Strukturen, die die DNS «fahren», vergleichen könnte und den Initialzustand des Automaten mit dem biologischen Genotyp.

67 Diese qualitativen Klassen entsprechen Verhaltenstypen dynamischer Systeme, die sich entweder (I) in Richtung eines Punktattraktors, (II) eines Grenzzyklus, (III) eines chaotischen Attraktors oder (IV) eines Attraktors entwickeln, der sehr lange Transienten (zeitliche Korrelationen) hat.

68 Stephen Wolfram, «Software für Mathematik und Naturwissenschaften», *Spektrum der Wissenschaft*, November 1984; «Cellular automata as models of complexity», *Nature* 311, 1984, S. 419–424; und «Universality and complexity in cellular automata», *Physica D* 10, 1984, S. 1–35.

69 Siehe zum Beispiel Georg M. Malacinski und Susan V. Bryant (Hg.), *Pattern Formation*, Macmillan, New York 1984.

70 Craig W. Reynolds, «Flocks, herds, and schools: A distributed behavioral model» (Proceedings of SIGGRAPH '87), *Computer Graphics* 21(4), 1987, S. 25–34. Langtons Kommentar stammt aus «Artificial Life» in: Langton (Hg.) 1989 (vgl. Anm. 7).

71 Bei Pflanzen verhält es sich anders, weil sie die Verdopplung des gesamten Chromosomensatzes von einer Generation zur nächsten besser «überleben» können.

72 Der Sophist Protagoras aus Abdera führte ein ähnliches Argument gegen die Möglichkeit ins Feld, die Götter zu erkennen.

73 Vgl. Niels Bonde und Claus Heinberg, «Kritik af neodarwinismen: Gradualisme kontra punktualisme» [Kritik des Neodarwinismus: Gradualismus kontra Punktualismus], in: Niels Bonde und Jesper Hoffmeyer (Hg.), *Naturens Historiefortællere* [Die Geschichtenerzähler der Natur], Band 2, Gad, Kopenhagen 1987, S. 182–195.

74 Kristian Lindgren, «Evolution in a population of mutating strategies», NORDITA Reprint 90/22 S, 1990; und «Evolutionary phenomena in simple dynamics», in Christopher G. Langton *et al.* (Hg.), *Artificial Life II* (vgl. Anm. 7). Allerdings ist Lindgrens Modell strenggenommen nicht makroevolutionär, weil es eine (Mikro-)Evolution innerhalb einer Population von Individuen voraussetzt, die aus verschiedenen Genotypen, nicht «Arten», besteht. Außerdem enthält es einige vereinfachte Annahmen, die verhindern, es als realistisches Modell der Mikroevolution in einer biologischen Population zu deuten. Sein großer Wert aber liegt darin, daß es das Verständnis allgemeiner evolutionärer Phänomene ermöglicht, etwa Stasis oder «sprunghafte Entwicklung» («unterbrochenes Gleichgewicht»), die natürlicherweise in komplexen dynamischen Systemen auftreten.

75 Das Dilemma besteht in folgender Situation: Zwei in getrennten Zellen sitzende Gefangene, die gemeinsam eine Straftat begangen haben, erhalten das Angebot: «Wenn ihr beide schweigt (kooperiert), bekommt jeder eine Strafe von zwei Jahren Gefängnis (3 Punkte) aufgrund eines Indizienbeweises; wer

gesteht und damit die Verurteilung des Komplizen ermöglicht, wird sofort entlassen (5 Punkte), während der Komplize für fünf Jahre ins Gefängnis wandert (0 Punkte); wenn aber beide gestehen, sind jeweils vier Jahre abzusitzen (1 Punkt).» Beide können nicht miteinander kommunizieren, wissen aber, daß sie das gleiche Angebot erhalten haben. Wie entscheiden sie sich? (Dieses klassische Problem der Spieltheorie wurde 1950 von Melvin Dresher und Merrill Floyd erfunden.) Die Konsequenzen für die Evolutionstheorie haben Robert Axelrod und William D. Hamilton analysiert (in *Science* 211, 1981, S. 1390–1996); vgl. auch Axelrod, *Die Evolution der Kooperation*, Oldenbourg, München 1991; und Kapitel 29 in Douglas R. Hofstadter, *Metamagicum*, Klett-Cotta, Stuttgart 1991.

76 Es war schwierig, die Wahrscheinlichkeit zu demonstrieren, mit der ein ökologisches System in offensichtlichem Gleichgewicht von sich aus in drastische Veränderungen verfällt. Deshalb sind Katastrophen so attraktive Erklärungen für das massenhafte Aussterben der Arten in bestimmten Epochen, etwa beim Übergang vom Kreide- zum Tertiärzeitalter vor gut 70 Millionen Jahren; vgl. David M. Raup, *Der Untergang der Dinosaurier*, Rowohlt, Reinbek 1990; und *Ausgestorben*, vgs, Köln 1992.

77 Rasmussen 1990 (vgl. Anm. 2); Steen Rasmussen, Carsten Knudsen, Rasmus Feldberg und Morten Hindshold, «The coreworld: Emergence and evolution of cooperative structures in an computional chemistry», *Physica D* 42, 1990, S. 111–134. Das Modell und seine Instruktionen stellen eine Modifikation des in den USA beliebten Computerspiels «Core War» dar, das Alexander K. Dewdney in *Spektrum der Wissenschaft,* August 1984, S. 8–13, und Mai 1985, S. 8–12, beschreibt.

78 Persönliche Mitteilung.

79 Siehe zum Beispiel Brian Goodwin und Peter Saunders (Hg.), *Theoretical Biology: Epigenetic and Evolutionary Order from Complex Systems*, Edinburgh University Press, Edinburgh 1989.

80 Als einführende Artikel zu Kauffmans Arbeiten eignen sich: Kauffman, «Dueling selectively with Darwin», *The Scientist*, 10. August 1987; Kauffman, «Developmental logic and its evolution», *BioEssays* 6(2), 1987, S. 82–87; und M. Mitchell Waldrop, «Spontaneous order, evolution, and life», *Science* 247, 1990, S. 1543–45. Vertiefende Ausführungen enthält Kauffman, «Self-organization, selective adaption, and its limits», in David J. Depew und Bruce H. Weber (Hg.), *Evolution at a Crossroad: The New Biology and the New Philosophy of Science*, MIT Press, Cambridge MA 1985, S. 169–207.

81 Dies ist ein wichtiges Argument der Kritik am Neodarwinismus (vgl. Anm. 73). Zusammen mit Simon Levin hat Kauffman nachgewiesen, daß die natürliche Auslese auf zwei «Komplexitätskatastrophen» stoßen kann, welche ihre optimierende Fähigkeit fundamental beschränken können (*Journal for Theoretical Biology* 128, 1987). Die Optimierung zu hoher Fitness unter einer konstanten Mutationsrate wird zum einen begrenzt durch die Anzahl genetischer Loci (die klassische Populationsgenetik hat schon früher auf diese Begrenzung hingewiesen); zum anderen können bei immer komplexer werdenden genetischen Modell-Netzwerken die Fitness-Spitzen, die in der «adaptiven Landschaft» er-

reichbar sind, abflachen und auch bei starker Auslese in einem lokal «schlechten» Optimum gefangen bleiben.

82 Virtuell (von spätlat. *virtualis*, abgeleitet aus *virtus*, Kraft, Vermögen): 1. Die ursprüngliche Bedeutung bezieht sich auf etwas, das wirken oder sich einstellen oder erscheinen kann, es aber noch nicht tut – ein mögliches Vermögen. 2. Im Englischen kann es etwas Tatsächliches bedeuten, das nur nicht als solches erscheint (zum Beispiel eine tatsächliche Niederlage, die nur dem Namen nach keine ist). 3. In der Entwicklung der Physik bekam das Wort eine spezielle technische Bedeutung («virtuelle Verschiebung» in der statischen Mechanik des Jordanus Saxo; «virtuelle Arbeit»; «virtuelle Bilder» in der Optik); ebenso in der Computerwissenschaft, wo es uns schon im Zusammenhang mit simulierten Automaten begegnet ist. Hier verschiebt sich die Bedeutung von (1) etwas Potentiellem (im Gegensatz zu etwas Aktualem) oder (2) etwas Tatsächlichem zu (3) etwas Vorgestelltem, Gedachtem oder Simuliertem, das in einer selbständigen künstlichen Wirklichkeit oder Hyperrealität realisiert wird.

83 Jordan Pollack weist auf die problematische Parallele zwischen der KL- und der KI-Forschung hin: Auch KL besteht aus *Submodellen*, die immer nur Teile des Lebens erfassen – Selbstreproduktion, Differenzierung, Evolution etc. –, aber es ist sehr schwer, den Punkt definitiv und allgemeinverbindlich zu bestimmen, an dem ein gegebenes Modell lebend zu nennen wäre (siehe Richard K. Belew, «Artificial Life: A constructive lower bound for Artificial Intelligence», *IEEE Expert* 6(1), 1991, S. 8–15).

84 Belew 1991, vgl. Anm. 83.

85 John H. Holland, *Adaptation in Natural and Artificial Systems*, University of Michigan Press, Ann Arbor 1975. Für eine kürzere Einführung siehe Alexander K. Dewdney, «Computerkurzweil: Programmieren mit genetischen Algorithmen», *Spektrum der Wissenschaft*, Januar 1986, S. 4–11; und C. T. Walbridge: «Genetic Algorithms: What computers can learn from Darwin», *Technology Review*, Januar 1989, S. 47–53, oder Langton (Hg.) 1989, vgl. Anm. 7.

86 Richard K. Belew, John McInerney und Nicolaus Schraudolf, «Evolving Networks: Using the genetic algorithm with connectionist learning», CSE Technical report Nr. CS90–174 (1990), Cognitive Computer Science Research Group, Computer Science & Engr. Dept. (C-014), University of California at San Diego, La Jolla, CA 92093 (e-mail: rik@cs.ucsd.edu).

87 Yojiro Kondo, «Introduction of the Bio-Electronic Device Project», in: *8th Symposium on Future Electronic Devices*, 30./31. Oktober 1989, Tokio 1989, S. 137–140.

88 Unter anderem argumentieren Douglas R. Hofstadter und Paul Smolensky in diese Richtung; vgl. Smolenskys Artikel in *Artificial Intelligence Review* 1, 1987, S. 95–109, und in *Behavioral and Brain Sciences* 11, 1988, S. 1.74.

89 Langton faßt seine Doktorarbeit selbst zusammen in «Computation at the edge of chaos: Phase transition and emergent computation», *Physica D* 42, 1990, S. 12–37. Diese Nummer von *Physica D* wurde von Stephanie Forrest bearbeitet und trägt den Titel *Emergent Computation* (North Holland, Amsterdam; sie enthält Berichte von der «Ninth Annual CNLS Conference» in Los Alamos zu diesem Thema. Auch dänische Physiker haben herausgefunden, daß

komplexe Phänomene im kritischen Übergangsbereich zwischen Ordnung und Unordnung entstehen können – ein Prinzip, das «selbstorganisierte Kritizität» genannt wird; siehe Benny Lautrup, «Mellem kosmos of kaos», *OMverden* 4, 1990, S. 13; Per Bak und Kan Chen, «Selbstorganisierte Kritizität», *Spektrum der Wissenschaft*, März 1991.

90 Langton 1990 (vgl. Anm. 89), S. 35. Vermutlich denkt Langton vor allem an die Zellmembran und die Membran der Organellen, in denen man das Phasenübergangsphänomen nachgewiesen hat.

91 Langton 1990 (vgl. Anm. 89), S. 31 f. (Langtons Hervorhebung). Hier ist Langton sehr nahe daran zu behaupten, Emergenz sei eine Form protosemantischer Information in diesem sonst rein «physikalischen» (eigentlich logisch-semantischen) System.

92 Siehe Charles Sanders Peirce, *Semiotische Schriften*, Suhrkamp, Frankfurt a. M. 1986 ff. Zur Biosemiotik vgl. Jesper Hoffmeyer, «Semiotic aspects of biology: Biosemiotics», in Robert Posner, Klaus Robering und Thomas A. Sebeok (Hg.), *Semiotics: A Handbook of the Sign-Theoretic Foundations of Nature and Culture*, Mouton de Gruyter, Berlin/New York 1992.

93 Heutige Computer sind alle irreversibel, das heißt, ihre Berechnungen beruhen auf Aussonderung von Information; ein Prozeß, der Wärme erzeugt. Unter anderem haben Edward Fredkin, Charles H. Bennett und Rolf Landauer darauf hingewiesen, daß sich theoretisch (nicht praktisch) völlig reversible Computer bauen ließen: Energieverbrauch und Wärmeentwicklung pro logischem Schritt sind offenbar beliebig zu reduzieren. Dies setzt jedoch eine beliebig lange Rechenzeit voraus – eine Überlegung von großer Bedeutung für unser Verständnis dieser Rechenvorgänge. Noch sind ihre absoluten *physikalischen* Grenzen nicht geklärt, doch gilt als sicher, daß sie mit kosmologischen Aspekten zusammenhängen, ebenso wie die Frage, ob Computer realisierbar sind, die irgendwann die Konsequenzen des zweiten Hauptsatzes der Thermodynamik umgehen können: Wie groß kann ein Speicher in einem Computer sein? Wo liegt das Zeitminimum für eine logische Operation? Welches sind die kleinstmöglichen Vorrichtungen, die Operationen dieser Art durchführen können? Vgl. Charles H. Bennett und Rolf Landauer, «Grundsätzliche physikalische Grenzen beim Rechnen», *Spektrum der Wissenschaft*, September 1985, S. 94–104; Rolf Landauer, «Dissipation and noise in computation and communication», *Nature* 335, 1988, S. 779–784; Søren Brunak, *Computerens Fysik*, Sonderdruck, Niels-Bohr-Institut, Kopenhagen 1987.

94 Rolf Landauer, «Computation and physics: Wheeler's meaning circuit?», *Foundations of Physics*, 16(6), 1986, S. 551–564; und «Computation: A fundamental physical view», *Physica Scripta* 35, 1987, S. 88–95.

95 Richard P. Feynman, *Vom Wesen physikalischer Gesetze*, Piper, München 1993, S. 20. Vgl. Robert Wright, «The On-Off Universe», *The Sciences*, 25(1), 1985, S. 7–9. (Feynmans Bemerkung erinnert an Peirce, der es für möglich hielt, daß die Natur den Gesetzen nicht mit absoluter Präzision folgt, sondern in bezug auf die Gewohnheiten, die sie entwickelt hat, auch ein wenig abschweifen kann.) Vagn Lundsgaard Hansen (*Den geometriske dimension*, Nyt Nordisk Forlag, Kopenhagen 1989, S. 129 und 140) betont unser Unwissen

über die physikalische Natur von Gravitation und elektromagnetischen Wellen. Zu Fredkin vgl. Wrights Artikel; Julius Brown, «Is the Universe a computer?», *New Scientist* 14/7, 1990, S. 37–39; und Heinz R. Pagels, *The Dreams of Reason: The Computer and the Rise of the Sciences of Complexity*, Simon & Schuster, New York 1989.

96 Seine Kritik an der Tendenz zu ständigen «Grenzverletzungen» der Systemwelten drückt Jesper Hoffmeyer malerisch aus in *Dansen om guldkornet* [Der Tanz um das Goldkorn], Gyldendal, Kopenhagen 1975, S. 14: «Das Verständnis der lebenden Natur, das uns der Objektivitätsgedanke beschert hat, scheint mehr dazu geeignet, sich gegen die Natur zu wehren, als in ihr zu leben.»

97 Theodore Roszak, *Where the Wasteland Ends: Politics and Transcendence in Postindustrial Society*, Faber & Faber, London 1972, S. 96.

98 Ich habe nicht versucht, die biologische Kritik von der philosophischen zu trennen. Die wesentlichen Einwände gegen Künstliches Leben (in den Versionen, die behaupten, echtes Leben im Computer zu realisieren) stammen von Leuten wie H. H. Pattee («Simulations, realizations, and theories of life», in Langton (Hg.) 1989, vgl. Anm. 7), Peter Cariani (vgl. Anm. 102), R. Rosen («What does it take to make an organism?», Paper, das auf dem Second Artificial Life Workshop, vgl. Anm. 7, vorgestellt wurde), Elliott Sober (vgl. Anm. 104) sowie G. Kampis und V. Csányi («Replication in abstract and natural systems», *BioSystems* 20, 1987, S. 143–152). Auch Roger Penrose hat sich kritisch über zelluläre Automaten als Grundlage für biologische Modelle geäußert (*Horizon*-Transkript, vgl. Anm. 50). Die Kritik, die John Searle gegen die starke KI-These anführt (vgl. die Debatte zwischen Searle und P. M. und P. S. Churchland in *Spektrum der Wissenschaft*, März 1990, S. 40–54, hat analoge Konsequenzen für die Frage nach der Medium-Unabhängigkeit des künstlichen Lebens, auch wenn es in der Natur der Sache liegt, daß sich die Parallele nicht direkt ziehen läßt. Siehe auch Claus Emmeche «The problem of medium – independence of artificial life», in Erik Mosekilde (Hg.), *Complexity: Chaos and Biological Evolution*, Plenum, 1991.

99 Die Stichworte in Mayrs Liste sind: Komplexität und Organisation; chemische Einzigartigkeit; Qualität; biologische Einzigartigkeit und Variabilität; Besitz eines genetischen Programms, niedergeschrieben in der DNS; Historizität; natürliche Auslese; Indeterminismus. Vgl. Ernst Mayr, *The Growth of Biological Thought*, Belknap Press, Harvard University, Cambridge MA 1982, S. 53 ff.

100 Siehe Geoff Simons, *The Biology of Computer Life*, The Harvester Press, Sussex 1985; und Chris Langton (Hg.) 1989 (vgl. Anm. 7; Langtons eigener und einige andere Artikel darin).

101 Searles Argument gegen «starke KI» (vgl. Anm. 98) ist logisch nicht ganz sauber (aber intuitiv überzeugend) und sein Biologismus in bezug auf mentale Zustände sehr problematisch. Dennoch läßt sich seine Kritik mit Hilfe eines ähnlichen, allerdings nicht völlig analogen Schemas skizzieren.

102 Peter Cariani 1992: «Emergence and artificial life», in *Artificial Life II* (vgl. Anm. 7); «Adaptivity, emergence, and machine-environment dependencies», *Proceedings of the 33rd Annual Meeting of the International Society for Systems Sciences*, Edinburgh, 2.–7. Juli, Band III, 1989, S. 31–37; «Adaptivity and

Emergence in Organisms and Devices», *Journal of General Evolution*, 1991. Carianis Argumente beziehen sich in hohem Maße auf einige Arbeiten von H. H. Pattee und R. Rosen.

103 Aber nur in dem Maße, in dem sich die Trainingsart und das Performance-Ziel, das den Änderungen zugrunde liegt, außerhalb des Beobachtermodells befinden. In einer Periode ohne neuerliches Training wären die Gewichte zwischen den Berechnungseinheiten unverändert, und das Netzwerk käme seinem Beobachter nicht emergent vor.

104 Elliott Sober, «Learning from functionalism: Prospects for Strong AL», in *Artificial Life II*, 1992, vgl. Anm. 7.

105 Wenn man überhaupt von Gegenwartsdiagnosen sprechen kann. Lyotard und andere waren sehr darauf bedacht zu betonen, daß ihre Begriffe keine Versuche darstellten, eine neue Phase oder Epoche zu charakterisieren, die «die moderne Epoche» ablöst; es handelt sich geradezu um die Abkehr von jeglicher Form von Geschichtsphilosophie und ist deshalb eine Änderung der Art und Weise, das Moderne zu denken. Die Postmoderne wird instruktiv behandelt in einem Themenheft von *Slagmark* (Nr. 6, 1986), siehe auch Ole Thyssen 1987: *Påfuglens øje, efter postmodernismen*, Rosinante, Charlottenlund.

106 Fragen dieser Art werden häufig in Verbindung mit dem sogenannten anthropischen Prinzip diskutiert; siehe John D. Barrow und Frank J. Tipler, *The Anthropic Cosmological Principle*, Claredon Press, Oxford 1986. Eine gute Einführung gibt George Gale in *Biology & Philosophy* 2(4), 1987, S. 475–491.

107 Dekonstruktion ist hier zu verstehen in Analogie zum Dekonstruktivismus, der zur Zeit unter anderem in der Literatur und Architektur diskutiert wird und kritisch versucht, verschiedene, widersprüchliche Stimmen oder Absichten in einem Text oder Bauwerk aufzuspüren, beziehungsweise sich konstruktiv bemüht, traditionelle metaphysische Gegensätze auf neue Art zusammenarbeiten zu lassen. Über den Dekonstruktivismus in der Architektur siehe das Themenheft von *Philosophia* 18 (3–4), 1989; es enthält ein Interview mit Jacques Derrida, dem Gottvater des Dekonstruktivismus.

108 Stig Andur Pedersens berühmtes Birnenbeispiel ist illustrativ: Eine Birne kann Gegenstand einer biochemischen Untersuchung sein, bei der man von allen irrelevanten Eigenschaften absieht, zum Beispiel daß sie ein Konsumgegenstand mit einem bestimmten Preis auf dem Obstmarkt ist. Aber sie kann auch Gegenstand einer ökonomischen Analyse sein, bei der man alle biochemischen Charakteristika der Birne ausblenden und sie allein als Ware betrachten wird. Der Gegenstand jeder wissenschaftlichen Analyse wird aus seinem «natürlichen» Element herausgenommen und idealisiert: Die Analyse selbst definiert in hohem Maße das, was analysiert werden soll.

Register